ハヤカワ文庫SF

〈SF2040〉

ティモシー・アーチャーの転生

〔新訳版〕

フィリップ・K・ディック

山形浩生訳

早川書房

7671

THE TRANSMIGRATION OF
TIMOTHY ARCHER

by

Philip K. Dick

Translated by
Hiroo Yamagata
Published 2015 in Japan by
HAYAKAWA PUBLISHING, INC.
This book is published in Japan by
arrangement with
THE WYLIE AGENCY (UK) LTD.
through THE SAKAI AGENCY.

The official website of Philip K. Dick: www.philipkdick.com

かれのための頌詩

ああベン！
いつ、またはどうやって
きみの客たる我々は
あの叙情詩のふるまいを受けられることか
あの太陽、犬、三重の酒樽でつくられたものを？
われわれはそうした集まりで
気高くも気勢をあげつつ乱れることはなく
しかもきみのそれぞれの詩は
肉に勝り、宴の酒に勝る。

わがベンよ
再び来たれ
あるいは送りたまえ
大いにあふれたるきみの叡智を

だがそれ以上にそれを賢く育む方法を教えよ
我々がその才を無駄にしないように。
そして一度あの貴重な蓄えを尽きさせたら
あのような叡智の蓄えを、世はそれ以上得られぬのだから。

——ロバート・ヘリック、一六四八年

目次

ティモシー・アーチャーの転生〔新訳版〕

第1章

ベアフットは、ソーサリトのハウスボートでセミナーを開く。なぜ自分たちがこの世にいるかを教えてもらうのに、百ドルかかるセミナー。それとサンドイッチももらえるけど、その日はおなかは空いていなかった。ジョン・レノンが殺されたばかりで、あたしはなぜみんながこの世にいるのかわかるような気がした。最も愛するものが奪い去られるというのを思い知るためで、しかもそれですら何か計画的に奪われるんじゃなくて、えらい連中の手ちがいのせいなんだろうと悟るためなんだ。

ホンダ・シビックを有料駐車場に停めて、すわったままラジオを聞いていたわ。すでにこれまで書かれたあらゆるビートルズの曲が、どの放送局でも流れてた。最悪。まるで六〇年代の、ジェファーソン・アーチャーと結婚してた頃に戻ったみたい。

「五番ゲートってどこ？」と通りすがりのヒッピー二人に尋ねた。

二人は答えなかった。ジョン・レノンのニュースを聞いたんだろうか。そのとき、思ったんだ。いったいあたし、アラブ神秘主義だの、スーフィーだの、エドガー・ベアフットが毎週バークレーのKPFAのラジオ番組で語るようなことなんか、全然どうでもいいんだって。スーフィーたちは幸せな連中よ。神様の本質は、力でも叡智でも愛でもなく、美なんだと説いてるんだもの。これはこの世でまったく新しい発想で、ユダヤ教徒やキリスト教徒にはまったく馴染みがない考え方。あたしはユダヤ教徒でもキリスト教徒でもない。いまだにバークレーのテレグラフ通りにあるミュージックショップで働いてて、結婚してたときに二人で買った家のローンを止めないようにしてる。あたしは家をもらってジェフは何も得られなかった。ジェフの人生っていつもそんな具合。

正気の人でアラブ神秘主義なんか気にする人がいるかしら？　と思いつつ、ホンダをロックして、一列に並んだ船に向かった。特にこんなにすてきな日にアラブ神秘主義を気にかけるなんて？　でも仕方ないわね。すでにリッチモンドを通ってリチャードソン橋（これはかなり安ぴか物）を渡り、精製所の横も通ってここまできちゃったんだし。湾は美しいわ。警察はリチャードソン橋で時間を記録する。通行料支払いのときに時間を記録して、マリン側で橋を離れるときの時間も記録する。マリン郡にあまりはやく着きすぎると、えらくお金を取られるのよ。

ビートルズなんか昔から好きじゃなかった。ジェフが『ラバー・ソウル』を持って帰っってきたときには、味気ないレコードだと言ってやった。あたしたちの結婚は崩壊しつつあって、それが始まったのは、毎日毎日「ミッシェル」を十億回も聞かされた頃からだった。てことは、だいたい一九六六年頃ってことになるのかな。ベイエリアのかなりの人は、物事の時期の基準としてビートルズのレコードのリリース時期を使う。ポール・マッカートニーの初のソロアルバムが出たのは、ジェフと死別する前の年だった。そのアルバムに収録された「テディ・ボーイ」を聞いたら、今も泣き出しちゃう。あの年、あたしは家で一人で暮らしてた。あれはよくない、一人暮らしはダメ。最後の最後まで、ジェフは反戦運動で忙しくしてた。あたしは引きこもって、消え去ったほうがいいようなバロック音楽をかけるKPFAを聞いてたんだ。そうやって初めてエドガー・ベアフットを聞いた。当初は声も小さいし、自分の脳の活動をいちいちとんでもなく楽しんでいて、次々にくる悟りを二歳児のように大喜びしている感じで、せんずり野郎だと思った。ベイエリアでそんな感じ方をしたのは、まちがいなくあたし一人らしいわね。でもその後気が変わったわ。KPFAは深夜に、ベアフットの録音済み講義を流すようになって、寝ようとしているときにそれを聞くようになったの。半分寝ていると、あの単調な説教がどれも筋が通って聞こえてくる。あるとき何人かが、一九七三年頃にベイエリアで放送されていた番組にはすべて、サブリミナルメッセージが仕込まれていたんだと話してくれたっけ。それをやったのは、ほぼまちがいなく火星人なんですって。ベアフットを聞いてあたしが得たらしいメッセージというのはどうもこういうことだったみたい——おまえは実はいい人なんだし、他人に人生を指図させちゃいけない。とにかく、だんだんあたしはもっともっとすぐ眠れるようになった。ジェフのことも忘れたし、ジェフが死んだときに消えた明かりのことも忘れた。でもときどき何かの出来事が脳内でぶり返す。通常は、ユニバーシティ通りにある生協での危機に関する出来事。ジェフは生協でしょっちゅうけんかしてたっけ。あたしはそれが可笑しいと思ったんだ。

だから渡し板を通ってエドガー・ベアフットの豪華なハウスボートに向かうとき、このセミナー参加はジョン・レノン殺害と関連づけて日付を覚えるだろうな、と気がついた。この二つの出来事はあたしにとっては不可分の一体だ。理解の始まりとしてはとんでもないものね。帰って大麻タバコ一本吸おう、啓蒙の女々しい声なんか忘れちまおう。いまは銃の時代なのよ。啓蒙されていようがいまいが、あんたには何もできない。あんたなんて、カリフォルニア大で一般教育の学位を受けた、レコード店の店員でしかない。『最高の人々はあらゆる罪の意識を持たない』……とかなんとか。『そしていかなる粗野な獣が……生まれるべくベツレヘムに忍び寄ることか』。ひどい姿勢の生き物、この世の悪夢ね。イェイツは試験に出たわ。あたしはＡマイナスだった。結構優秀だったのよ。昔は一日中床にすわって、チーズを食べて山羊のミルクを飲んでいられて、ものすごく長い小説も解読できた……長い小説はみんな読んだのよ。カリフォルニア大からは卒業したわ。バークレーで暮らしてる。『失われた時を求めて』は読んだけれど何も覚えてない。格言に言う、入った戸口からそのまま出てきた、というヤツ。あの図書館での長い年月はまったく無駄だった、自分の番号が点灯するのを待っていた年月は。その番号はあたしの頼んだ本がデスクにやってきたという徴《しるし》だった。その無駄は、たぶん多くの人に当てはまると思う。でもその年月は、あたしたちが一般に認知されているよりもうまく立ち回れた、よき時代として記憶には残ってる。ニクソン政権は潰すしかなかった。行動はみんな意図的にやったし、だれもそれを後悔してない。ジェフ・アーチャーはいまや死んだ。ジョン・レノンは本日付で死亡。他の死人も道沿いにずらりと並んでいて、まるでかなり大きなモノが通過したかのよう。神様の内在的な美しさについての主張を持つスーフィーたちなら、あたしを幸せにしてくれるかも。このちょっとしたハウスボートへの渡し板を行進してるのは、それが理由なのかも。あらゆる悲しい死が積み重なって、無に帰す代わりに意義を持ち、どうにかして喜びに変換されるような計画が実現されるのかも。

我らが友人のジャンキー、ジョーを思わせる、ひどくやせた小僧があたしを止めて「切符は？」と言った。

「切符ってこれのこと？」とあたしは財布から、百ドルと引き替えにベアフットが郵送してきた印字カードを取り出した。カリフォルニアでは、啓蒙を買うのはスーパーで豆を買うのと同じやり方。大きさと重量に応じた値段を払うのよ。啓蒙を四ポンドいただくわ、とあたしはつぶやいた。あ、そうね、十ポンドにしてくれる？　蓄えがかなり尽きかけてるのよ。

「ボートの後尾に行って」とやせた若者。

「そしてあなたにもごきげんよう」とあたし。

＊

みんな初めてエドガー・ベアフットを見ると、車のトランスミッションを修理する人だろって言うわ。身長百六十五センチほどで、やたらに体重があるので、ジャンクフードだけしか食べないんじゃないか、おおむねハンバーガーしか食べないんじゃないかという印象を受ける。ハゲてる。人間文明のこの時代における世界のこの地域としては、服装もまるっきりまちがってる。ぞろっとしたウールのコートと、実に平々凡々たる茶色いズボンと青い綿のシャツを着てる……でも靴はかなり高そう。首に巻いているあの代物は、ネクタイと呼んでいいものか判断がつかない。絞首刑にしようとしたけど重すぎたのかも。縄が切れて、輪縄が残ったままエドガーは活動を続けたわけ。啓蒙と生存はからみあってるのよ、と席につきながらあたしはつぶやいた——すわった椅子は安手の折りたたみ椅子で、すでに何人かがあちこちにいて、ほとんどが若者だった。夫は死んだし夫の父親も死んだ。その父親の愛人も、バルビツール類を密閉ガラス容器いっぱいに食べて、墓場に入った。

永遠に眠っている。まさにそれこそ死ぬ目的なのよ。まるでチェスゲームみたいに聞こえる。主教《ビショップ》は死に、それとともに、ジェフの話だと主教《ビショップ》の自由裁量基金でかれが支援していたブロンドのノルウェー人女性も死んだ。チェスゲームにして詐欺。いまって変な時代だけれど、これってそれよりはるかに変。

エドガー・ベアフットは、みんなの前に立って、席を移ってもっと前にこいと身振りで示した。タバコをつけたらどうなるかな、と思った。昔、アシュラムでヴェーダに関する講義の後でタバコに火をつけた。みんなの嫌悪感がふりかかってきて、さらにあばらをひどく小突かれることになったっけ。お偉い人たちを怒らせたんだよね。お偉い方々で不思議なのは、下々の連中と同じように死ぬってこと。ティモシー・アーチャー主教はいろいろ偉そうな態度を実に大量に持っていて、体重も身体の大きさも偉そうだったんだけれど、でもご当人には何の益ももたらさなかった。主教もみんなと同じく、地下に横たわってる。霊的なものもそれっきりね。大望もそれっきり。かれはイエスを求めてた。それ以上に、イエスの背後にあるものを求めていた。本当の真理を。インチキで満足していたら、たぶんまだ存命中だったはず。これは考えてみる価値があるな。もっと卑しい人々は、インチキを受け入れたので、それを後世に語れるように生きている。死海砂漠で死んだりしてない。現代の最も有名な主教は、イエスに不信感を抱いたためにくたばることになった。ここには教訓がある。だから、あたしはすでに悟りを得ているのかも。疑わないことは知っているもの。また、家から一万マイル離れた荒地に車で出かけるときには、コカコーラ二本以上は持っていくべきだというのも知ってる。サンフランシスコのダウンタウンじゃないんだから、ガソリンスタンドでくれた地図なんかは使わない。そんな地図はポーツマス広場を見つけるには使えるけれど、過去二千二百年にわたり世界から隠されてきた、キリスト教の正当な源を見つけるには不十分なのよ。

うちに帰って大麻タバコ一本吸おう、と自分に言い聞かせた。こんなの時間の無駄だわ。ジョン・レノンが死んで以来、すべてが時間の無駄。ジョン・レノンの死を悼むのさえ時間の無駄よ。あたしは四十日間《レント》の追悼を諦めた……つまり喪に服すのをやめたってこと。

こちらに向けて手を挙げつつ、ベアフットは口を開いた。言ってることは、ゲティスバーグ演説風に言えば、ほとんど意識を素通りした。そして耳に入ったこともほとんど記憶に残らなかった。こんなものを聞くのに百ドル払うなんて、あたしったらなんてまぬけなのかしら。目の前に立ってる人物は、お金を懐に入れる人物だから賢いのよ。こっちは支払うしかない。それが叡智の計算方法。だれが支払うかで。あたしはこれを教える。これをスーフィーや、同じくキリスト教徒にも教えてあげるべきね。特に裁量基金を持った米国聖公会の主教には。前金で百ドルおよこしなさいな、ティム。主教をティム呼ばわりとはね。『不思議の国のアリス』のトカゲみたいに、教皇を「ジョージ」とか「ビル」とか呼ぶようなもの。ビルは確か、煙突を下りてくることになったんだっけ。ずいぶんあいまいな言及ね。まるでベアフットが言ってることと同じで、ほとんど意識されず、だれもそれを記憶もしない。

ベアフットは言っていた。「死は生の中に、生は死の中に、二つの様相が陰と陽のように、一つの根底となる連続体としてあるんです。二つの相貌――アーサー・ケストラーの言う「ホロン」です。『ホロン革命』は是非読んでください。それぞれが相手に、喜ばしい踊りとしてつながるんです。我々の中で、我々を通して踊っているのは主クリシュナです。私たちはみんな、スリ・クリシュナなのです。ご記憶でしょうがクリシュナは、時間という形でやってきます。それがクリシュナの本当の、普遍的な形です。最終形、万人の破壊者……万人というより万物ですね」とかれは、至福の喜びを込めてみんなに微笑みかけた。

こんなナンセンスが容認されるなんて、ベイエリアだけだわ、とあたしは思った。二歳児がみんなに講義。まったく、すべてあまりに馬鹿げてる！　昔ながらの苦々しさ、バークレーでみんなが育む怒りに満ちた反発を感じる。ジェフはこれをとても楽しんでいた。ジェフは、どんなつまらないことにも腹を立てるのが楽しみだったんだ。あたしの楽しみは、ナンセンスに耐えること。しかもお金を払って。

死がものすごく怖いのよ、と思った。死があたしを破壊した。万人の破壊者たるスリ・クリシュナじゃない。あたしの友人たちの破壊者たる死が。友人たちだけを標的にして、他のみんなはそのままにしておいた。死のクソッタレめが、と思った。あんたはあたしの愛する人だけを狙ったんだ。連中の愚行を利用して栄えやがった。まぬけな人々を利用しやがった。それって本当に意地悪。エミリー・ディキンソンが「親切なる死」についてくっちゃべってたのはデタラメもいいところ。恐ろしい発想よね、死が親切だなんて。彼女はイーストショア高速道路での六重衝突事故なんか見たことがなかった。芸術なんて、神学と同じで、詐欺のパッケージ版。下の階では人々がけんかしてるのに、あたしは上で参考書で神様を探している。神、——の実在を巡る議論、なんて索引で探してる。いや、もっといいのがある。神、——を否定する現実論。そんな索引項目はなかった。間に合うように調べられたらずいぶん役に立っただろうに。まぬけであることを否定する議論、——存在論的および経験的、——古代および現代（「常識」を参照）。教育を受けると何がいけないかって、やたらに時間がかかるんだ。人生の相当部分を使ってしまい、そして完了したときにわかるのは、銀行業に行っていたほうが役に立ったってこと。銀行屋はこんなことを考えるのかしら、と思った。連中は、プライムレート金利が今日はどう動くか考えるんだろう。銀行屋が死海砂漠に出かけたら、信号拳銃と水筒たくさんと非常食とナイフを持っていくはず。十字架じゃないだろう。その十字架が示しているのは過去の愚行で、本当はそれが警告になるはずだったのに。イーストショア高速の人々と、ついでにあたしの希望の破壊者よ、スリ・クリシュナよ、あんたはあたしたちみんなを捕まえた。他の活動もせいぜい頑張ってくださいな。それが他の神々の目から見ても同じくらい望ましいものであるならね。

あたし、ごまかしてるな、と思った。こういう情熱はガラクタだわ。ベイエリアのインテリコミュニティに出入りしたせいで、近親交配になっちゃってるんだわ。あたしはしゃべるように考える。もったいぶった、なぞなぞの形で。あたしは人間じゃなくて、自分自身に警告する声なのよ。もっとひどいことに、あたしは聞いたものをそのまましゃべる。ゴミが入力なら（計算機科学専攻の連中が言うように）出力もゴミ。立ち上がって、ベアフット氏に無意味な質問をして、向こうが完璧な答えをあれこれ思案しているうちに家に帰るべきなんだわ。そうすればベアフットが勝ってあたしは帰れる。どっちも得する。かれはあたしを知らない。あたしもかれを、もったいぶった声として以外は知らない。その声があたしの脳内ですでに跳ね回っていて、それが始まったばかり。多数の講義の第一回なんだ。センテンティオス《もったいぶった》・トワドル《駄弁》……アーチャー一家の黒人雇い人の名前かな、テレビのコメディドラマで。「センテンティオス、そのクロンボのケツをいますぐここに引きずってきやがれ、わかったか！」このこっけいな小男が言っていることは重要なんだ。スリ・クリシュナと人々の死に様について話してる。これはあたしが個人的な体験から重要だとみなす話題よ。それがわかるのも当然、だってあたしにはお馴染みのものだから。あたしの人生に何年も前に顔を出して、一向に消えようとしないものなんだから。

昔、あたしたちは小さな農家を持ってた。だれかがトースターをコンセントに差したら、屋内の配電がショートして明かりが消えた。雨の時期には、雨水が台所の天井についた電球からしたたり落ちた。ジェフはしょっちゅう、コーヒー缶に入った黒いタールみたいなものを屋根に流して、雨漏りを止めようとした。九十級防水シートには手が届かなかったの。タールはちっとも役に立たなかった。うちの家は似たような他の家と同じで、バークレーの平らな部分のサンパブロ街、ドワイト通りの近くにあった。いいところもあって、ジェフとあたしはバッドラック・レストランに歩いて行けて、フレッド・ヒルを見物できたってこと。フレッドはKGBエージェントで（という人もいた）、サラダを作ってその店を所有して、無料の展示としてだれの絵が壁にかかるかを決める。フレッドが何年も前にこの町にきたとき、ベイエリアの共産党員はみんな、恐怖のあまり凍りついた。ソヴィエトの処刑人が近くにいるというタレコミがあったから。だれが党に所属してだれがそうでないかもタレコまれていたわ。忠実な党員の間には恐怖が走ったけれど、他のだれも気にしなかった。終末論の審判が羊、つまり忠誠なる者を一般の他の連中から区別してるようなものだけれど、でもこの場合には動揺してるのは羊のほうだった。

貧困の夢はバークレーでは万人の喜びをかきたてる。それは、政治経済状況が悪化して、国が荒廃に陥るという希望と組み合わさっている。これが活動家たちの理論なのよ。悲惨があまりに広範になって、それが万人を破滅させ、それに責任ある人もない人もいっしょに敗北にたたき込む。あたしたちは当時も今も完璧に頭おかしい。頭おかしいのは、字が読めて学があるってことよ。たとえば、自分の娘にゴネリルと名付けるなんて頭おかしい（ゴネリルは『リア王』の意地悪なお姉さんの一人）。カリフォルニア大の英文学科で教えてくれたように、頭おかしいのはグローブ座劇場の観客たちには笑えただろう。でもいまは笑えない。本国では偉大な芸術家かもしれないけど、ここではヒア・カムズ・エブリボディ（ジョイス『フィネガンズ・ウェイク』の主要キャラクター）についてむずかしい本を書いた作者でしかない。どうでもいいわよね、とあたしは思った。それも余白に、だれかが親指で鼻をひっかける落書きを入れるくらいどうでもいい。しかもそのために、いまのこの演説みたいに、あたしたちは大金を払ってるんだ。こんなに長いこと貧乏だったんだから、少しは学習して、知恵がついただろうと思うかもしれないわね。あたしの自己保存本能なんてその程度のもの。

あたしはカリフォルニア教区の主教ティモシー・アーチャーとその愛人、そして息子にして我が夫で家の持ち主で最低水準の賃金稼ぎ人を知っている、最後の生き残り。だれかが何としても——いいえ、とにかくあの人たちが集合的に向かったほうに、これ以上だれも行かなければ、自ら死ぬような真似をしなければいいのだけれど。そのそれぞれが、パルシファルと同じく、完全な愚者。

第2章

拝啓　ジェーン・マリオン様

二日の間に、二人――一人は編集者の友人で、もう一人は作家の友人――が『緑の表紙』を奨めてくれて、どちらも要は同じことを言っていました。現代文学で何が起きているか知りたければ、死んでもあなたの著作を押さえておくべきだと。本を持って帰宅すると（タイトルの論文が最高で入門としても最適だと言われました）、その中であなたがティム・アーチャーについての論説を書いているのに気がつきました。だから読んでみました。突然、ティムが再び生き返ったようでした、あたしの友人が。それがもたらすのは、激しい苦痛であって、喜びではありません。あたしはティムについては書けません。カリフォルニア大で英文学を専攻はしたけど、作家じゃないんです。とにかく、ある日すわってかれとあたしの擬似的な対話を殴り書いて、自分が何かのまちがいで、ティムの果てしない話の流れの律動感を再現できないかやってみました。再現できたのですが、でも当のティムと同じく、それは死んでいました。

ときどき、ティムはどんな人だったかと尋ねられますが、あたしはキリスト教にはまっていないので、教会の人にはあまり出会いません。でも昔は会いました。夫はティムの息子ジェフだったので、ティムとはかなり私的な形で知り合いだったんです。しばしば神学の話もしました。ジェフの自殺の頃、ティムとキルスティンにサンフランシスコの空港で出くわしました。二人は一時的にイギリスから戻って、サドカイ文書の公式翻訳者たちと会っていたんですが、その頃ティムはキリストというのがインチキで、サドカイ派こそが真の宗教を持っているんだと信じはじめていたんです。この報せを信徒にどう伝えたものかと相談されました。これはサンタバーバラより前のことです。ティムはキルスティンを、市のテンダーロイン地区の質素なアパートに住まわせていました。そこを訪ねる人はほとんどいません。もちろんジェフとあたしは行きました。ジェフが初めて父親に紹介してくれたときのことは忘れません。ティムはあたしのところにきて「ティム・アーチャーと言います」と言ったんです。主教だとは言いませんでした。でも結婚指輪はしてました。

キルスティンの自殺についての電話を受けたのはあたしです。まだジェフの自殺で苦しんでいたときでした。あたしはそこに立ったまま、キルスティンが「ついさっきあの世に去った」と語るティムに耳を貸し続けるはめになりました。キルスティンのことが本当に好きだった弟もいっしょでした。バルサ製のスパッドXIII複葉機の模型を組み立てていたんです――その電話がティムからのものだというのは弟にもわかりましたが、でももちろんいまやキルスティンも、ジェフと同じく、死んでしまったなんてわかりませんでした。ティムがあたしの他のどんな知り合いともちがう点がありました。どんなことでも信じてしまい、その新しい信念をもとに即座に行動できるんです。それはつまり、別の信念にぶちあたるまではってことで、そうなったらそっちの信念をもとに行動してました。たとえばティムは、ある霊媒がキルスティンの息子の精神異常（かなりひどいものです）を治したと確信してました。ある日、ティムがテレビでデヴィッド・フロストにインタビューされているのを見ていると、ティムが話しているのはあたしとジェフのことだと気がついたんです……でも言っていることと現実の状況との間にはまるで関連がなかったんです。ジェフもそれを見ていました。ジェフは、父親が自分のことを本当に話しているのに気がつきませんでした。中世実念論者と同じく、ティムは言葉が本当のモノだと信じていました。もし何かを言葉にできたら、それは実質的に真実なんだと。これでティムは命を失うはめになりました。ティムが死んだとき、あたしはイスラエルにはいませんでしたけれど、砂漠に出かけて、サンフランシスコ都心のガソリンスタンド地図を見るように地図を検討しているところが目に浮かびます。その地図には、Xキロ車を走らせたらYに到着すると書いてあって、するとティムは車を発進させてXキロ運転し、Yが絶対そこにあると信じ切っているんです。だって地図にそう書いてあるからと言って。キリスト教教義を一つ残らず疑問視した人物が、書いてあるものなら何でも信じ込んでたんです。

でもあたしにとって、ティムについて最も多くのことを物語ってくれた出来事は、ある日バークレーで起きたことでした。ジェフとあたしは、ある街角である時間にティムと待ち合わせしてました。ティムは車で遅刻してきました。その後を走って追いかけてきたのがガソリンスタンドの従業員で、カンカンです。ティムはこの人のガソリンスタンドで満タンにしてから、バックしてガソリンポンプをなぎ倒し、ぺちゃんこにしました――ところがティムは、あたしたちとの約束に遅刻していたから、そのまま走り去ったんです。「あんた、オレのポンプを壊しただろう!」と従業員は、完全に息を切らせて激怒しつつ怒鳴りました。「警察を呼んでもいいんだぞ。それをだまって走り去るなんて。ここまでずっと走って追いかける羽目になっただろうが!」

あたしとしては、ティムがこの人物に何と言うのか見たかった。その人はとても怒っていましたが、でも社会的な序列ではとても慎ましい人で、ある尺度からすれば最下位で、その尺度だとティムはまさにてっぺんにいる人物です――ティムが、自分はカリフォルニア教区の主教であり、世界中で有名で、マーチン・ルーサー・キング・ジュニアの友人で、ロバート・ケネディとも友人で、偉大で有名な人物で、たまたまそのとき主教服を着ていないだけだと言うのかな、と思ってました。でもティムはそうしませんでした。平身低頭謝ったんです。しばらくやりとりをしてから、ガソリンスタンドの従業員には、相手にしているのが巨大で目立つ色合いの金属ポンプなんか目に入らない人物なんだってことが明らかになりました。その相手は、かなり文字通り、あっちの世界にいっちゃってる人だったんです。そのあっちの世界というのは、ティムとキルスティンが「彼岸」と呼んでいたものです。そしてその彼岸が、一歩ずつその全員を引きずり込んでいきました。まずはジェフ、それからキルスティン、そして免れがたく、ティム自身も。

ときどき、ティムはまだ存在しているのだけれど、いまや完全にそのあっちの世界にいるんだと自分に言い聞かせます。ドン・マクリーンはあの「ヴィンセント」という歌でそれをどう表現してましたっけ？「この世界はあなたほど美しい人のための場所ではそもそもなかった」。それが我が友人です。この世界はティムにとって、そもそも決してリアルではなかったんです。だからたぶん、ティムにとって適切な世界ではなかったんでしょうね。どこかでまちがいが行われたのであって、ティムも内心どこかでそれを知っていたんでしょう。

ティムについて考えるとこんなふうに思います。

「そして未だに私は彼が芝生を歩くのを夢見
幽霊のように朝露の中を歩き
我が喜ばしき歌に貫通され……」

とイェイツが書いた通りです。

ティムについての論説ありがとうございます。でもかれが一瞬だけでもまた蘇ったのを見て、あたしは苦しかった。たぶんそれは文章の偉大さを示すものなんでしょうね、文にそんな力があるというのは。

確かオルダス・ハックスレーの長篇だったと思いますが、ある登場人物が別の登場人物に電話して、興奮してこう叫ぶんです。「たったいま、神の存在について数学的な証明を見つけたぞ！」――ティムだったら、その翌日に前の日の証明と対立する別の証明を見つけたでしょう――そして同じくらい平然とそれを信じたことでしょう。まるで花園にいて、それぞれの花が新しくちがっていて、ティムはそれぞれの花を順番に発見してそれぞれ同じくらい喜ぶけれど、でもその前に見つけたやつは忘れてしまうのです。友人には心底忠実でした。友人たちは決して忘れませんでした。それがティムにとっては変わらぬ花だったんです。

マリオンさん、不思議なのは、ある意味であたしは夫にも増してティムが懐かしいということなんです。ひょっとすると、ティムのほうが印象が強かったからかもしれませんね。あたしにはわからない。あなたなら教えてくれるかも。だって作家さんなんですから。

敬具

エンジェル・アーチャー

この手紙は、有名なニューヨーク文学エスタブリッシュメント著作家ジェーン・マリオンに宛てたもの。彼女のエッセイは、小規模雑誌の最高のやつに掲載されてる。返事は期待しなかったし、実際こなかったわ。ひょっとすると、送り先にした出版社が読んで、投げ捨てたのかも。わからない。ティムについてのマリオンの論説にあたしは腹が立った。すべて又聞き情報に基づいていたから。マリオンはティムに会ったこともないくせに、平気でティムのことを書いた。彼女はティムが「自分の都合次第で友情を踏みにじった」とか何とか書いてたのよ。ティムは生涯で決して友情を踏みにじったりしなかった。

ジェフとあたしが主教と待ち合わせていたのは、とても重要な一件でのことだったわ。それも二つの側面、公式な面と、そして結果的に、非公式な面でも。公式な面について言えば、あたしはアーチャー主教と友人のキルスティン・ルンドボルグとの会合、合併を提案して実行するつもりだったの。キルスティンは、ベイエリアのFEMの代表だった。FEM(女性解放運動)はティムに、自分たちを代弁する演説をしてほしいと思っていた。それも無料の演説を。主教の息子の妻として、あたしならそれを実現できると思われてた。言うまでもなく、ティムは状況が理解できていないようだったけれど、でもそれはティムのせいじゃない。ジェフもあたしもちゃんと説明してなかったから。ティムは、バッドラックで食事のために集まるんだと思ってた。バッドラックの噂は聞いてたみたい。あたしたちはその年、文無しだったから（それを言うならその前の年もそうだけど）、食事はティムがおごってくれるはずだった。シャタック街の法律事務所で事務タイピストをやってたあたしは、稼ぎ柱ってことになるのかな。その法律事務所は、あらゆる抗議運動に活発なバークレーの連中二人がやっていた。ドラッグがらみの事件の弁護をするの。その事務所の名前は「バーンズ&グリーソン法律事務所兼ロウソク店」。そこでは手作りのロウソクも売っていた、というか少なくとも展示はしてたから。ジェリー・バーンズはそうやって自分の職業を侮辱し、儲ける気なんかないんだというのをはっきり示していたわけ。この狙いについていえば、成功だったわ。あるとき、クライアントが感謝のあまりアヘンで支払いをやったことがあったっけ。黒い棒で、砂糖抜きのチョコレートみたいな感じ。ジェリーはそれをどうしようか途方に暮れていた。結局だれかにあげてしまった。

KGBエージェントのフレッド・ヒルが、腕のいいレストラン所有者のやるように顧客全員を迎え、握手してニコニコするのを見るのはおもしろかった。ヒルの目は冷たかった。町の噂では、共産党の規律のもとで手に負えないと思える人物を殺す権限を与えられているとか。そのフレッド・ヒルがあたしたちをテーブルに案内する間、ティムはそのクソッタレ野郎にはほとんど注意を払わなかった。メニューを手渡してくれている人物がロシア人で、偽名でアメリカにきており、実はソヴィエト秘密警察の職員なのだと知っていたら、カリフォルニアの主教はいったい何と言うかしら。それとも、これはすべてバークレーの神話でしかないのかも。昔っからそうだったけど、バークレーと被害妄想は実にねんごろだった。ベトナム戦争が終わるのはずっと先のこと。ニクソンはまだ米軍を撤退させていなかった。ウォーターゲートもまだ数年先。政府のエージェントたちがベイエリアに群れをなしていた。あたしたちのような独立系の活動家たちは、他のあらゆる連中が共謀してるんじゃないかと怪しんでたわ。右派もアメリカ共産党も信用してない。バークレーで一つ嫌われているものがあるとすれば、それは警察の匂いだった。

「やあみなさん。本日のスープはミネストローネです。注文の間、まずはグラスワインなどいかがですか？」とフレッド・ヒル。

三人とも、ワインが欲しいと言った――ただしそれがガロでない限り――そしてフレッド・ヒルはワインを取りに行った。

「あいつ、KGBの大佐なんだぜ」とジェフは主教に言った。

「そいつはおもしろい」とティムはメニューを検分した。

「みんな本当に給料が低いのよ」とあたし。

「だからレストランを開いたんだろうね」とティムは、まわりのテーブルや客を見渡したわ。「ここ、黒海のキャヴィアはあるかな」そしてあたしのほうを見上げて言った。「エンジェル、キャヴィアは好きかね？　チョウザメの卵巣なんだよ、でもときどき *Cyclopterus lumpus* の卵巣をキャヴィアと称して出すがね、でもそっちは普通、赤みがかっていて大きいんだ。そのほうがずっと安い。私は好きじゃないんだが――ランプフィッシュのキャヴィアが、という意味だよ。ある意味で、『ランプフィッシュのキャヴィア』というのは名辞矛盾ではあるな」そう言ってティムは笑ったけれど、主に自分だけのために笑っている感じだったな。

ちくしょう、とあたしは思った。

「どうかしたの？」とジェフ。

「キルスティンがどこにいるのかなって思っただけ」とあたしは腕時計を見た。

主教は言った。「フェミニスト運動の起源は『女の平和』にまでさかのぼれる。『我々は安手の愛の接触すべてを避けねばならない……』」またも主教は笑った。「『かんぬきと鉄格子で我々の命令をあざけり、そして――』」そこでためらい、先を続けようか考え込む様子だった。「『我々を閉め出す』。これはかけことばなんだよ。『閉め出す』は不服従の全般的な状態と、ヴァギナの閉鎖の両方を指しているんだ」

ジェフが言った。「お父さん、いま注文を考えようとしてるんだぜ、頼むよ」

主教は言った。「もし、何を食べようか決めようとしているところだという意味なら、私の発言はまちがいなく当てはまるものだよ。アリストファネスならすぐにわかってくれたはずだ」

「いいからさあ」とジェフ。

トレーを持ってフレッド・ヒルが戻ってきた。「ルイス・マティーニ・ブルゴーニュです」とグラスを三つ置いた。「お尋ねするのも失礼かもしれませんが——アーチャー主教でいらっしゃいますか？」

主教はうなずいた。

「セルマでキング博士とデモ行進をなさいましたね」とヒル。

「うん、私はセルマにいたよ」と主教。

あたしは言った。「ヴァギナのジョークを話してあげなさいよ」。そしてフレッド・ヒルに向かって言った。「主教はすごく古いヴァギナのジョークを知ってるんですよ」

くすくす笑いながらアーチャー主教は言った。「古いのはジョークのほうですよ、彼女が言ってるのは。構文的にまちがえないでください」

「キング博士は偉大な人でした」とフレッド・ヒル。

「ああ、とても偉大な方だった。私はスイートブレッドをもらおう」と主教。

「すばらしい選択ですね」とフレッド・ヒルは書き留めながら言った。「あと、キジがおすすめですよ」

「あたし、オスカール風仔牛肉を」

「ぼくもそれを」とジェフ。「憂鬱そうだったな。ジェフは、主教との友情を使ってあたしが無料の演説をせしめようとしているのが気に入らなかったのよ――その相手がFEMだろうとどんなグループだろうと。自分の父親から無料演説を引き出すのがいかに簡単か知っていたんだ。ジェフも主教もダークウールのビジネスーツを着ていて、もちろん有名なKGBエージェントにして大量殺人犯のフレッド・ヒルも、スーツにネクタイをしていた。

その日、ビジネスーツ姿の二人とすわりながら、ジェフも父親のように聖職に入るのかなと思ったっけ。二人とも生真面目で、ディナーを注文するという作業にさえ、他の実にいろんなものに持ち込むのと同じ、気負いと重々しさを持ち込んでいたんだもの。そうしたプロ的な態度が、主教のほうだけ奇妙な形でウィットに彩られている……でもその日もそうだったけど、そのウィットはいつも、あたしにはちょっとずれているように思えた。

みんながスプーンでミネストローネスープをすくい上げている間、アーチャー主教は予定されている自分の異端審問の話をした。この話題を主教はやたらにおもしろがっていたわ。南部のバイブルベルト地域の主教のだれかが、ティムをやっつけようと動いているのだけれど、その理由はいくつかの刊行論説やグレース大聖堂での説教の中で、使徒たちの時代以来、聖霊を少しでも見かけた人なんかだれ一人いないと述べたせいだった。このためティムは、三位一体の教義は正しくないと結論づけたの。もし聖霊が本当に、ヤアウェやキリストと対等な神様の形態であるなら、どう考えても今なお人びとと共にあるはずだ。舌がかり状態ではティムは納得しなかった。聖公会時代にその手のものはたくさん見たけれど、それは自己催眠や譫妄状態としか思えなかったからだ。さらに使徒行伝をきちんと読むと、五旬節で聖霊が使徒たちのもとに降臨して「さまざまな国の言葉の贈り物」を与えられたとき、使徒たちが口走った外国語というのは、その近くにいた人びとが理解できるような外国語だったということがわかった。これは、いま言われているような意味での「舌がかり」じゃなくて、異言語習得でしかない。主教はみんなが食べている間、その五旬節の場にいた十一人の使徒が酔っ払っていたという批判に対するペテロの決然とした反論を挙げて笑っていたわ。ペテロは嘲笑する群集に対して大声で、まだ朝の九時でしかないので十一人が酔っ払っているとは考えにくいと述べたの。主教は——ミネストローネスープをスプーンで飲む合間に——声に出して、もしそれが朝九時ではなく夜九時だったら西洋史は変わっていたかもしれないなあ、と考えを口に出していたっけ。ジェフは退屈した様子で、あたしは腕時計をチラチラ見ながら、キルスティンはいったいどうしちゃったのかしらと思い続けていた。たぶん、髪の毛をセットしに美容院にでも行ったんだわ。彼女、自分のブロンドの髪についてあれこれ悩んでばかりで、特に重要なできごとの前になるとそれがひどかったから。

聖公会は三位一体説支持だった。この教会の神父や主教になるには、三位一体を絶対的に受け入れて教えなきゃいけない——えーと、ニカイア信条と呼ばれてるものね。

「……わたしは信じます。主であり、いのちの与え主である聖霊を。聖霊は、父と子から出て、父と子と共に礼拝され、栄光を受け」

だからあのミズーリにいるマクラーリー主教の言う通り。ティムは、確かに異端説を唱えていたわけ。でもティムは、聖公会の説教師になる前は、開業弁護士だったのね。だから来《きた》る異端審問を心待ちにしていたわけ。マクラーリー主教は、聖書や教会法なら知っているけど、でもティムは相手をピカピカの煙に巻いて、マクラーリーは何が何やらわからなくなっちゃうはず。ティムもそれを知っていた。異端審問に直面して、ティムは水を得た魚みたい。さらに、この件について本も書いているところだった。審問にも勝つし、加えてお金も儲かる。アメリカ中の新聞がみんな、この問題についての論説や社説まで掲載していた。一九七〇年代にだれかを異端裁判にかけて勝つのは、本当にむずかしかったの。ティムが延々と説き続けるのを聴いているうちに、この審問を引き起こすために計算ずくで異端説を説いたんだと思い当たったわ。少なくとも、無意識のうちにそうしていたはず。こういう言い方はなんだけど、キャリア上の動きとしてはなかなかのものね。

主教は嬉しそうに話しているところだったわ。「いわゆる『言語の贈り物』というのはだね、バベルの塔が試みられたときに失われた、言語の統一性を逆転させるものだ。つまりバベルの塔の建設が試みられたとき、ということね。いつの日か、私の会衆の中のだれかが立ち上がってワロン語をしゃべり出したら、その日には私だって聖霊の存在を信じるよ。私は、聖霊なんか一度でも存在したかどうか怪しいと思う。使徒たちの聖霊概念は、ヘブライ語で言うルア、つまり神の霊に基づいている。一つには、この霊は女性であり、男性じゃないんだ。この霊は、メシア到来の期待について語っている。キリスト教はこの概念をユダヤ教から拝借し、そしてキリスト教が十分な異教徒――非ユダヤ教徒ってことね――を改宗させたら、もうその概念は捨て去られたんだ。その概念はどのみち、ユダヤ教徒にしか意味のないものだったから。ギリシャ人の改宗者にとって、この概念はまったく意味をなさないものだった。もっともソクラテスは、自分を導く内なる声またはダイモンを持っていると宣言しているがね……ダイモンというのは守護霊であって、英語の『デーモン』、つまりもちろん、疑問の余地なき悪霊を指す用語とは混同してはいけないよ。この二つの用語はしょっちゅう混同されるんだ。カクテルを飲む時間はあるかな？」

「この店はビールとワインしか置いてないのよ」とあたし。

「電話をかけたいんだが」と主教は言ったわ。そしてあごをナプキンで軽く拭くと、立ち上がってあたりを見回した。「公衆電話はあるかな？」

「電話ならシェブロンのガソリンスタンドにあるけど。でもお父さんがあそこにまた出かけたら、またもやポンプを壊しちゃうんだろ」とジェフ。

「なぜあんなことが起きたのか、私はまるっきりわからんのだがね。私は何も感じなかったし見もしなかった。初めて知ったのは——アルバースだっけ？　あの人物の名前は書き留めてある。あの人がカンカンになってやってきたときなんだ。ひょっとしたら、あれは聖霊の顕現だったのかもな。私の保険が切れてないといいんだが。自動車保険に入っとくのはいつだって得策なんだ」

　あたしは言ったわ。「あの人がしゃべってたのはワロン語じゃなかったけど」

「うん、まあそうだが。でもやっぱり何言ってるかわからなかったよ。私から見れば、あれは舌がかりだったかもしれないわけでね。聖霊がここにいるという証拠なのかもしれないな」ティムはまたすわりなおし、あたしに尋ねたわ。「だれかを待ってるのかな？　きみは腕時計ばかり見ている。私は一時間しかなくて、その後は市内に戻らないと。ドグマがもたらす困難というのは、人が持っている創造性を締め付けてしまうということだよ。ホワイトヘッド——アルフレッド・ノース・ホワイトヘッド——はプロセスの中の神という発想を与えてくれたし、かれは大科学者だ、というか大科学者だった。プロセス神学ね。すべてはヤコブ・ベーメとその「ノー・イエス」神性にまで遡る。これはヘーゲルを先取りする弁証法的神性なんだ。ベーメはこの発想をアウグスティヌスから得ているんだ。『Sic et non』ってやつだね。ラテン語は『イエス』を指す厳密な言葉がない。たぶん

「sic」がいちばん近いものだが、「sic」はおおむね『このように』『したがって』『そのようにして』と訳するほうが正確だ。『Quod si hoc nunc sic incipiam? Nihil est. Quod si sic? Tantumdem egero. Et sic―』」ティムはそこで口をつぐんで顔をしかめたわ。「『Nihil est』。配分詞を使う言語では――英語がその最高の例だが――これは直訳すると『nothing exsists（何も存在しない）』という意味になる。もちろんテレンティウスが言いたいのは『It is nothing（それは何でもない）』という、『id』または『it（それ）』をつけた意味のことなんだがね。それでも、たった二語の『nihil est』という発話にはすさまじい推進力がある。意味を極度に少ない単語に圧縮するラテン語の力は驚異的だな。それと厳密さこそが、ラテン語の持つ圧倒的に最もすばらしい性質だ。でも英語のほうが語彙は多い」

ジェフが言った。「お父さん、ぼくたちはエンジェルの友だちを待ってるんだよ。こないだその人の話はしたじゃないか」

主教は言った。「Non video。これはつまり、『その人』がだれかはわかっているけれど、その人物が見あたらないと言ってるんだよ。ご覧、あの人は私たちの写真を撮ろうとしてるぞ」

フレッド・ヒルは、一眼レフのカメラにフラッシュをつけたものを抱えてこちらのテーブルにやってきた。「神父様、写真を撮らせていただいてもよろしいでしょうか？」

「お二人いっしょに写真を撮ってあげるわね」とあたしは立ち上がった。「壁にかけとくといいわよ」とフレッド・ヒルに言う。

「私はまったく構わんよ」とティム。

＊

食事中に、キルスティン・ルンドボルグが加わった。不幸そうで疲れた様子で、メニューにあるものはすべてお気に召さなかった。だから白ワインのグラスを飲んだだけで、何も食べず、ほとんど何も言わず、タバコを次々に吸い続けた。顔にはストレスの皺ができていたっけ。その頃は知らなかったけど、彼女は軽い慢性腹膜炎にかかっていて、これはかなり深刻になりかねない――彼女にとっては近々まさにそうなる。彼女は、こちらの存在をほとんど気にしていないようだった。たぶん、いつもの定期的な鬱症状に陥ったんだろうと思ったわ。その日には、彼女が肉体的に病気だなんて思いも寄らなかったわ。

「トーストと半熟卵なら頼めるんじゃないですか」とジェフ。

キルスティンは首を横に振った。「いいえ。あたしの身体は死のうとしてるのよ」と平然と言う。それ以上の説明はなかった。みんな居心地悪い思いだったわ。たぶんそれこそが彼女の狙いだったんじゃないかな。ちがうかも。アーチャー主教は彼女を熱心に、かなりの同情を込めて見つめた。手かざしでも申し出ようとしてるのかなと思ったわ。聖公会では手かざしをやる。これによる治癒率はあたしの知る限りどこにも記録がないし、これは結構な話ではあるわ。

彼女は主に息子ビルのことを話したっけ。ビルは精神的な理由で軍に不適格となっていた。これはキルスティンにとって嬉しくもあり、苛立つことでもあるらしかったわ。

「徴兵されるほどの年齢の息子さんがいらっしゃると知って驚きましたよ」と主教。

一瞬、キルスティンは口ごもった。彼女の表情を険しくしていた懸念の一部が和らいだ。ティムの発言を彼女が嬉しく思ったのは、あたしにはすぐにわかった。

人生のその時点で、彼女はかなりの美女だったけど、外見的にも彼女から受ける情緒的な印象の面でも、永遠のとげとげしさがそれを台無しにしていた。あたしは彼女を尊敬はしていたけれど、でも意地悪なコメントを述べる機会があれば、キルスティンはそれを言わずにはいられないのを知っていた。この欠点を彼女は、一種の才能にまで高めていたわ。発想としてはどうやら、こっちが十分に賢ければ他人を侮辱しても我慢してもらえるけれど、不器用でバカだと何をやってもひどい目にあうということらしかった。すべては口頭能力次第ってわけ。人はコンテストの参加者みたいに、言い回しの巧みさで判断されるわけね。

「ビルの年齢は本当に肉体的なものでしかないんですよ」とキルスティン。でも前より嬉しそうだった。「いつぞやの晩にジョニー・カーソンの番組で、あのコメディアンが言ってたのはどうだったかしら？『うちの女房は形成外科《プラスチック》に行かないんだよ。本物がいいんだと』。あたし、ちょうど髪をセットしてきたところで。だから遅れたんです。前に、フランスに飛ばなきゃいけなかったときに髪をセットしたら――」彼女はにっこりした。「ピエロのボーゾーみたいな頭にされちゃって。パリにいる間ずっとバブーシュカをかぶってたのよ。みんなには、ノートルダムへの巡礼に行くところだと言ったわ」

「バブーシュカって何？」とジェフ。

アーチャー主教が言った。「ロシアの百姓だ」

主教をじっと見つめつつ、キルスティンは言った。「その通りだわ。あたし、単語をかんちがいしていたみたい」

主教が言った。「単語は正しいよ。頭に巻いた布を指す用語の起源は――」

「やれやれまったく」とジェフ。

キルスティンはにっこりして白ワインをすすった。

「あなたはFEMの会員だそうだね」と主教。

「あたしこそがFEMそのものなんですよ」とキルスティン。

「創設者の一人なの」とあたし。

「私はだね、妊娠中絶について非常に強い意見を持ってるんだがね」と主教。

キルスティンも言った。「あらあら。あたしもなんですよ。どんなご意見なの？」

「まだ生まれぬ子は、人間ではなく全能の神によって与えられた権利を持っていると私たちは考えているんだ。人間の命を奪う権利は、十戒の昔から否定されているからね」

「一つお尋ねしたいんですけど。人は死んだ後も権利を持つと思いますか？」とキルスティン。

「なんですって？」と主教。

「つまり、生まれる前の人に権利を与えるわけじゃないですか。だったら死んだ後も同じ権利を与えてはいかが？」

「実を言えば、死んだ後も権利はありますよ」とジェフ。「死体を使ったり、死体からの臓器を使ったりするには裁判所の許可がないと――」

「あたし、このオスカール風仔牛を食べようとしてるんだけど」と、この先果てしない論争が続きそうなのを見てあたしは割り込んだ。そんな論争が続けば最終的には、アーチャー主教はFEMで無料講演をやらないという結果になってしまう。「話題を変えない？」

ジェフはひるまず続けた。「知り合いに検死官のところで働いてるやつがいるんだけど。そいつがあるとき、どこか忘れたけどどっかの病院の緊急病棟に出かけたんだって。で、とにかくそこで女性がちょうど死んだばかりで、するとこいつらはそこに行って、モニタにまだ生命信号が出ているのに、目玉を移植用にえぐり出したんだってさ。よくあることなんだって」

あたしたちはしばらくそこにすわり、キルスティンはワインをすすり、他のみんなは食べ続けた。でも、アーチャー主教はキルスティンを同情と懸念のこもった視線で見つめ続けていた。その時には気がつかなかったけれど、後で思い当たったのは、主教はキルスティンが肉体的に病気を抱えているのを感じ取っていたんだってこと。他のみんなが見落としていたことを感じ取っていたんだ。聖職者としての務めから派生したものかもしれないけど、でもティムがそれをやるのは何度も何度も目にしたわ。他のだれも、ときにはその当事者ですら認識していなかったり、あるいは認識していたにしても、立ち止まってそれを気にしてはいない時点で、その人のニーズを見分けてしまうのよ。

「私はFEMにこの上ない敬意を抱いていますよ」とティムは優しい声で言った。

「ほとんどの人はそうですね」とキルスティンは言ったが、いまや心底喜んでいるようだった。「聖公会は女性の聖職叙任を認めてますか？」

「司祭にということですか？　まだそこまではきてませんが、間もなくです」

「じゃあ察するに、あなたは個人的には賛成してるのね」

ティムはうなずいた。「もちろんです。私は男性、女性の執事の基準を近代化するのに積極的に関わってきたんだ……たとえば、私は自分の教区で『女性執事』という用語の使用を認めません。男性も女性も、どちらも執事と呼ばせるように主張している。男性と女性の執事に必要な教育と研修の基準を標準化することで、後に女性の執事が司祭に叙任されるための基盤もできる。私はそれが避けられないことだと思っているし、活発にその実現に向けて活動している」

「まあ、そうおっしゃるのを聞いて、心底嬉しく思うわ。じゃあ、あなたはカトリック教会とは一線を画してるのね」とキルスティンはワイングラスを置いた。「ローマ法王は――」

「ローマ主教だね」とアーチャー主教は言った。「あの人は本当はローマ主教でしかない。ローマのカトリック教会。うちの教会もまた、公同《カトリック》の教会なんだ」

「連中は絶対に女性を聖職に叙任したりしませんよね、どう思います？」とキルスティン。

「再臨でも起こらない限りね」とアーチャー主教。

キルスティンは言ったわ。「何のことです？　物知らずでごめんなさいね。あたし、宗教的な教養も関心もないもので」

「私だって。私が唯一知っているのは、マルブランシュが言ったように、『呼吸するのは私ではなく、神が私の中で呼吸するのだ』ということだけ。再臨とはキリストがそこにいるということだ。カトリック教会は、私たちもその一部だが、それが呼吸するのはキリストの生ける力を通じてであり、それのみなんだから。キリストこそが頭であり、私たちはその身体。パウロが言ったように『教会は彼の身体であり、彼が頭なのだ』。これは古代世界に知られていた概念だし、私たちも理解できる概念ですな」

「興味深い話ね」とキルスティン。

「いや、これは真実なんだ」と主教。「知的な話なら興味深いし、ちょっとした豆知識も興味深いとは言える。たとえばある岩塩鉱山からどれだけ岩塩がとれるか、といった話だね。でも私が今述べたのは、私たちの知っていることじゃなく、私たちの存在を決定づける話なんだ。私たちはイエス・キリストを通じて生命を得ている。『かれは見られたことのない神とあらゆる被創造物で初めて生まれたものの姿である。というのもかれの中に天と地のあらゆるもの、目に見えるものすべてと目に見えぬものすべて、玉座、支配、国家、権力――あらゆるものがかれを通じ、かれのために作られたのだ。他に何物が作られる以前にかれは存在し、かれが万物をまとめあげている』」。主教の声は低く緊迫していた。話し方はなめらかで、そしてしゃべりながらまっすぐキルスティンを見つめ、あたしが見ているとキルスティンもティムを見つめ返した。ほとんど苦しんでいるかのような、まるでティムの言うことを聞きたいけれど同時に聞きたくなくて、それを恐れつつも魅了されているようだったわ。ティムがグレース大聖堂で説教をするのは何度も聴いたけれど、いまティムはキルスティンに、たった一人だけに、大聴衆に対して使うのと同じくらいの迫力をもって語りかけていた。それでも、すべては彼女に向けた話だった。

しばらく沈黙があった。

「司祭の中には、いまだに『女性執事』と言う人がたくさんいるよ」とジェフは言って、居心地悪そうにもじもじした。「ティムがいないときにはね」

あたしはキルスティンに言った。「アーチャー主教はたぶん、聖公会で女性の権利を最も強く支持している方なんですよ」

「実を言うと、そういう話は前に聞いたように思うのよ」とキルスティンは、あたしのほうに向き直って、穏やかに言ったわ。「ひょっとして――もしかして――」

主教は言った。「あなたの団体には喜んで話をするよ。そのためにこうして昼食に集まってるんだから」そして上着のポケットに手を突っ込むと黒い手帳を取り出した。「電話番号を書き留めておこう。数日以内に連絡すると約束する。ジョナサン・グレイブスに話をつけねばならないがね。かれは属主教なんだよ。でもまちがいなくあなたのために時間は取れるはずだ」

「じゃあFEMでのあたしの番号と、自宅の電話番号もお渡ししておくわね。それで――」とキルスティンはためらった。「FEMについてお話ししたほうがいいかしら、主教？」

「ティムと呼んでくれ」アーチャー主教は言ったわ。

「あたしたちは、伝統的な意味で武闘派ではなく――」

「あなたの組織のことなら、かなりよく知ってるよ。考えてほしいことがあるんだ。『たといわたしが、人々の言葉や御使《みつかい》たちの言葉を語っても、もし愛がなければ、わたしは、やかましい鐘や騒がしい鐃鉢《にょうはち》と同じである。たといまた、わたしに預言をする力があり、あらゆる奥義とあらゆる知識とに通じていても、また、山を移すほどの強い信仰があっても、もし愛がなければ、わたしは無に等しい』コリント人への第一の手紙、一三章。女性たちとして、あなた方はこの世に愛を通じて居場所を見出すのであり、敵対を通じてじゃない。愛はキリスト教徒だけに限られるものではなく、愛は教会だけのためではないんだ。あなた方が私たちを征服するつもりなら、示すべきは愛であって軽蔑じゃない。信仰は山をも動かし、愛は人の心を動かす。あなた方に反対する人々は、モノではなく人々なんだ。あなた方の敵は男性ではなく、無知な男性でしかない。男性とその無知とを混同してはいけないよ。これまでも長年かかってきた。これからも長年かかる。せっかちになってはいけないし、憎んでもいけない。いま何時？」とティムは急にハッとしてあたりを見回した。「はいこれ」とキルスティンに名刺を渡す。「あなたから電話してくれ。もう行かないと。お目にかかれて光栄だった」

そしてティムはその場を離れたわ。姿を消してから、えらく急に、ティムが食事代を払っていかなかったことに気がついたっけ。

第3章

カリフォルニアの主教はFEM相手に講演を行い、それからFEMの理事会を説得して、世界飢餓のための教会基金に二千ドル献金させた。まあ大した金額じゃないし、とっても有益な目的のためのお金よね。ティムとキルスティンがつきあっているというニュースが、ジェフとあたしのところまで伝わってくるまでにはしばらくかかった。ジェフはひたすらびっくりしてた。あたしは、可笑しいと思ったわ。

父親がFEMから二千ドルむしり取ったという事実も、ジェフにしてみれば可笑しいとは思えなかった。ジェフは、無料の演説が避けられないと思ってたわ。でもそうならなかった。父親とあたしの友人キルスティンとの間に、摩擦と反感が起こると思ってた。これまたそうはならなかった。ジェフは自分の父親がわかってなかったのよ。

あたしが知ったのは、キルスティンから聞いたおかげで、ティムからじゃなかった。ティムの演説の翌週に電話がかかってきたんだ。キルスティンが、サンフランシスコでいっしょに買い物をしようと言うの。

主教とデートしてるなんてことは、やたらに喧伝することじゃないわ。キルスティンは何時間も、ドレスやらブラウスやら上着やらスカートやらを、あの店この店と大騒ぎして選んでまわり、それまでは何が起きているのかを匂わせようとすらしなかった。だれにも言わないと約束させるにあたり、キルスティンは事前に薔薇十字よりも入念な誓いをあたしに立てさせたわ。あたしにその秘密を話すこと自体は、楽しみの一割でしかなかった。秘密を打ち明けるのをえらく引きのばして、もう永遠にかかるかと思ったほど。彼女がいったい何を匂わせているのか理解できた頃には、あたしたちはもうずっと先のマリーナにまでやってきていたっけ。

キルスティンは言ったわ。「ジョナサン・グレイブスにばれたら、ティムは辞職に追い込まれるの」

ジョナサン・グレイブスってだれだっけ。あたしはそれすら思い出せなかった。この打ち明け話はまったく現実とは思えなかった。最初は彼女が冗談を言ってるんだと思い、次に彼女が幻覚でも見てるんだと思った。

キルスティンは重々しく言ったわ。「『クロニクル』紙の一面に載っちゃうわ。しかも異端裁判に輪をかけて――」

「まったく何やってんのよ！　主教と寝たりしていいと思ってんの？」とあたし。

「だってもうやっちゃったし」とキルスティン。

「他にだれに話したの？」

「だれも。あなたもジェフには話さないほうがいいんじゃないかしら。ティムとも相談したんだけど。結論が出なかったわ」

ティムとも、ですって。この破壊的なクソ女めが。セックスのためなら、他人の人生すべてを台無しにしてもいいのね。キング博士ともボビー・ケネディとも知り合いで、いろんな人の意見を左右できる人物の人生を——中でも一人あげるなら、このあたしの意見を左右する人物の人生を台無しにしやがって。

「そんな顔しないでよ」とキルスティン。

「どっちが持ちかけたの？」

「なんであなたが怒ってんのよ？」

「あんたが言い出したの？」

キルスティンは穏やかに答えたわ。「二人で話し合ったのよ」

しばらくして、あたしは笑い出した。キルスティンも、最初は苛立っていたけど、すぐに加わった。二人で湾のふちの芝生に立ち、馬鹿笑いしながらお互いにしがみついていたわ。通りすがりの人たちが不思議そうにこっちを見てた。やっとのことであたしは言ったわ。「よかったの？　ていうか、どんなだった？」

「すっごいよかった。でもこれでティムは懺悔しなきゃいけないのよ」

「じゃあもう二度目はないってこと？」

「また懺悔すればいいだけよ」

「あなた地獄行きになるんじゃないの？」

キルスティンは言った。「ティムはね。あたしはちがうもの」

「それが気にならないの？」

「地獄に行かずにすむことが？」彼女は笑った。

「この話、本当に成熟した大人として扱わないと」とあたし。

「そうよね。とにかく絶対的に大人として対処しないと。まるで異常なことなんか一切ないかのようにふるまわないと。これって、ホントに異常だわ。っていうか、別に異常と言っても、あっちのほうの意味じゃ——わかるでしょ」

「ヤギと獣姦とかね」

キルスティンは言った。「これを表す言葉ってあるのかしら……聖公会の主教《ビショップ》と寝ること。ビショップリック。ティムに聞いた言葉だけど」

「主教《ビショップ》のちんこ《プリック》？」

「ちがうわよ、主教《ビショップ》・リックよ。発音がちがうわ」。お互い倒れないよう、相手につかまるしかなかった。二人とも、笑いが止まらなかったわ。「ティムが住んでるところ《リック》かなんかという意味よ。ああ神様」とキルスティンは、笑いすぎた涙を目からぬぐった。「絶対に主教《ビショップ》・リックと発音するようにしてね。まったく最悪だわ。あたしたちホントに地獄行きよ。まっすぐ地獄行き。ねえ、ティムが何をさせてくれたと思う？」キルスティンは身を乗り出して、耳元で囁いた。「ティムのローブやミトラを着てみたのよ、ミトラって、あのシャベルみたいな帽子よ。初の女性主教だわ」

「あんたが初めてとは限らないわ」

「すっごく似合ってたのよ。ティムよりあたしのほうが似合ってた。あなたにも見てほしいな。二人でアパート借りて同棲するのよ。お願いだから、特にここの部分は人には言わないでよね。でもそのアパート代は、ティムが裁量基金から出してくれるのよ」

「教会のお金？」あたしは彼女を見据えた。

「聞いてよ」とキルスティンはまたまじめくさった顔をしたけれど、でもその表情を続けられなかったわ。そして両手で顔を覆った。

「それって違法じゃないの？」

「いいえ、違法じゃないわ。だからこそ、主教の裁量基金って呼ばれてるのよ。主教は自分の好きなように使っていいの。あたし、かれの下で働くことになるのよ――仕事は決まってないけど、まあ総務秘書かなんか、予約担当係みたいな役柄で、講演とか旅行とかを扱うんだって。仕事がらみのこととか。組織には残れるわ……組織ってFEMのことね」。そしてしばらくだまりこんでからこう言ったわ。「問題はビルなのよ。あの子にはこの話がないのね、だってまた発狂してるから。こんな言い方しちゃダメね。重度自閉性解離引きこもりと、関係妄想で悪化した観念形成障害に加え、緊張性昏睡と興奮の交互発症。スタンフォードのフーヴァー・パビリオンに入ってるの。ほとんど診断だけのためだけど。診断面では、あそこが西海岸で最高なのよ。診断に精神科医四人とか使うんですって。病院の医師が三人と外部から一人」

「お気の毒ね」とあたし。

「軍の話でそうなったのよ。徴兵されるという不安。徴兵逃れの仮病だって責められたから。ま、それが人生ってもんよね。どのみち学校はやめるしかないし。もとい、学校はやめるしかなかったはずってことね。症状はいつも同じふうに始まるのよ――泣き出して、ゴミを出そうとしないの。泣くのは気にならないけど、ゴミがねー。ひたすら積み上がるばかりで、クズも生ゴミも。それとお風呂にも入らなくなるのよ。それでアパートにこもりっきり。公共料金も払わないから、ガスも電気も止められちゃって。そしてホワイトハウスに手紙を書きはじめるの。これは唯一、ティムと相談してない話なの。実は、そんなにたくさんの人に相談しないから。だからあたしたちの話――ティムとの情事ね――それも秘密にしておけると思うのよ。秘密を守る練習は積んでるから。いや、ちがうわね失礼。始まりはあの子が泣くのじゃないわ――まずは車が運転できなくなるのが始まりよ。運転恐怖症。道からはずれちゃうんじゃないかと怖がるの。最初はそれがイーストショア高速だけなんだけど、それが他のあらゆる道路に広がって、さらには店まで歩くのが怖いってことになって、結局食べ物も買いに行けなくなっちゃう。でも、それはどうでもよくて、その頃にはそもそもあの子は何も食べなくなってるから」。キルスティンはだまりこんだ。そしてついに口を開いて、なんとかにっこりしようとしているのがわかった。「バッハのカンタータっぽい話よね。『コーヒー・カンタータ』からの一節。子供で苦労する話。何十万もの悲惨な苦労があるとかなんとか。ビルは、あのやくたいもない曲を昔はかけたのよ。バッハがコーヒーについてカンタータを書いたなんて知ってる人はほとんどいないけど、ホントに書いてんのよ」

あたしたちはだまって歩き続けた。

「その症状ってまるで――」とあたし。

「精神分裂症よ。フェノチアジン誘導体の新しいのが出てきたら、あの子が片っ端から実験台にされているわ。同じサイクルを繰り返してるけど、そのサイクルごとにひどくなってるの。病気の期間も長いし、病状も重くなってるわ。こんな話してごめんなさいね。あなたには関係ないことですもんね」

「別にいいわよ」

キルスティンは言ったわ。「ティムが深い霊的な治療をもたらせるかもね。イエスは精神病の人も癒さなかったっけ？」

「悪霊をブタの群れに送り込んだわね。そしたらブタはみんな駆けだして崖から落っこちたわ」

「なんかもったいなくない？」とキルスティン。

「どのみち食べられちゃったかもよ」

「ユダヤ教徒はブタを食べないわよ。どのみち、悪霊入りのポークチョップなんてだれが食べたがるのよ。ネタにしていい話じゃないけど――ティムとも相談してみるわね。でも当分はダメ。ビルの精神病は、あたしからもらったんじゃないかって思うの。あたし、ホントにイカレてるから。真面目な話よ。あたしがイカレてるので、あの子もダメにしちゃったのよ。いつもジェフを見ていると、二人の差が如実にわかるわ。同じ年頃なのに、ジェフは現実を実にしっかり把握してる」

「それはどうかしら」とあたし。

キルスティンが言った。「ビルが退院してきたら、ティムに会わせたいの。というか、あなたの旦那さんに会わせたいのよ。あの二人、会ったことないわよね？」

「ないわ。でもジェフがお手本になると思うんなら、あたしとしては――」

「ビルには友だちがほとんどいないの。外向的じゃないから。あなたと旦那さんのこと話したのよ。あなたたち二人と同じ年頃だから」

その話を考えながら、ずっと未来の先のほうで、キルスティンのキチガイ息子があたしたちの生活をめちゃくちゃにするのが感じられたわ。そんな考えが浮かんだのには驚いてしまった。慈悲の心がまるで欠けているし、しかも恐怖の要素も入ってるじゃない。自分の夫のことはわかってたし、自分自身のこともわかってた。どっちも、素人療法士の仕事を引き受ける用意なんかなかった。でもキルスティンはオルグ屋だった。人々を動員して物事をやらせるのが仕事だ。それはよい物事ではあったけれど、その当人たち自身の利益には必ずしもならないのよ。

その瞬間に、自分がゴリ押しされてるという鋭い直感があったわ。バッドラックで、あたしはアーチャー主教とキルスティン・ルンドボルグが複雑な取引の中でお互いにゴリ押ししあうのを目撃したと言える。でもあれはどうも、双方にとって利益のある取引、というか双方ともそう思った取引だった。今回の、彼女の息子ビルがらみの話は、あたしにしてみれば完全に一方通行に思えた。あたしたちに何の得があるのかまるで見えなかったわ。「退院してきたら教えてよ。でもティムのほうが、職業上の訓練もあるし、もっといい——」

「でも年齢差があるでしょう。それと父親像の要素もからんでくるし」

「かえっていいかもよ。息子さんに必要なのはそれなのかも」

こっちをにらみつけてキルスティンは言ったわ。「あたしは一人で立派にビルを育ててきたわ。あの子の父親はあたしたちの生活から逃げ出して、振り返りもしなかったのよ」

「そういう意味じゃ――」

「どういう意味かよーくわかってますとも」とキルスティンはあたしを見つめ、そして今度は、本当に彼女は変わった。怒っていて、顔に憎悪が見て取れた。怒った彼女は老けて見えたわ。それどころか、肉体的に病気に見えた。なんだかむくんだ感じで、こっちが落ち着かない気分。そのとき、イエスが悪霊を送り込んだブタたちのことを思い出した。崖から駆け落ちてったブタたちをね。悪霊に憑かれるとそういうことをやるんだわ、とあたしは思った。これが徴《しるし》なのよ、この外見が。聖痕。ひょっとして息子さん、ホントにあなたから受け継いだのかもね。

でもいまのあたしたちは立場が変わってた。いまや彼女は、あたしの義父のとりあえずの恋人で、愛人になるかもしれない人物。だからキルスティンに、クソ食らえと言うわけにもいかなかった。彼女も家族だったわけ――違法で倫理にもとるやり方とはいえね。縁を切るわけにはいかない。家族の呪いはすべて受け継いで、よい部分はまったくなしか。そしてそれを手配したのはこのあたし。ティムと彼女を引き合わせようと思いついたのはあたし。悪いカルマが、納屋の反対側から戻ってきやがった。父が昔よく言ってた台詞。

サンフランシスコ湾近くの芝生に立ち、午後半ばの日差しを浴びながら、あたしは居心地が悪かった。この人、ある意味で本当に無謀で凶暴なんだわ、とあたしは思った。有名で尊敬されている人物の人生にちょっかいを出す。精神障害の息子がいる。動物みたいに針毛を逆立てる。アーチャー主教の将来は、キルスティンがある日激怒して『クロニクル』紙に電話をしたりしないかどうかにかかってるんだ——彼女の果てしない善意にティムの将来がかかってるのよ。

「バークレーに戻りましょうよ」とあたし。

キルスティンは首を横に振った。「いやよ。まだ着られる服を見つけてないわ。街に出てきたのは買い物のためよ。服はあたしにはとっても重要なの。絶対そうよ。公共の場にしょっちゅう姿を見せるし、いまやティムといっしょだから、そういう機会はますます増えるはずだし」。まだ顔には怒りが浮かんでいた。

「あたしはBARTで帰るわ」と言って、あたしは立ち去った。

＊

その晩、この話をしたらジェフはこう言った。「彼女はとても魅力的な女性だからね。あの歳にしては、だけど」

「キルスティンは鎮静剤やってるわ」とあたし。

「憶測だろ」

「絶対そうよ。あの気分の急変ぶり。飲んでるのを見たんだから。黄色いカプセルの。ほら、バルビツール類よ。睡眠薬」

「だれでも何かしら飲んでるだろ。きみは大麻を吸うだろ」

「でもあたしは正気よ」

「彼女の歳になったら正気でなくなるかもよ。息子さんのことはかわいそうに」

「お父さんのことはかわいそうに」

「ティムなら彼女を扱いきれるよ」

「彼女を殺すしかなくなるかもよ」

ジェフはあたしを注視した。「ずいぶん変なことを言うね」

「抑えがきかなくなってるもの。それにイカレポンチの足枷《あしかせ》ビルがこのことを知ったらどうなるの？」

「でもきみの話では――」

「すぐ出てくるわ。フーヴァー・パビリオンの入院は何千ドルもかかるのよ。せいぜい四日入ってるだけ。正面玄関から入ってそのまま裏口から出てきた人だって知ってるもの。カリフォルニア聖公会主教区の財力すべてをもってしても、キルスティンは息子をあそこには入院させておけないわ。いつの日か、その息子さんは目玉をギョロギョロさせながら、カンガルー式バネ仕掛けの靴で派手に飛び出してくるのよ――それでティムもおしまい。キルスティンは、まずあたしにティムを紹介させた。その後で、キチガイ息子の話をするのよ。いつの日か、どこかの日曜の朝にティムがグレース大聖堂で説教をしているときに、このイカレた野郎が立ち上がって神様が舌がかりの力をそいつに与えて、そうなったらアメリカで最も高名な主教も一巻の終わりよ」

「人生なんて危険と隣り合わせだろ」

「キング博士も、殺される日の朝にたぶんそう言ったでしょうね。どのみち、ティム以外はみんな死んじゃったわ。キング博士は死んだ。ボビー・ケネディもジャック・ケネディも死んだ——あたしがあなたのお父さんの死を手配したようなもんだわ」。その晩、うちの小さな居間で夫とすわっているときに、あたしはこれを確信したのよ。「息子さん、お風呂に入らないんだって。ゴミも出さない。手紙を書く。他に何を知る必要があるのよ? いまこの瞬間にだってローマ法王に手紙を書いてるんじゃないの。火星人が壁を通り抜けてやってきて、母親とあなたのお父さんとのことを教えてくれたとか何とか。まったく。そしてそれがあたしのせいなんだ」。あたしはソファの下に手を伸ばして、大麻を入れてあるビール缶を取り出そうとした。

「ラリったりしないでくれよ。頼むから」

狂気が友人たちを支配してるのに、あなたはあたしのことを心配してくれるのね、とあたしは思った。「大麻タバコ一本。半分。一服だけ。一吸い。見るだけ。見るふりをするだけ」と言って探り出したビール缶は空っぽだった。隠し場所を移したんだっけ。もっと安全な場所へ。ああそうだった、真夜中に、化け物どもがあたしからボッタクってるんだと思いこんだんだわ。歌劇『ラディゴア』からの狂女マーガレットが登場、舞台上での狂気の絵姿か、それともギルバートが描いた形が何であれ。「全部吸っちゃったかも」とあたし。でも覚えてないのよ。それが大麻《メアリー・ジェーン》の副作用だから。短期記憶をダメにしちゃう。たぶんたった五分前に吸い尽くしたとしても、すでに忘れちゃってるわ。

「きみ、面倒事を大げさにしてるだろ。ぼくはキルスティンが好きだな。うまくいくと思うよ。ティムはぼくのお母さんが恋しいんだよ」

ティムが恋しいのはヤルことのほうよ、とあたしは思った。「あれは本当にイカレたご婦人よ。あたし、鈍行列車で帰らなきゃならなかったのよ。二時間もかかった。あなたのお父さんと話をしないと」

「やめとけよ」

「やる。あたしの責任だもん。ブツはステレオチューナーの裏に隠したんだわ。もうヘロヘロになって、ティムに電話して、言ってやるわ——」口ごもって、そこで無力感に押し潰された。泣きたい気分だったわ。すわりなおしてティシューの箱を取り出した。「ちくしょう、即ヤリなんて、主教はやらないはずでしょうに。ティムがそんな気分だなんて知ってたら——」

「即ヤリ?」ジェフは不思議そうに言った。

「病理を見ると怖いのよ。ここには病理が感じられる。プロ意識の高い責任ある人が、柔《やわ》肌《はだ》のぬくもりと交換に自分の人生を台無しにしてるのが感じられるわ。それも一時的な柔肌。それを言うなら、その柔肌がぬくもり続けられる感じもしないわ。すべてが冷たくなっちゃう。そんな限られた時間に縛られるなんて、ヘロインでもやってて一時間単位でしか物が考えられなくなったやつでもないと、あり得ないわ。ティムみたいな人は、数十年単位でものを考えるはずよ。生涯の単位とか。二人が会ったのも処刑人フレッド経営のレストランで、それ自体が不吉さの権化で、バークレーの幽霊があたしたち全員をやっつけに戻ってきたような場所で、そして二人は別れるときにはお互いの電話番号を持っていて、それで一丁あがり。あたしはウーマンリブ団体を助けたいだけだったのに、そしたらみんなしてあたしをハメやがって、あんたもよ。あんただってその場にいたわ。あれが起こるのを見ていたじゃない。あたしもあれを見てた。あたしも他のみんなと同じくらい狂ってた。ソ連の手先フレッドに、カリフォルニア教区の主教と写真を撮れなんて言ったのはあたし——あたしの理屈から言えば、二人とも女装してるべきだったのよ。破滅がやってくるのを目の当たりにするときにイヤなのは——」あたしは目をぬぐった。「お願い、まったく、あたしのメアリー・ジェーンを見つけて。ジェフ、チューナーの裏を探して。カールスジュニアの袋、白いヤツに入ってるわ。ね」

「わかった」ジェフは素直にチューナーの裏を探った。「見つけた。落ち着いてよ」

「破滅は見えるけど、それがどっちからくるのかは見えないのよ。なんかそこに、雲みたいにぶら下がってるだけで。『リル・アブナー』で雲につけまわされてた人物ってだれだっけ？　そういえば、こういうのってＦＢＩがマーチン・ルーサー・キングになすりつけようとしてた代物よね。ニクソンはこの手のクソが大好きだから。ひょっとしてキルスティンは政府のエージェントなのかもよ。あたしがエージェントなのかも。みんなプログラムされてるのかも。あたしたちの集合的映画でカサンドラ役を演じちゃってごめんなさいね、でもあたしには死が見える。ティム・アーチャー、あなたのお父さんが霊的な人物だと思ってたわ。ティムってこんな雌――」あたしは中断した。「ひどい比喩を使おうとしてたわ。忘れて。お父さんは普通、こんなふうに女の尻を追っかけたりするの？　つまり、これって単にあたしがたまたまこの一件についてだけ知ってて手引きをしたってだけなの？　ミサに行かないようあたしに忠告してよね、もともとミサなんかに行ったためしはないけど。聖杯を捧げる手が何を触ってたかわかりゃ――」

「いい加減にしろよ」

「いいえ、くるくるパーのビルや不気味なキルスティンや、もはや干上がってないティムといっしょに、あたしだってキチガイになっちゃいたいわよ。それとクズ野郎のジェフといっしょにね、このクズ野郎。もう巻いてある大麻タバコが入ってるの、それとも牛みたいに大麻を直接かじんなきゃいけないの？　いまは大麻タバコを巻けないわ。見てよ」と手を差し出して見せたわ。震えてた。「これ、大発作って言われるやつよ。医者を呼んできてよ。アベニューに出かけて鎮静剤でも手に入れてきてよ。この先何が待ってるか教えてあげるわ。だれかの人生が、これすべてのために破壊されちゃうのよ。あたしが今やっている『これ』のことじゃなくて、バッドラック（おあつらえむきの名前よね）でやった『これ』のせいで。あたしが死んだら、与えられる選択は二つだけ。頭までクソにつかるか、頭からクソにつかるか。まさにクソとしか言いようがないわ、あたしがやったことは」。あたしは嗚咽《おえつ》しだした。泣いて嗚咽しながら、あたしは夫が差し出す大麻タバコに手を伸ばした。「火をつけてくれない、バカね。ほんとはかじったりできないのよ。無駄になる。飛ぶには半オンスくらいかじらないとだめで、少なくともあたしはそうよ。世界の他の人がどうだか知りゃしないけど。他の人は何をしてもいつでも飛べるのかもね。頭からクソに埋もれて二度とラリれない――まさにあたしの天罰にふさわしいわ。そしてすべてを取り消せるんなら、すべてを取り消す方法が一つでもあるなら、そうしてるわよ。あたしの呪いは完全な洞察力を持ってることだわ。すべてが見えて――」

「カイザーに行くか？」

「病院に？」あたしは夫を見つめた。

「だって、収拾つかなくなってるじゃないか」

「完全な洞察力があるとそうなるのよ。ありがと」あたしは大麻タバコを受け取った。夫は火をつけてくれていたわ。だからそのまま吸い込んだ。少なくともいまや、もうしゃべれなくなった。そして間もなく、意識も思考もなくなる。記憶すら。『スティッキー・フィンガーズ』をかけて、とあたしは思った。ストーンズよ。「シスター・モーフィン」を。あれだけ大量の血まみれのシーツについて聞くと落ち着くわ。落ち着かせてくれるような手が頭に載ってるといいのに。明日死んじゃうのはあたしじゃないわ、でもあたしであるべきよ。みんな、なんとかしてできる限り無垢な人物を挙げましょう。それが明日死ぬ人よ。「あのクズ女、あたしを歩いて帰らせたのよ。サンフランシスコから」

「でも列車に――」

「それも歩きのうちよ」

ジェフは言ったわ。「ぼくは彼女が好きだよ。いい友だちだと思うな。お父さんにとってもいい相手になると思う――すでになってるんじゃないか。きみ、自分が嫉妬してるとは思わないの？」

「なんですって？」

「そうとも。嫉妬って言ったんだよ。二人の関係に嫉妬してるんだ。自分がその一部だったらいいと思って。きみの反応は、ぼくにしてみたら侮辱だね。ぼくだけで――ぼくたちの関係だけで――十分であるべきなのに」

「散歩に行かせてもらうわ」

「好きにしろよ」

「あんたがどこに目ん玉つけてんのか知らないけど――いや、最後まで言わせて。落ち着くから。もっと落ち着いて言うから。ティムは単なる宗教人じゃないわ。教会の中だけでなく教会外の何千人もを代弁してるのよ。外のほうが多いかもしれない。あなたわかってる？　ティムがつまずいたら、あたしたちみんな道連れなのよ。あたしたちみんな、もう絶望よ。いまや生き残ってるのはほとんどティム一人。他の人はみんな死んじゃってる。今回の一件のポイントは、別にこれが起こる必要なんか何もないってことなのよ。まるでティムが自分であえて決めたみたいな。見かけてまっすぐにそこに歩いて行ったのよ。よけようともせず、抵抗すらしなかった――受け入れたのよ。あなた、これが――あたしの感じてるものが――電車で帰ってきたせいだと思ってるの？　一人また一人と、やつらは公的な人物を全員始末して、そして今度はティムが鍵をだまってやつらに渡し、自ら進んで手渡し、戦おうともしないのよ」

「そこできみが戦おうってわけか。それも必要ならこのぼくと」

「あたしから見れば、あんたはバカよ。みんなまぬけに見えるわ。愚鈍さが勝っているのが見える。これはペンタゴンがやってるようなことじゃないわ。これは愚鈍なのよ。トラブルに向かってまっすぐ歩いて行って『さあわたしをつかまえて――』」

ジェフは言ったわ。「嫉妬だな。きみの心理的動機がこの家中に満ちてる」

「あたしには何も『心理的動機』なんかないわよ。ただ、この銃撃戦が終わったときにだれかが生き残ってるのを見たいだけよ、それもイカレてない――」そこであたしは口を止めた。「後になってから、これが降りかかってきた運命だなんて言わないでよね。みんな自業自得なんだから。それと、まったく予想外だったとかも言わないでよね。レストランで会った女と情事を持つ主教――それもガソリンスタンドのポンプを車でバックしながら倒しておいて、平然と走り去った人物なんですからね。そしたらポンプが後から追っかけてきたでしょう。世の中ってそういう仕組みなのよ。どっかのバカのポンプをつぶしたら、そいつは追いつくまで走って追っかけてくるのよ。こっちは車で向こうは走ってるけど、でもいつかこっちを見つけ出して、そしてはっと気がつくとそいつがいるのよ。いまはまさにそういう状態。だれかがあたしたちを追いかけてきてて、いずれ追いつくわ。必ずそうなるのよ。あのポンプの持ち主を見たわ。狂ってたわ。走り続けるつもりだったのよ。連中は絶対にあきらめない」

「そしてきみは、いまそれが起こってると思うんだ。親友の一人のせいで」

「最悪の種類の友人よ」

ニヤニヤしつつジェフは言った。「その話なら知ってる。W・C・フィールズの短篇だよ。ある監督がいて――」

「そして彼女はもう走ってないのよ。もう追いついたのよ。二人でアパートを借りて同棲するんだって。詮索好きのご近所が一人いればおしまいよ。ティムを異端審問で告発してる、南部の主教はどうすんのよ。その人ならどうすると思う？　だれかに異端で追及されているとき、昼食で会った女にすぐに手を出したりするの？　それでアパート探しに出かけたりするの？　ねえ」とあたしは夫に近寄った。「主教になったら次はどうするの？　ティムはもう主教に飽きたのかしら？　これまでやった他のことにはすべて飽きちゃったわよね。アル中にさえ飽きたでしょう。絶望的な飲んだくれが、退屈だからというだけで、興味の持続時間が短いからってだけでしらふに戻ったなんて、ティム以外に聞いたこともないわ。人々の不運ってのは通常はその当人が望んだことなのよ。いまのあたしたちもまさにそれをやってるんだわ。ティムが飽きて、無意識にこう言ってるのが見えるわ。『どうでもいいか。こんな変な衣装を毎日着るのも飽きてきたよ。ちょっと人間的な悲惨を焚きつけて、何が起こるか見てみよう』」

笑いながらジェフは言った。「きみを見て何を——だれを——連想すると思う？　パーセルの『ディドとアエネアス』に出てくる魔女だよ」

「どういう意味よ」

「『その者、陰惨なるカラスが鳴くかのごとく、死にゆく者の窓を叩くのだ』。悪いけど——」

「あんたら、まぬけなバークレーのインテリどもときたら。まったくどういうクソふざけた世界に暮らしてんのよ。あたしとは別の世界であることを祈りたいわ。何やら古い詩なんか引用したりして――こんな事態になったのもそのせいよ。あたしたちの骨が発掘されたら、報告書に載るわよ――あんたのお父さんも、いまのあんたとまったく同じ調子で、レストランで聖書を引用したわ。あなたあたしを殴るべきか、あたしがあんたをぶつべきなんだわ。さっさと文明が終わってくれたら清々するのに。みんな本のかけらをベラベラ口にしたりして。『スティッキー・フィンガーズ』をかけてよ――「シスター・モーフィン」を。いまのあたしはステレオをまともに操作できそうにないから。代わりにやって。大麻タバコはありがとうね」

「きみが落ち着いたら――」

「あんたが目を覚ます頃には、すべてが終わってるわ」とあたし。

ジェフはかがみこんで、あたしの聴きたがったレコードを探した。何も言わなかった。やっと腹を立てたんだ。遅すぎるし不十分だし、それに怒る相手がまちがってるわ。あたしの場合と同じく。自分の巨大な知性に破滅させられて。理屈をこねて、思案して、何もやらない。支配するのは脳足りんども、些末なことでわめきあうばかり。『ディド』の女魔術師ね。あなたの言う通り。「ベリンダよ、汝の手、暗闇が私を影に落とす。汝の胸に休ませておくれ。もっとやりたいところだが、死が私を冒す――」それで他に何て言うんだっけ？「いまや死が訪れてくれたら歓迎する」。クソッ、関係あるな、とあたしは思った。旦那の言う通り。まったくもって正しい。

ステレオをいじって、ジェフはストーンズのレコードをかけた。

音楽を聴いてあたしは落ち着いたわ。ちょっとだけね。それでもまだ、ティムのことを考えて泣き続けた。このすべては、みんながバカなせいなんだ。それ以上の深い話なんてありゃしない。そしてそれが最悪の部分なのよ、このすべてが実に単純だってことが。それ以上の話がないってことが。

＊

数日後、よく考えて腹を決めたあたしはグレース大聖堂に電話してティムに面会のアポを取ったわ。ティムはオフィスで会ってくれた。大きくて美しいオフィスで、大聖堂とは別棟にあった。ハグとキスで迎えてくれてから、古代の土器を二つ見せてくれた。なんでも四千年以上前に近東で油ランプとして使われていたんですって。ティムがそれを扱う様子を見ているうちに、そのランプがおそらく——実はまちがいなく——ティムのものじゃないな、と思いついた。教区のものなんだ。どのくらいの価値があるんだろうと思った。それがこんなに長年残ってたなんて驚異的。

「お時間とってくれて、どうもご親切にありがとうございます。お忙しいのは知ってますから」

ティムが顔に浮かべている表情を見ると、あたしがなぜやってきたかはすでに知っていのがわかった。ティムはぼんやりうなずき、まるで実は、あたしにできるだけ注意を払わないようにしているかのようだった。これまでティムがそうやって意識をそらすのは何度か見たことがあった。脳の一部は聞いていても、その大半はすでに封印されているんだ。

事前に用意した演説をあたしが終えると、ティムは重々しく言った。「ねえ、パウロはパリサイ人だったんだよ。かれらにとっては、トーラ――法――を微に入り細をうがって厳密に遵守することがすべてだった。中でも特に、儀式の純粋性が重要だったんだ。でも後に――改宗してから――救済は法にではなく、ザディカにあると見るようになったんだ。ザディカとは、イエス・キリストがもたらす義の状態のことだ。こっちにきていっしょにすわってほしい」とティムはあたしを招いて、とても大きな革装の聖書を開いた。「ローマ人への手紙の四章から八章はご存じかな？」

「いいえ？」と言いつつあたしはティムの隣にすわった。お説教を食らわされるのがわかった。説法だ。ティムは準備万端であたしに会ったんだ。

「ローマ人への手紙五章は、パウロの基本的な前提を述べている。人々が救われるのは恩寵を通じてであり功徳ではないということだ」。そしてティムは、膝の上で開いた聖書から読み上げた。「『このように、わたしたちは、信仰によって義とされたのだから、わたしたちの主イエス・キリストにより、神に対して平和を得ている――』」そしてあたしのほうにチラリと目を上げたわ。そのまなざしは鋭く厳しかった。これは弁護士ティモシー

・アーチャーだった。「『――わたしたちは、さらに彼により、いま立っているこの恵みに信仰によって導き入れられ、そして、神の栄光にあずかる希望をもって喜んでいる』さてどうだったっけ」とかれはページに指を走らせ、唇を動かした。「『すなわち、もしひとりの罪過のために多くの人が死んだとすれば、まして、神の恵みと、ひとりの人イエス・キリストの恵みによる賜物とは、さらに豊かに多くの人々に満ちあふれたはずではないか』」ティムはページをめくってさらに先を探した。「そうそう、ああここだ。『しかし今は、わたしたちをつないでいたものに対して死んだので、わたしたちは律法から解放され、その結果、古い文字によってではなく、新しい霊によって仕えているのである』」そしてもう一度、聖書の先のほうを探した。「『こういうわけで、今やキリスト・イエスにある者は罪に定められることがない。なぜなら、キリスト・イエスにあるいのちの御霊《みたま》の法則は、罪と死との法則からあなたを解放したからである』」ティムはあたしのほうを見上げた。「これがパウロの認識の核心に迫るものだ。『罪』が本当に指しているのは神に対する敵対心なのだ。文字通りにいえば、それは『的を外す』という意味だ。矢を放ったらそれが手前に落ち、低すぎたり、あるいは高すぎたりするような場合だね。人類が必要とするもの、欠かせないものは義だ。それをお持ちなのは神だけであり、神だけがそれを人類に提供できる……人類《メン》といっても、男も女も両方だよ。別に男だけとか――」

「わかってます」とあたし。

「パウロの認識では信仰、ピスティスこそが、罪を消し去る力、絶対的な力を持っているんだということだった。そこから出てくるのは律法からの解放だ。形式的で決まり切ったコード――コードとしての倫理と呼ばれている――に従うだけで人が救われるなどと信じる必要はないということだ。その立場、人がきわめて複雑で入念なコード倫理体系に従うことで救われるという立場こそ、パウロが反抗したものなんだよ。それがパリサイ人の立場であり、パウロはそれに背を向けたのだ。これこそ実はキリスト教、我らが主イエス・キリストに対する信仰のすべてだ。恩寵を通じた義、そしてその恩寵が信仰を通じてやってくるということ。きみに読んでほしいのが――」

「ええ、でも聖書は汝姦淫するなかれとも言ってます」とあたし。

ティムは即座に言った。「姦淫は既婚者における性的な不義のことだ。私はもう結婚していない。キルスティンもすでに結婚してない」

「あら」とあたしはうなずいた。

「第七の戒律。結婚の聖性についてのものだ」ティムは聖書を置くと部屋を横切り、広大な書棚に向き合った。そして青い背の本を下ろした。戻りつつその本を開きページを探る。「大英帝国の故主任ラビだったハーツ博士の発言を引用しよう。第七の戒律との関連でね。出エジプト記二〇章一三節との関連だよ。『「姦淫。それは忌まわしく神の唾棄するまちがった行いである」。アレクサンドロスのフィロン。この不倫に対する戒律は、夫と妻の双方ともに、婚姻の聖なる契約を汚すことに対して警告するものである』」。ティムはそのまま先を黙読してから本を閉じた。「エンジェル、きみは十分に常識があるから、キルスティンと私が――」

「でもリスクの高い行動です」

「ゴールデンゲート橋を車で渡るのもリスクは高いよ。タクシーはゴールデンゲート橋の追い越しレーンを走るのが禁じられてるって――いや、別に警察が禁じてるわけじゃなくて、タクシー会社が禁じているんだがね――知ってたかね？　追い越しレーンは『自殺レーン』と呼ばれてるんだ。運転手がその車線にいるのを見つかったら、クビになる。でもゴールデンゲート橋の追い越し車線を走る車なんていつでもいる。あまりよい喩えじゃないかもしれないなあ」

「いえ、いい喩えです」とあたし。

「きみはゴールデンゲート橋の追い越し車線を走るかね？」

しばらく間を置いてからあたしは言った。「ときどき」

「私がやってきて、きみをすわらせて追い越し車線を走ることについて説教を始めたらどう思うね？　子供扱いされてる、大人として見られてないと思うだろう？　私の言ってることがわかるか？　大人が何か気に入らないことをしたら、その当人と話し合えばいい。私はキルスティンとの関係についてきみと喜んで議論しよう。というのも、一つにはきみが私の義理の娘だからだが、もっとずっと重要なこととして、きみは私が知っていて気に掛けて愛している人物だからだ。ここで重要なのがいまの一語だと思うんだな。これはパウロの思考の鍵でもある。ギリシャ語のアガペー。ラテン語に翻訳されると、カリタスで、そこから英語の『気に掛ける《ケアリング》』もきている。だれかを気に留めることだ。ちょうど、きみが私のことを気に留め、私自身と友人のキルスティンのことを気に留めているように。我々のことを気に掛けてくれてるんだろう」

「そうなんです。だからきたんです」とあたし。

「ならきみにとって、気に掛けるというのは重要なんだね」

「ええ、そのようです」

「アガペーと呼ぼうがカリタスと呼ぼうが愛と呼ぼうが他人を気に掛けると呼ぼうが、呼び方はどうあれ――パウロから読んでみよう」とアーチャー主教は再びでっかい聖書を開いた。そして手早くページをめくった。どこを目指しているかずばり知っているのだ。

「コリント人への第一の手紙、一三章。『たといまた、わたしに預言をする力があり、あらゆる――』」

「ええ、バッドラックで引用した部分ですよね」とあたしは割り込んだ。

「そしていま改めて引用しよう」ティムの声は力強かった。「『たといまた、わたしが自分の全財産を人に施しても、また、自分のからだを焼かれるために渡しても、もし愛がなければ、いっさいは無益である』。そしてこれを聞きなさい。『愛はいつまでも絶えることがない。しかし、預言はすたれ、異言はやみ、知識はすたれるであろう。なぜなら、わたしたちの知るところは一部分であり、預言するところも一部分にすぎない。全きものが来る時には、部分的なものはすたれる。わたしたちが幼な子であった時には、幼な子らしく語り、幼な子らしく感じ、また、幼な子らしく考えていた。しかし、おとなとなった今は、幼な子らしいことを捨ててしまった』

そのとき、大きな机の上の電話が鳴った。

いかにも苛立ったように、アーチャー主教は聖書を開いたまま置いた。「失礼」と言って電話に出た。

電話が終わるのを待ってすわっている間、あたしはティムが読んでいたくだりを眺めた。あたしも知っている一節だったけれど、あたしが見たのは欽定版だ。この聖書は、エルサレム聖書なのがわかった。初めて見た。ティムが読んだ箇所の先まで読んでみた。

電話を終えてアーチャー主教が戻ってきた。「もう行かないと。アフリカの主教が面会を待ってるんだと。たったいま空港から着いたばかりなんだ」

あたしはでっかい聖書の一節を指さした。「ここには、あたしたちが見ているものはおぼろな反射像でしかないと書いてあります」

「そしてまた、『このように、いつまでも存続するものは、信仰と希望と愛と、この三つである。このうちで最も大いなるものは、愛である』とも書いてあるよ。私としては、これが我が主のケリグマの総括だと指摘したいね」

「キルスティンが他の人にしゃべったら？」

「たぶん彼女もそこらへんの配慮はあてにできると思うね」。主教はすでにオフィスのドアにたどりついていた。反射的にあたしも立ち上がって後に続いた。

「あたしにはしゃべりました」

「きみは私の息子の妻じゃないか」

「いやそうですけど――」

「こんな急に行かなきゃいけないなんてすまないね」とアーチャー主教は、オフィスのドアを背後で閉めて鍵をかけた。「神のお恵みを」とあたしのおでこにキスした。「こっちも落ち着いたら是非きてほしい。キルスティンが今日、アパートを見つけたんだよ。テンダーロイン地区にね。私は見てない。それは彼女に任せてある」。そしてさっさと歩み去り、あたしはその場に立ち尽くして残された。ちょっとした用語のまちがいにつけこまれて手玉に取られたのね、と気がついた。あたしは姦淫と密通を混同してたんだ。いつもティムが弁護士だってことを、つい忘れてしまうわ。言いたいことがあってあの大きなオフィスに入っていったのに、結局言わずじまいだった。賢く入っていったのに、愚かになって出てきた。その間に何もない。

大麻を吸ってなければもっとうまく主張できたかも。ティムが勝った。あたしは負けた。いいえ。ティムは負けた。あたしも負けた。二人とも負けた。クソッ。あたしは愛がよくないなんて言ってない。アガペーを否定したりしてない。論点はそんなことじゃなかったのよ、ホントの肝心な論点は。肝心なのは見つからないこと。床にしっかり足を固定しておくのが肝心。あたしたちが現実と呼ぶ床にね。

通りに向かいはじめたときに思った。あたしは世界で最も成功した人物の一人に指図がましいことをしてるんだ。あたしは絶対にアーチャー主教のように有名にはなれない。絶対に人の意見に影響を及ぼすこともない。ティムみたいに、ベトナム戦争の間は胸の十字架をしまったりもしてない。いったいあたし、何様のつもり？

第4章

それからほどなくして、ジェフとあたしはカリフォルニア主教とその愛人をテンダーロインの隠れ家に訪ねるよう招待された。何やらパーティーじみた代物になったわ。キルスティンはカナッペやオードブルを作った。台所から料理の匂いがする……ティムはあたしに車を出させてワインを買いに近所の酒屋まで出かけた。二人はワインを買うのを忘れていたの。ワインを選んだのはあたし。店員に支払いをする間、ティムはボーッと立ってて、うわの空のようだった。AA（アルコール依存症者の自助グループ）に参加すると、酒屋では意識を遠のかせるようになるんでしょうね。

アパートに戻ると、洗面所の薬棚にデクサミルのでっかい瓶を見つけた。長旅に出るときに薬を出すときのサイズの瓶。キルスティンが覚醒剤やってんの？　とあたしは自問した。音を立てないようにその瓶を手に取った。その処方箋ラベルに書いてあるのは主教の名前だった。あらあら、酒をやめて覚醒剤に移行ってわけか。AAでそういうのについて警告してるんじゃなかったっけ？　あたしはトイレの水を流し——何か音を作り出すため

——水音がしている間にその瓶をあけて、デックス錠剤いくつかをポケットに入れた。バークレーに住んでると、自動的にやっちゃうことなのよ。まったく何も考えずに。でもそれを言うなら、バークレーの人間はだれもヤクを洗面所に置いておいたりしないけど。

間もなくあたしたち四人は、慎ましい居間ですわってリラックスしていた。ティム以外みんなドリンクを手にしていた。ティムは赤いシャツとパーマネントプレスのスラックスをはいている。主教には見えなかった。キルスティン・ルンドボルグの愛人みたいだった。

「とってもすてきな所ね」とあたし。

酒屋からの帰り道、ティムは私立探偵の話と、そいつらが人を見つけるときに何をするかについて話をした。留守中にアパートに侵入して、たんすの引き出しをすべて漁《あさ》るんだって。これをつきとめるには、外に出るドアすべてに人間の髪の毛を貼り付けておくといい。たぶんティムはこれを映画で見たんだと思う。

「帰ってきて髪の毛がなくなっていたり切れていたりしたら、監視されているとわかる」と車からアパートまで歩く間にティムは言った。それから、キング博士をめぐるFBIのやりくちの歴史を述べはじめた。バークレーの人ならだれでも知っている話だ。でもあたしは礼儀正しく耳を傾けた。

その晩、二人の隠れ家の居間で、あたしは初めてサドカイ派文書の話を聞かされたんだ。今なら、もちろんダブルディアンカーから出てる、パットン、マイヤース、エイブレ翻訳の本が買える。この本は完全版で、ヘレン・ジェームズの序文で神秘主義も説明され、サドカイ派と、たとえばクムラン人とを比較対照させたりしてる。クムラン人はおそらくエッセネ派だったんだけど、これがはっきり証明されたことはないわ。

ティムはこう言ったの。「思うに、これはナグ・ハマディ文書よりもっと重要になるかもしれないね。私たちはすでにグノーシス主義についてそこそこ使いものになる知識を持っているけれど、サドカイ派についてはユダヤ教徒だという事実以外には何もわかってないから」

「サドカイ派写本のおおまかな年代は？」とジェフが尋ねた。

「とりあえずの推定では、紀元前二百年だそうだ」とティム。

「じゃあイエスに影響を与えたかもしれない」とジェフ。

「それはなさそうだ」とティム。「三月にロンドンに飛ぶつもりだ。翻訳者たちと話ができるだろう。ジョン・アレグロが参加していればよかったんだが、残念ながらいない」。

そしてティムはしばらく、クムラン写本、通称死海文書との関連でアレグロがやった業績について話したわ。

「ひょっとしたらだけど――」とキルスティンは言いかけてためらった。「サドカイ派文書にキリスト教の内容が実は入ってたりするとおもしろいわよね？」

「なんといってもキリスト教はユダヤ教に基づいているからね」とティム。

「いやつまり、イエスが言ったとされている個別の発言がサドカイ派文書の中にあるかもしれないでしょう」とキルスティン。

「ラビの伝統を見ると、それほどはっきりした断絶があるわけじゃないんだよ。新約聖書の基礎と思われてる概念のいくつかは、すでにヒレルが語っていたりする。それにもちろんマタイは、イエスの言行すべてが旧約聖書の予言成就だとして理解していたよね。マタイはユダヤ教徒に向けて、ユダヤ教徒のために、基本的にはユダヤ教徒として書いている。旧約聖書で述べられている神の計画が、イエスによって完成を見たというわけだ。『キリスト教』という言葉は、マタイの時代には使われていなかった。使徒の時代のキリスト教徒たちは単に『道』について語った。だからかれらは、それが自然であり普遍的なんだと強調したわけだ」。しばらく間を置いてから、ティムは付け足したわ。「そして『神の言《ことば》』という表現も見つかる。これは使徒行伝六章にある。『こうして神の言は、ますますひろまり、エルサレムにおける弟子の数が、非常にふえていった』」

「『サドカイ派』というのはどこからきてるの?」とキルスティンは尋ねた。

「ザドクというイスラエルの神官だよ。ダビデの時代の人だ。かれは神官の一派、サドカイ派を創設したんだ。エレアザル司祭館の出身だ。クムラン写本にはザドクへの言及がある。調べようか」とティムは立ち上がり、まだ荷ほどきしていない段ボールから本を取り出した。「歴代志上、二四章。『これらの者もまた氏族の兄もその弟も同様に、ダビデ王と、ザドクの前で、アロンの子孫であるその兄弟たちのようにくじを引いた』ほら言及されている」ティムはその本を閉じた。別の聖書だったわ。

「でもいまや、ぼくたちはずっといろいろわかることになりそうだね」とジェフ。

「ああ、そう願いたいね。ロンドンに行ったときにね」ティムはそこで、いつものことではあるけれど、いきなり心のギヤチェンジをしたわ。「このクリスマスには、グレース大聖堂でロックミサをお願いするんだ」。そしてあたしのほうをじっと見てこう言ったわ。

「きみはフランク・ザッパをどう思うね？」

あたしはどう答えていいやら途方に暮れた。

「実際のミサが録音されるように手配するんだよ。そうすればアルバムとしてリリースできる。キャプテン・ビーフハートもお奨めだと言われたな。それと他にもいくつか名前が挙がったっけ。フランク・ザッパのアルバムを手に入れて聴くにはどこに行けばいい？」

「レコード屋だろ」とジェフ。

「フランク・ザッパというのは黒人？」とティムが尋ねた。

「そんなの関係ないはずよ。あたしに言わせれば、そんなの逆差別よ」とキルスティン。

ティムは言ったわ。「知りたかっただけだよ。この分野についてはまったく何も知らないからね。だれか、マーク・ボランについて何か意見のある人は？」

「死んだわ。Tレックスの話でしょ」とあたし。

「マーク・ボランって死んだの？」とジェフ。驚いたようだった。

「あたしのかんちがいかも。レイ・デイヴィスはどうかしら。キンクスの曲を書いてるし。すごくいいのよ」

「私のために調べてはくれないかね？」とティムは、ジェフとあたしに同時に話しかけた。

「どこから手をつけていいやらわからないわ」とあたし。

キルスティンが静かに言った。「あたしに任せて」

「ポール・カントナーとグレイシー・スリックを呼べばいいわ。マリン郡のボリナス、すぐそこに住んでるのよ」とあたし。

「知ってるわ」とキルスティンは、平静にうなずき、自信たっぷりの様子を見せた。

うそつけ、とあたしは思った。だれのことかもわかってないくせに。このアパートにしけこんだってだけで、すでに仕切りたがってるのね。大したアパートでもないくせに。

ティムが言ったわ。「ジャニス・ジョプリンにグレース大聖堂で歌ってほしいなあ」

「ジャニスは一九七〇年に死んでます」とあたし。

「じゃあ代わりにだれを推薦するね？」とティムは尋ね、期待して答えを待った。

「『ジャニス・ジョプリンの代わりに』ですか」とあたし。「『ジャニス・ジョプリンの代わりに』。これはよく考えてみないと。いまここでパッと名前が出てきません。しばらく時間がかかります」

キルスティンは、いろんな表情が混じり合ったものを浮かべてあたしを見た。ほとんどが、気にくわないという表情だったわ。「たぶんこの人が言おうとしてるのは、ジョプリンの地位に取って代われる人なんかあり得ないし、この先も出ないってことだと思うわ」

「彼女のレコードはどこで手に入るね？」とティム。

「レコード屋だろ」とジェフ。

「手に入れてくれるかね？」とその父親。

「ジェフとあたし、彼女のレコードなら全部持ってます。そんなに数はないんですよ。持ってきます」

「ラルフ・マクテル」とキルスティン。

「そういう提案を全部書いといてほしいね。グレース大聖堂でのロックミサは、かなりの注目を集めるはずだ」とティム。

あたしは思ったわ。ラルフ・マクテルなんて人物はいないわ。部屋の向こうから、キルスティンがにっこりしてみせた。複雑な微笑。降参だわ。どういうつもりなのか、まるでピンとこなかった。

「パラマウントのレーベル所属なのよ」と言うキルスティンの微笑が広がった。

「本当にジャニス・ジョプリンに出てほしかったんだがなあ」とティムは、半ば独り言のように言った。でも不思議そうだった。「今朝方、車のラジオで彼女の歌をやってたんだよ——書いたのは彼女じゃないのかもな。ジャニス・ジョプリンは黒人なんだろ？」
「白人だよ。それに死んでる」とジェフ。
「だれか、いまの話を書き留めておいてくれただろうね」とティム。

＊

夫がキルスティン・ルンドボルグに感情的なこだわりを持つようになったのは、ある特定の日の特定の瞬間に始まったわけじゃないわ、少なくともあたしにわかる範囲では。当初、夫はキルスティンが主教にとってよいのだと主張していた。彼女は実務的な現実主義を十分に備えているので、二人が果てしなく浮つくのではなく、両者ともに地に足を着けておける、というわけね。こういう話を評価するにあたっては、自分の認識していることと、その認識のうちで自分が意識できていることを区別しなきゃいけないわ。あたしがいつ気がついたかなら言えるけれど、それ以上のことは言えない。

キルスティンは年の割には、かなりの性的な刺激を持つ秋波を出せた。ジェフは彼女をそういうふうに見ていたのね。あたしの立場からすれば、彼女は相変わらず年上の女友だちで、いまやアーチャー主教との関係のせいで、あたしより格が上になっていた。女性のエロチックな挑発度は、あたしには興味のないところ。世間の言い方を借りるなら、あたしは両刀づかいじゃないから。また、それがあたしにとって脅威になったりもしない。もちろん、自分の夫がそこに関わってくると話はちがうけど。でもその場合、問題は夫のほうだわね。

あたしは弁護士事務所兼ロウソク店で働き、ヤクの売人たちが捕まってもすぐに出てこられるようにしている間、ジェフはカリフォルニア大学で一連の公開講座に没頭していたわ。あたしたち北部カリフォルニアの連中は、自分のマントラ作成の入門コースを提供するところまではきていなかったわ。それは南部のやることで、ベイエリアではみんなそれを心底軽蔑していた。ジェフは真面目なプロジェクトに参加してた。現代ヨーロッパの病理を三十年戦争にまでたどろうとするプロジェクト。三十年戦争はドイツを荒廃させ（一六四八年頃）、神聖ローマ帝国の崩壊をもたらし、ナチズムとヒトラーの第三帝国につながったんですって。そしていまや、これに関する講義をさらに越えて、ジェフはその根っこにあるものについて独自の理論を打ち立てはじめたわ。シラーの『ヴァレンシュタイン三部作』を読んで、ジェフはかの大将軍が占星術なんかに首をつっこまなければ、帝国の大義が勝利して、結果として第二次世界大戦は決して起きなかっただろうという直感的な洞察に飛びついたってわけ。

シラーの三部作最終巻『ヴァレンシュタインの死』は、夫に絶大な影響を与えた。この戯曲はシェイクスピアのあらゆる作品に比肩し、その大半の作品よりずっと優れていると言ってたわ。さらに、それを読んでいる人は夫以外にはだれもいなかった——少なくとも夫にわかる範囲では。だから夫にとって、ヴァレンシュタインは西洋史における究極の謎の一つとして屹立してた。ヒトラーも、ヴァレンシュタインと同じく、危機の際には理性よりもオカルトに頼った、とジェフは指摘したわ。ジェフに言わせると、これはすべて何か重要なことを意味しているはずなのだけれど、でもそれがずばり何なのか、ジェフにはわからなかった。ヒトラーとヴァレンシュタインは実に多くの特徴を共有していたので――とジェフは言ってたわ――その類似性は不気味なほどだった。どっちも偉大ながらもエキセントリックな将軍で、どっちもドイツを壊滅させた。ジェフはこの偶然の一致について論文を書こうと思っていて、各種の証拠を元に、キリスト教を捨ててオカルトに走ったことこそ全面的な破滅への道を開いたんだという結論を導く気だったわ。キリストと魔術師シモンは（ジェフの見解では）両極端に位置する存在であり、絶対的かつ決定的にちがっているんですって。

あたしとしては、ホントどうでもよかった。

つまりね、いつまでもダラダラ学校に通い続けてると、こんなことになっちゃうってことよ。あたしが法律事務所兼ロウソク屋で奴隷のようにこき使われている間、ジェフはUCバークレーの図書館でひたすら読みあさっていたわけ。たとえば、リュッツェンの戦い（一六三二年十一月十六日）に関するあらゆる文献とかね。この戦いで、ヴァレンシュタイン将軍の命運が決したそうよ。スウェーデン王グスタフ二世アドルフはリュッツェンで死んだけど、それでもスウェーデン人どもは勝ったわ。この勝利の真の意義はもちろん、カトリック勢力がその後は二度とプロテスタントの大義を潰せる立場につけなくなったということね。でもジェフは、すべてをヴァレンシュタインとの関連で見ようとした。シラーの三部作を何度も何度も読み返しては、そこから——そして他のもっと正確な史料から——ヴァレンシュタインが現実とのつながりを失った瞬間をズバリ再構築しようとしたの。

ジェフはあたしに言ったわ。「ヒトラーの場合と同じだよ。ヒトラーはずっと狂ってたと言えるだろうか？ ちょっとでも狂ってたと言えるだろうか？ そして狂ってはいてもずっと狂ってはいなかったのなら、いつ発狂したんだろうか、そしてその原因となったのは何？ ほんとうにすさまじい権力を持っている成功者、とんでもないほどの権力、人類史を左右するだけの権力を持っていた人物——なぜそんな人物が、あんな具合におかしくなっちゃうんだろう？ まあヒトラーの場合は、もともとパラノイア性の精神分裂症もあったし、あのインチキ医者による注射もあっただろうよ。でもヴァレンシュタインの場合には、どっちの力も作用してなかったよね」

キルスティンはノルウェー系だったから、グスタフ・アドルフの中欧侵攻にジェフが没頭しているのを見て好意的に興味を示したわ。スウェーデンのジョークを飛ばす合間に、偉大なプロテスタント王だったグスタフ・アドルフが三十年戦争で果たした役割についで大いに胸を張って見せたっけ。そうそう、彼女はこうした話すべてについてなにがしか知っていて、あたしは知らなかった。彼女もジェフも、三十年戦争は第一次世界大戦までは、フン族がローマ帝国を踏みにじって以来で最も凄惨な戦争だったという点で意見が一致していたのね。ドイツは人肉食が横行するまでに衰亡した。両軍の兵士は、日常的に死体を串刺しにしてローストにしたのよ。ジェフの参考書は、詳述がはばかられるほど凄惨な蛮行をも匂わせているわ。あの時期と場所に関連したあらゆるものは凄惨だったのよ。

「その代償をぼくたちは現在でも支払い続けてるんだ。あの戦争のね」とジェフ。

「はいはい、すごい凄惨だったのね」とあたしは居間の片隅に一人ですわって、『ハワード・ザ・ダック』最新号を読んでたわ。

「きみ、あんまり興味がないみたいだね」とジェフ。

目を上げてあたしは答えたわ。「ヘロインの売人を保釈させるので疲れてるのよ。保釈金融資業者のところに行かされるのは、いつだってあたしなんですからね。三十年戦争をあなたやキルスティンほど真剣に扱わないからっておあいにく様」

「すべてが三十年戦争にかかってるんだ。そして三十年戦争はヴァレンシュタインにかかってたんだ」

「二人がイギリスに行ったらどうすんの？　あなたのお父さんとキルスティンが行っちゃったら」

ジェフはぽかんとあたしを見た。

「キルスティンも行くのよ。そう言ってたもの。二人であのエージェンシーかなんかも作ったのよ、フォーカスセンターだっけ。キルスティンはティムのエージェントだかなんだかなんだって」

「なんてえこったい」ジェフは苦々しげに言ったわ。

あたしは『ハワード・ザ・ダック』の先を読み続けた。この号では、宇宙人たちがハワード・ザ・ダックをリチャード・ニクソンにしちゃうの。その反動で、リチャード・ニクソンのほうは全国テレビで教書演説をしてるときに、羽が生えてくるのよ。ペンタゴンの長官もご同様。

「それで二人はどのくらい行ってるの？」

「サドカイ派文書の意味と、それがキリスト教とどう関係しているかをティムがつきとめるまでよ」

「クソッ」とジェフ。

「『Q』って何？」とあたし。

「『Q』」ジェフはオウム返しにした。

「ティムの話だと、一部の文書の断片的な翻訳に基づく速報では——」

「『Q』っていうのは、共観福音書の起源とされる仮説上の文書だよ」ジェフの声は粗野でつっけんどんだったわ。

「共観福音書って？」

「最初の福音書三本。マタイ伝、マルコ伝、ルカ伝。三つすべての元になっている一つの源泉文書があるという説があって、たぶんアラム語の文書だろうと言われてる。それを証明できた人はいないけど」

「ふーん。こないだ、あなたが講義を受けてた晩にティムが電話で話してくれたんだけど、ロンドンの翻訳者たちはサドカイ派文書が——Qだけじゃなくて——Qの元になった資料を含んでると思うんですって。でも自信はないの。ティムは、これまで聞いたこともないくらい興奮してるようだったわ」

「でもサドカイ派文書は、キリストより二百年も前の文書だ」

「たぶんそれだからティムはあんなに興奮してたんでしょうねえ」

「ぼくもいっしょに行く」

「無理よ」とあたし。

ジェフは声を張り上げた。「なんでダメなんだよ。キルスティンが行けるのになんでぼくがダメなんだよ？　ぼくは息子なんだぜ！」

「いまだって主教の裁量基金の負担が大きすぎるのよ。数カ月はイギリスに滞在すると言ってるし。ものすごいお金がかかるわ」

ジェフは居間から出ていった。あたしはマンガを読み続けた。しばらくして、何か変な音が聞こえているのに気がついたわ。『ハワード・ザ・ダック』を下ろして、聞き耳を立てた。

台所で、明かりもつけずに、たった一人きりで、夫が泣いていたの。

＊

夫の自殺に関する最も奇妙で首を傾げる説明というのは、ジェフ・アーチャー、つまりティモシー・アーチャー主教の息子は、自分がホモセクシュアルじゃないかと怯えて自殺したというものだったわ。ジェフが死んで——三人とも死んで——何年かたって書かれたどっかの本は、事実関係を実に徹底的に歪めまくったので、読み終えたときには（もう題名も著者も覚えてないわ）読む前よりも、ジェフやアーチャー主教やキルスティンについての知識が減るほどだった。情報理論みたいなもんね。ノイズが信号を潰しちゃうのよ。でも、そのノイズは信号のふりをしてるので、それがノイズだってことにも気がつかない。諜報機関はこれを偽情報と呼ぶわ。ソヴィエトブロックはこれを大いに活用してる。十分に偽情報を流せれば、だれでも現実との接触を完全に潰せるわ。たぶんその偽情報を流す当人の現実との接触も含め。

ジェフは父親の愛人に対して、相互背反する二つの見方を抱いていたわ。一方では、彼女に性的な刺激を受けたので、後ろめたい形で強く彼女に惹かれていたのよ。その一方で、ティムの関心と愛情の対象として自分に取って代わった——ジェフはそう思っていたわけ——彼女にむかつき、嫌っていたのね。

でも、話はそこで終わったわけでさえないのよ……とはいえ、残りの部分は何年もたつまで気がつかなかったんだけれど、キルスティンに嫉妬するよりずっと大きく根深い形で、ジェフが嫉妬していたのは——まあ、ティムはもう何もかもごちゃごちゃになってたのね。あたしとしても、完全にときほぐせないわ。『タイム』や『ニューズウィーク』の表紙になり、デヴィッド・フロストにインタビューを受け、ジョニー・カーソンの番組に登場し、大新聞で特集が組まれて政治マンガのネタになるような人物の息子だってことから生じる特殊な問題も念頭におかないと——そんな人の息子だったら、あなたならいったい全体どうするかしら？

一週間にわたりジェフはイギリスで二人に加わったけど、その一週間についてはほとんど何も知らない。戻ってきたジェフは、だまりこくって引きこもり、それからホテルの部屋に向かって、ある深夜に顔を自分で撃ち抜いた。自殺の方法としてそれをどう思うかについては深入りしないどく。でもものの数時間で主教はロンドンから戻ってきたのは確かで、ある意味ではまさにそれこそがこの自殺の目的ではあったのよね。

きわめて本当の意味で、その自殺はQとも関係していたわ、というかQの元となったもの、いまや新聞記事でUQ、つまりドイツ語でウル・ケレ（Ur-Quelle）と呼ばれる、情報源の元と関係してた。Qの背後にはウル・ケレが横たわり、それがティモシー・アーチャーをロンドンに導き、ホテルで愛人（名目上はビジネスエージェントにして総務秘書）と数カ月過ごすように仕向けたわけだから。

Qの背後にある文書がこの世に再浮上するなんて、だれも予想してなかった。だれもUQが存在するなんて知らなかった。あたしはキリスト教徒じゃないから——そして愛する人々が死んだ後では、今後も決してならない——いまも当時も特にそんなことに興味はないんだけど、でも神学的にはたぶんこれは重要なんでしょう。特に、UQの年代とされるものが、イエスの時代の二百年前だという点については。

第5章

それに関する最初の新聞記事で何よりも記憶に残っているもの、あたしたちが受けた初のほのめかし、翻訳者たち以外の万人が受けた初の印象は、これがクムラン写本よりもさらに重要な発見なんだという暗示は、あるヘブライ語（と記事には書かれていた）の名詞だったわ。それは二通りの表記になっていた。ときにはアノキと書かれ、ときにはアノチと書かれていたのよ。

この単語は出エジプト記の二〇章第二節に登場するわ。これはトーラの中でもおそろしく感動的で重要な部分よ。だってここで神様自身がしゃべるんだから。こう言うのよ。

「わたしはあなたの神、主であって、あなたをエジプトの地、奴隷の家から導き出した者である」

最初のヘブライ語の単語がアノキまたはアノチで、それは「わたし」という意味なの──

——「わたしはあなたの神、主」というときのわたし。ジェフは、トーラのその部分に関する公式のユダヤ教脚注に何て書いてあるか見せてくれた。

ユダヤ教で崇拝される神は非人間的な力、「それ」ではない。それが「自然」または「世界の理性」として語られる場合ですら。イスラエルの神は力と生命の源であるだけでなく、意識、人格、道徳的な目的と倫理的行動の源泉でもあるのだ。

キリスト教徒じゃない——いや、ユダヤ教徒じゃないと言うべきかな——あたしですら、震撼させられる。感銘を受け、変わる。前と同じではいられない。ここで表現されているのは、この「I」という単語、英語アルファベットのたった一文字にこめられた神様の独特な自意識なんだ、とジェフは説明してくれたわ。

「人間が、意志と自意識的な活動により他の生物すべてに君臨するのと同じく、神は『単一の完全に自意識的な心と意志として万物に君臨する。可視領域と不可視領域の双方で、神は道徳的にも霊的にも完全に自由な人格として顕現し、万物にその存在、形相、目的を割り当てる存在としてあらわれる』」

これを書いたのはサミュエル・M・コホーンで、引用されているのはカウフマン・コーラーよ。別のユダヤ教著者のヘルマン・コーエンはこう書いているわ。

「神はそれに対しこう答えた。『私は私であるところのもの。したがってお前はイスラエルの子らに告げるべし。「私であるもの」がお前たちに私を遣わした、と』。霊の歴史において、この一節で明かされているものよりも偉大な奇跡はおそらく他にない。というのもここでは、いまだ何ら哲学もない原初的な言語が立ち現れ、ためらいがちにあらゆる哲学の中で最も深遠な言葉を発しているのだから。神の名前は『私は私であるところのもの』。これは神が存在であり、神が『私』であることを述べ、それは存在する一なるものを示すのだ」

そしてこれがイスラエルの涸谷《ワジ》で発見されたものだったのよ、それも紀元前二百年のものので、クムランからもあまり遠からぬ涸谷《ワジ》で。この言葉がサドカイ派文書の核心にあり、あらゆるヘブライ学者はこの単語を知っており、あらゆるキリスト教徒とユダヤ教徒もそれを知っているはずだけど、でもあの涸谷《ワジ》ではアノキという単語は別の使われ方をしていて、存命中の人のだれ一人として見たことのない用法で使われていたのね。そのせいで、ティムとキルスティンはロンドンに予定の二倍も長居したわけ。何かのまさに核心が見つかったからよ。それも十戒の核心そのものが、まるで主自らの筆跡で、つまりは神様の直筆本に等しいものが出てきたってわけ。

こうした発見が——翻訳段階で——起こっている間、ジェフはUCバークレーのキャンパスをうろついて、三十年戦争とヴァレンシュタインについて勉強していたわ。ヴァレンシュタインは、今世紀の全面戦争を除けば、最悪の戦争かもしれないものの最中に現実からだんだん切り離されていったの。夫を殺したのが、こういう影響力の中でどれだったのか、この入り混じった力のどんな組み合わせだったのかをつきとめたと言うつもりはないわ。でもどれか一つか、そのすべてのコーラスのせいなのは確かよ——夫は死んで、あたしはその時にその場に居合わせさえしなかったし、まったく予想もしてなかった。あたしが当初予想したのは、キルスティンとティムが目に見えない情事にはまりこんだと知ったときだった。そのときは、言いたいことは言ったわよ。やるだけのことはやった——グレース大聖堂に主教を訪ね、気がつくと苦もなく論破されていたわ。ティムのほうとしては苦もなく専門的な技能を駆使したわけね。ティム・アーチャーとしては、言語的に楽勝だった。仕方ないことね。

自殺したいなら、通常の意味での理由なんかいらない。ちょうど、その正反対に生き続けたいなら、言語化され、論理化された形式的な理由なんかいらないのと同じ。その問題が持ち上がってきたときにすがれるような理由なんか不要だわ。ジェフはのけ者にされたのよ。夫が三十年戦争に興味を持ったのは、実はキルスティンと関係があったのがわかる。夫の心か、少なくともその一部は、彼女がスカンジナビア出身なのに気がついて、心の別の部分は、スウェーデン軍がその戦争の勝者であり英雄的な力だったという事実を認識して記憶にとどめたんだわ。感情的な探究と知的な探究が編み合わされて、これはしばらくは夫にとっては有利だったけど、でもキルスティンがイギリスに出かけてしまったら、ジェフは自分の浅知恵のおかげで破滅することになってしまったんだわ。いまや夫は、自分がティリーやヴァレンシュタインや神聖ローマ帝国のことなんか実はこれっぽっちも気にかけてないという事実と直面せざるを得なくなった。自分が母親並の歳の女性に恋をしていて、しかもその相手は自分の父親と寝ている──そしてそれを八千マイル彼方でやっていて、そしてそれらすべてに輪をかけて、二人は自分をのけものにして、史上最もわくわくするような考古学的神学上の発見に参加して、それも毎日毎日、翻訳があがってくると同時に、文書が継ぎ合わされて糊付けされて単語が浮かび上がってきて、そして何度も何度もヘブライ語のアノキという単語が登場し、しかも異様な、わけのわからない文脈で登場するんだもの。新しい文脈ってことね。文書は、アノキが涸谷《ワジ》に存在しているかのような言い方をしていたの。それ、またはかれは、あそこではなくここにあるものとして言及され、かつてではなくいまあるものとして言及されていたのよ。アノキはサドカイ派が考えたり知っていたりすることじゃなかった。それはかれらが保有しているものだったのよ。

図書館の本を夜見ながらドノヴァンのレコードを聴くのは、それがどんなにいいものでも、とってもむずかしいわ。これほどのすごい発見が世界の別のところで起きていて、しかも自分の父親とその愛人（二人とも自分が愛している）のに、同時に心底憎んでる）がその発見の展開に参加してるとなるとなおさらよ——あたしが発狂しそうになったのは、ジェフが何度も繰り返しポール・マッカートニーの初のソロアルバムをかけてたこと。特に「テディ・ボーイ」がお気に入りだったっけ。ジェフがあたしの元を去ってホテルの部屋で——拳銃自殺した部屋で——一人暮らしを始めたときにも、あのアルバムを持っていったわ。でも実は、それをかけるプレーヤーを全然持ってなかったくせに。何度もあたしに手紙をよこして、反戦ハプニングには活発に参加してるって言ってたわ。たぶん本当にそうだったんでしょう。でもたぶん、おおむねホテルの部屋に一人きりでじっとすわったまま、父親について自分がどう思っているのか、それ以上にキルスティンについてどう思ってるのかをつきとめようとしてたんでしょう。するとこれは一九七一年のことになるわね。だってマッカートニーのアルバムが出たのは一九七〇年だから。でもね、それであたしも二人の家で一人きりに残されたわけ。あたしは家をもらって、ジェフは死んだ。だから一人暮らしはよせと言ったのに。でも、これって実は自分に言ってるだけね。どんなクソッタレなことをしてもかまわないけど、でもあたし絶対二度と一人暮らしはしない。あんなことが、あの孤立がこの身に降りかかるくらいなら、その前に浮浪者を引っ張り込んでもいいくらい。

とにかく、あたしのまわりでビートルズのアルバムはかけないで。それが最大のお願い。ジョプリンなら大丈夫。だってティムが、ジョプリンが死んだ白人じゃなくて、生きてる黒人だと思ったのはいまだに可笑しいと思うから。でもビートルズは聴きたくないわ。あたしの中の、あたしの内面の、あたしの人生の、起こった出来事の中の、あまりに多くの苦痛と結びついてるから。

＊

この話になると、具体的には夫の自殺の話になると、あたし自身も完全に正気ではいられない。心の中で、ジョンとポールとジョージのごった煮が聞こえる――その背後のどこかでリンゴがリズムを取ってる――そして聞こえてくるのは曲や歌詞の断片、魂が極度に苦しむ話に関わる重要な用語なんだけど、でもそれもはっきりこれだと同定できるような形ではなく、ただしもちろん、夫の死と続いてキルスティンの死、そして最後にはティム・アーチャーの死だけははっきりわかる――でもたぶんそれで十分なんでしょうね。いまやジョン・レノンが射殺されて、みんながあたしと同じくらいグサッと傷ついたから、このあたしもやっと自己憐憫に浸るのをやめて世界の他の人々に加わり、みんなよりもいい立場でもなければ悪い立場でもない状態になっちまえるってことよね。

しばしば、ジェフの自殺をふり返るとき、自分がもっと心に同調的な順番で日時や出来事を並べ替えているのに気がつくわ。つまり、編集してるわけだ。濃縮し、あちこちを切り落として、自分で自分をごまかして、たとえばもうジェフの死体を検分して本人確認したのを思い出さずにすむようにとかしてるの。夫が泊まってたホテルの名前はもう忘れおおせたわ。どのくらい滞在していたかも知らない。あたしがなんとか思い出せる限り、ティムとキルスティンがロンドンに出かけてから、ジェフはあまり家には近づかなくなったわね。早い時期に二人から手紙が一通届いたわ。タイプ打ちの手紙。署名は二人だったけど、ほぼまちがいなくキルスティンが書いたものよ。ティムが口述した可能性はあるけど。その手紙で、発見されたものがいかに重要かという最初のほのめかしが出ていたわ。あたしはそのニュースがどんな意味を持つか気がつかなかったけど、でもジェフにはわかった。だから、もしかするとその直後あたりに家を出たのかな。

あたしが何より驚いたのは、ジェフが神職に就きたがってたことに、ハッと思い当たったことなの。でも父親の役割を考えたら、そんなことをしても意味ないわよね。でもそれでジェフは空っぽになっちゃった。他に何もしたいことがなかったんだもの。司祭になるわけにはいかなかった。他の仕事に就く気にはならなかった。そこでジェフは、バークレーのあたしたちが「プロ学生」と呼ぶものにとどまったわけ。カリフォルニア大にいつまでも通い続けた。いったん辞めて、また戻ったんだっけ。あたしたちの結婚はもうずいぶんうまくいかなくなってたわ。一九六八年くらいまで、記憶に穴が空いてるのよ、全部で丸一年分くらい覚えてないかも。ジェフは感情的な問題を抱えていて、後にあたしはそれに関する記憶をすべて抑圧したんだわ。二人とも抑圧した。ベイエリアではいつも無料の精神分析が受けられたから、あたしたちそれを活用したってわけ。

ジェフは精神病だとは——だったとは——言えないと思う。ただ単に、あまり幸せじゃなかったってだけ。ときには自殺につながるのは、死にたいという衝動じゃなくて、むしろもっと微妙な種類の破綻なんだわ、喜びの感覚が消えていくような。ジェフは段階的に、人生から脱落していったのね。本気で求める相手に出くわしたら、その女性は父親の愛人になって、さらに二人してイギリスに出かけてしまい、自分は後に残されてどうでもいい戦争の研究をするしかなくて、結局ジェフとしては元《もと》の黙阿弥《もくあみ》。どうでもいい状態から出発して、結局最後にまたどうでもいいところに行き着いちゃった。そういえば医者の一人は、あたしと別居して拳銃自殺するまでの期間にジェフがLSDをやりはじめたと思うと言ってたっけ。ただの仮説ではあるな。でも、ホモセクシュアルの仮説とはちがって、こっちはあり得る。

アメリカでは毎年、何千人もの若者が自殺するわ。でもおおむね習慣として、かれらの死は事故死扱いされる。遺族に、自殺にまつわる恥をかかせないためにね。確かに、若者や思春期の子とかが死にたがり、その目標を達成しちゃうというのは、何か恥ずかしい部分がある。ある意味で、本当に生きる前に死ぬ、本当に生まれる前に死ぬってことだから。奥さんが旦那に殴られる。おまわりは黒人やラティーノを殺す。老人はゴミ箱を漁ったりドッグフードを食べたりする――恥が支配してすべてを牛耳る。自殺なんて、無数にある恥ずかしい出来事の中の一つでしかない。黒人ティーンエージャーたちの中には、生涯仕事にありつけない子もいる。別に怠け者だからじゃなくて、仕事がないから――それと、そういうスラム街の子たちは売り物になる技能を持ってないから。子供たちは家出して、ニューヨークかハリウッドの大通りを見つける。売春婦になって、最後はバラバラ殺人の犠牲者になる。戦績を、つまりテルモピレーの戦いの勝敗を報せるスパルタ軍の伝令たちを皆殺しにしたい衝動が内心で高まったら、いいからさっさと皆殺しにしなさいな。あたしはその伝令たちで、ほぼまちがいなくあなたの聞きたくないことを報告するの。個人的には、あたしが報告する死はたった三つだけれど、それでも必要な死の数より三つ多すぎる。今日はジョン・レノンが死んだ日。それを報告する人も殺したいと思うかしら？　スリ・クリシュナはその真の姿、普遍的な姿、時間という姿を現すときにこう言ってる。

「こうした軍勢は死なねばならぬ。撃とうと手控えようと――どちらも同じ。倒されるように見える。私から見れば、この者たちはすでに倒されている」

それはひどい光景なのよ。アルジュナは、存在するとは信じられないものを見てしまったの。

「あなたの燃える舌でなめ
あらゆる世界を貪り
あなたはその耐えがたき光線をもって
天の高みを探る、おおヴィシュヌよ」

アルジュナが見たものは、かつては友人であり同じ馬車を駆った仲間。自分と同じような人間だった。でもそれはただの一側面で、親切な仮装でしかなかった。スリ・クリシュナはアルジュナをそんな目にあわせようとは思わず、真実を隠したいと思っていたわ。アルジュナはスリ・クリシュナの真の姿を見せてくれと頼み、それを目にすることができた。いまや、かつてのアルジュナと同じではいられない。その光景が彼を変え、それも永遠に変えてしまった。これこそ真の禁断の果実、それはこの種の知識のことなのよ。スリ・クリシュナは、アルジュナに真の形を見せるのをずいぶんためらったわ。そんな目にあわせたくなかったから。真の姿、普遍的破壊者の姿は、最後の最後になって登場したわけ。

あたしも、苦痛を詳述してあなたたちを不幸にはしたくない。でも苦痛と苦痛を語るのとでは、決定的な種類のちがいがあるわ。あたしは何が起きたかを話してあげる。それを知ることで身代わりの苦痛を感じるとしても、知らないままでいれば本当の災厄が訪れるわ。それを忌避しようとすることにとんでもないリスクがあるのよ。

＊

キルスティンと主教がベイエリアに戻ってきたとき――きちんと戻ったわけじゃなくて、ジェフの死とそこから生じる問題に対処するための一時的な帰国だけど――二人に再会して、二人とも変わったのに気がついたわ。キルスティンはくたびれて心乱れている様子で、それはジェフの死だけから生じたものには思えなかった。明らかに彼女は、純粋に肉体的な意味で不健康だったわ。これに対してアーチャー主教は、前に会ったときよりもっと活き活きしているようだった。ジェフに関する状況について完全に仕切った。埋葬場所も墓石も選んだ。弔辞を読み上げその他の儀式もすべてローブをきちんと着て執行したし、すべての代金を支払ったわ。墓碑銘も主教のひらめきの結果よ。選んだ一節は、あたしとしてもまったく文句なし。ヘラクレイトス学派のモットーというか基本的な主張よ。**いかなるものといえども永続はしない。だが万物は流れる**。哲学の講義では、ヘラクレイトス自身がこれを考案したと教わったけど、ティムの説明ではこれはヘラクレイトスの死後に、その学派の追随者たちがまとめたものなんですって。かれらは流れ、つまりは変化だけが現実のものだと信じてたの。その通りかもしれないわ。

お墓の脇での埋葬式が終わって、三人で集まったわ。テンダーロインのアパートに戻って、なんとか落ち着こうとしてみた。しばらくは、だれも何も言わなかった。

なぜか知らないけど、ティムはサタンの話をしたの。ティムはサタンの台頭と墜落について新しい理論を思いついて、どうやらそれをあたしたちに聞かせて感触を見ようとしてたみたい。あたしたち——キルスティンとあたし——が手近にいる最も身近な人々だったからね。そのときには、ティムは書きはじめた本にこの理論を入れるつもりなんだろうなって思ってたわ。

「私はサタンの伝説を新しい形で見ているんだ。サタンは神をできる限り完全に知りたいと欲した。最も十全な知識を得るには、サタンが神になること、サタン自身が神であることだ。サタンはこれを求めて努力し、それを実現したが、その罰は神からの永遠の追放だというのも知っていた。それでもやったんだよ。というのも神を知ったという記憶、他のだれもやっていない空前絶後の形で本当に知ったという想い出が、サタンにとっては自分の永遠の罰を正当化できるものだったからだ。さて、これまで存在したあらゆる者の中で、だれが真に神を愛していたと思うかね？　サタンはほんの一瞬神を知るためだけに——神になることによって——永遠の罰と追放を進んで受け入れた。さらに思うんだが、サタンは神を真に知っていたが、ひょっとしたら神はサタンをわかってなかったし、理解もしてなかったんじゃないか。理解していたら、罰したりしなかったはずだ。だからこそ、サタンは反逆したと言われてるんだ——つまりサタンは神の制御の外、神の領域の外にいて、まるで他の宇宙にいるかのようだったってことだね。でもサタンは、本当は自分の処罰を歓迎したと思うんだ。というのも、それはサタンが自分自身に対し、神を知り愛していると証明するものだったから。あるいは、反逆したのはその報酬のためだったかもしれない……報酬があったとすればだが。『地獄で支配するほうが天国で仕えるよりマシ』というのが問題ではあるが、でも真の問題ではない。真の問題とは、知ってそれとなるべき究極の目標と探索だ。神を十全かつ本当に知ることだ。これに比べれば他のすべては実は取るに足らないことだ」

「プロメテウスね」とキルスティンはぼんやりと言った。すわったままタバコを吸って見つめている。

ティムは言ったわ。「プロメテウスは『先見の明』という意味なんだ。かれは人間の創造に関わってた。また、神々の間で至高のトリックスターでもあった。パンドラがゼウスによって地上に遣わされたのは、火を盗んで人類に与えたことでプロメテウスに罰を与えるためだったね。ついでにパンドラは全人類も罰した。エピメテウスは後知恵の神で、パンドラと結婚した。プロメテウスは先の結果を予見できたので、パンドラとは結婚するなと警告したんだがね。これと同じ種類の絶対的な事前知識は、ゾロアスター教徒たちによって神の属性、賢い心の属性だと思われている、あるいは思われていたんだ」

「鷲がプロメテウスの肝臓を食べたのよね」キルスティンはうわの空で言ったわ。「ゼウスはプロメテウスを罰するのに鎖につないで、鷲を遣わして肝臓を食べさせたんだ。でも肝臓は果てしなく再生した。でもヘラクレスがプロメテウスを解放した。プロメテウスは一点の疑問の余地もなく人類の友だちだったね。かれは名職人だった。確かにここにはサタンの伝説と類似性がある。私の見るところ、サタンは火ではなく、神の真の知識を盗んだとも言える。でも、サタンはそれをプロメテウスの火とはちがって、人類には与えなかったんだ。サタンの真の罪は、その知識を手に入れたときに、自分で独占したということなのかもしれないな。人類とそれを分かち合わなかった。これはおもしろい……この理由付けでいくと、私たちは神の知識をサタン経由で手に入れられるという議論ができる。こんな理論が述べられるのは聞いたことがない」とティムはだまりこくって、どうも思案しているらしかったわ。そしてキルスティンに「今のを書き留めといてくれないか」と言ったわ。

「頭に入ってるわ」彼女の声は面倒くさそうで陰気だったわね。

「人類はサタンを攻撃してこの知識を掌握せねばならん。そしてそれをサタンから奪うんだ。サタンはそれを差し出したがらない。サタンが罰を受けたのは――そもそもその知識を奪ったからではなく――それを隠したからだ。するとある意味で、人類はこの知識をサタンから奪うことで、サタンを贖《あがな》えるわけだ」

あたしは言ったたわ。「そして出かけて占星術を勉強できるってわけね」

あたしをちらっと見てティムは言ったわ。「いま何と？」

「ヴァレンシュタイン。出かけてホロスコープに相談したりして」

「英語の『ホロスコープ』という単語のもとになったギリシャ語は、『時間』を意味するホラと、『見る者』という意味のスコポスだ。だから『ホロスコープ』というのは文字通りに言えば、『時間を見る者』ということになる」。そう言ってティムはタバコに火をつけたわ。ティムもキルスティンも、イギリスから戻って以来、切れ目なくタバコを吸っているようだったっけ。「ヴァレンシュタインは実におもしろい人物だったな」

「ジェフもそう言ってます」とあたし。「ていうか、言ってました」

ハッとして首を傾げつつ、ティムは言ったわ。「ジェフはヴァレンシュタインに興味があったのかね？　というのも私の手元に――」

「知らなかったんですか？」とあたし。

ティムは困惑した表情を浮かべたわ。「うん、知らなかったと思う」

キルスティンはじっとティムを見つめ、不可思議な表情を浮かべてた。

「ヴァレンシュタインについて、とてもいい本をたくさん持ってるんだよ。知ってたかね、ヴァレンシュタインは多くの点でヒトラーに似てるんだ」

キルスティンもあたしも無言だった。

「ヴァレンシュタインはドイツの荒廃をもたらしたんだ。偉大な将軍だったよ。ご存じだろうが、フリードリッヒ・フォン・シラーはヴァレンシュタインについての戯曲を三本書いている。『ヴァレンシュタインの陣営』『ピコローミニ父子』『ヴァレンシュタインの死』という題名だな。心底感動させられる戯曲だよ。するともちろん、シラー自身が西洋思想の発達に果たした役割も考えなければならない。ちょっと読んであげよう」とタバコを置いて、ティムは本棚の本を探しに出かけ、数分ほどかけて探し出した。「これでこの問題に少し示唆が得られるかもしれない。ある友人に書いた手紙で――えーと待てよ、名前もここにある――ヴィルヘルム・フォン・フンボルト宛ての手紙で、シラーの死期がかなり近づいていた頃だったが、こう言ってる。『結局のところ、我々は理想主義者であるからして、我々が物質世界を形成したのではなく、物質世界が我々を形成したなどと言われるのは恥ずかしいことだと思うべきなのだ』。シラーのビジョンの本質とは、もちろん自由だった。当然ながら彼は、低地――というのはオランダのことだよ――での反乱という一大ドラマに夢中になって、そして――」ティムは口を止めて考えながらも、唇は動かし続けてたわ。そしてぼんやりと虚空を見てたっけ。ソファの上で、キルスティンはだまってすわり、タバコをふかして見つめていたわ。「とにかく」とようやくティムは言って、手に持った本をめくり続けた。「これを読んであげよう。シラーは三十四歳のときにこれを書いたんだよ。私たちの大望のほとんど、中でも最も高貴な大望をまとめていると言えるかもしれないな」。そして本を見つめてティムは朗読した。『自分の霊的な力を知って活用しはじめたこの時期に、残念ながら病が私の肉体的な力を脅かそうとしている。しかしながらできる限りのことはしよう。そして最終的に肉体という構築物が崩壊したときにも、私は保存する価値のあるものは救い出しおおせたことになるだろう』」。ティムは本を閉じて本棚に戻したわ。

あたしたちは無言だった。あたしは考えもしなかった。ただすわってただけ。

「シラーは二十世紀にとってきわめて重要なんだよ」とティム。そしてタバコに戻ると、それをもみ消した。長いこと、そのまま灰皿を見下ろしていたわ。

「宅配ピザを注文するわ。夕食を作る気分じゃないから」とキルスティン。

「それで構わんよ。カナディアンベーコンをのせるよう頼んでくれ。あとソフトドリンクがあるなら——」

「夕食ならあたしが作りましょうか」とあたし。

キルスティンは立ち上がり、電話に向かって立ち去り、ティムとあたしは二人きりで残された。

ティムは真剣だった。「神を知り、絶対的な本質を見分けるのは、本当にきわめて重要なことなんだ。いまのはハイデッガーの言い方だよ。ハイデッガーは『ザイン』と言った。存在、だな。サドカイ派の涸谷《ワジ》で私たちが発見したものは、とにかく何とも説明がつかないものなんだ」

あたしはうなずいた。

「金まわりはどうだね」とティムは、コートのポケットに手をつっこんだ。

「大丈夫です」とあたし。

「まだ働いてるのかね？　あの不動産――」と言いかけて自分で訂正。「弁護士補助員だったね。まだあそこで働いてるのか？」

「ええ。でもあたしはただの事務員タイピストです」

「私の弁護士としてのキャリアはきついものだった。でもその報いも大きかった。きみも弁護士補助員になりなさい。そしたらそれを踏み台にして、法曹界に入り弁護士になれるかもしれない。いつの日か、判事にだってなれるかもしれないぞ」

「かもしれませんね」

「ジェフはきみと、アノキの話はしたのかね？」

「えーと、あなたの手紙に書いてありました。それと新聞や雑誌記事でも見ました」

「連中は、その用語を特別な意味、専門的な意味で使うんだ――サドカイ派がね。それは聖なる叡智を指すものではあり得ない。というのも、連中はそれを文字通り手に持っている話をするからだ。第六文書からの一節がある。『アノキは毎年死んでは復活し、そして年を重ねるにつれてアノキは増える』。あるいは大きくなる。数が増えるのか大きくなるのか、どっちもあり得る。あるいは長くなるという意味かも。非常に謎めいているんだが、翻訳者たちが頑張っていて、あと六ヵ月以内で翻訳が仕上がるはずなんだ……そしてもちろん、まだ断片をつなぎ合わせる作業もある、バラバラになった写本は。たぶんわかると思うが、私はアラム語はまったく知らない。ギリシャ語とラテン語は勉強したんだがね——『神は非在に対抗する最後の砦なのだ』と言うがね」

「ティリッヒ」とあたし。

「なんだって?」とティム。

「それはパウル・ティリッヒが言ったことです」

「それはどうだか。まちがいなくプロテスタントの実存神学者のだれかではあったがね。ラインホルト・ニーバーだったかもしれん。知ってるかね、ニーバーはアメリカ人なんだ、というか、アメリカ人だったというべきか。ごく最近他界したから。ニーバーで興味を覚えることの一つは——」ティムは一瞬間を置いた。「ニーメラーは第一次世界大戦で、ドイツ海軍にいたんだ。ナチスに公然と反対して、一九三八年まで説教を続けた。ゲシュタポが逮捕して、ダッハウ送りになってね。ニーバーはもともと平和主義者だったが、キリスト教徒たちにヒトラーを倒す戦争を支持するよう訴えかけた。ヴァレンシュタインとヒトラーとの重要なちがいの一つだと思うのは――いや実はきわめて大きな類似性だな――それはヴァレンシュタインが求めた忠誠の誓い――」

「失礼」とあたしは洗面所に向かい、薬棚を開けてデクサミルの瓶がまだあるかどうか確認した。なかった。薬の瓶はすべてなくなってた。イギリスに持ってったのね、と気がついた。いまじゃキルスティンとティムの荷物の中。ちくしょうめ。

出てくると、キルスティンがひとりぼっちで居間に立っていた。「もうものすごく疲れてんの」と微かな声で言う。

「そのようね」とあたし。

「どう考えてもピザなんか食べられないわ。買い物に行ってきてくれない？　買い物リストは作ったから。骨付きチキン、瓶に入ってるやつね、それとライスか麺が欲しいの。ほら、これがリスト」とあたしに渡す。「お金ならティムにもらって」

「お金はあるから」あたしはコートとバッグを置いたベッドルームに戻った。コートを着ているところへティムが背後からあらわれて、何かもっと言いたげだったわ。

「シラーがヴァレンシュタインに見ていたのは、運命と共謀して己自身の破滅を引き起こした人物だったんだな。ドイツロマン派にとって、これは、つまり運命と共謀するのは最大の罪だったんだ。特に破滅と思われていた運命との共謀は」そう言いながらティムは、ベッドルームからあたしの後について廊下を歩いてきた。「ゲーテとシラーと――他の人たちの精神というのはまさに、その志向というのはすべて、人間の意志が運命を克服できるというものだったんだ。運命は不可避なものとは思われず、その人物が許容してしまうものだと思われていた。私の言いたいことがわかるかね？　ギリシャ人たちにとって、運命はアナンケ、つまり絶対的にあらかじめ決まっていて、人間とは無縁のものだった。ギリシャ人はそれをネメシスと同一視した。これは報復する、罰を下す運命なんだ」

「すみません、買い物に行くので」とあたし。

「ピザを注文したんじゃないのか？」

「キルスティンがあまり気分よくなくて」

そばに立って、低い声でティムはこう言ったわ。「エンジェル、私は彼女のことをとても心配してるんだ。医者に行けと言ってもきかないんだ。胃か――そうでなければ胆嚢だろう。きみなら彼女を説得して、総合検査を受けさせられるかもしれん。彼女は、検査で何が見つかるか怖がってる。何年も前に、彼女が子宮頸ガンだったのは知ってるんだろう、な？」

「ええ」

「それと子宮頸管硬化症」

「なんですか、それ」

「手術の必要な病状だよ。子宮口が閉じてしまうんだ。あいつはこの分野では、つまりこの話題に関連することでは不安だらけなんだよ。私ではまともに議論もしてくれないんだ」

「話してみますね」とあたし。

「キルスティンは、ジェフが死んだのも自分のせいだと思ってる」

「チッ、あたしもそうじゃないかとは思ってたんですけど」

居間のほうからキルスティンがやってきた。「さっきあげた一覧に、ジンジャーエールも入れといて。お願い」

「わかった。その店の場所って――」

「右に行って。そのまま四ブロックまっすぐで、左に一ブロック。中国人のやっている小さな雑貨屋だけど、あたしの欲しいものは揃ってるから」とキルスティン。

「タバコはもっといるのか？」とティム。

「そうね、一カートンほど買ってきといて。低タールのやつならなんでも。どうせどれでも味は同じよ」

「わかった」とあたし。

あたしのためにドアを押さえながらティムは「車を出すよ」と言う。あたしたち二人は歩道を下ってティムのレンタカーのところまできたけれど、立っているうちに、ティムはキーを持ってこなかったのに気がついた。「歩くしかないな」だって。そこでいっしょに歩き出し、しばらくはお互い何も言わなかった。

「すてきな夜ですね」とうとうあたしが言った。

ティムは言った。「前からきみに相談したかったことがあるんだ。もっとも厳密に言えばきみの縄張りの話ではないんだが」

「あたしに縄張りなんてあったんですか」

「きみの専門領域じゃないってことだ。だれに話をしたらいいかわからなくてね。あのサドカイ派文書は、ある意味で——」ティムはためらったわ。「なんというか、ひどく悩ましいと言わざるを得ないんだよ。私個人にとって、ということだがね。翻訳者たちが見つけているのは、ロギア——イエスの言行——の多くなんだが、それがイエスに二百年近く先立っているんだよ」

「それはそうですね」

ティムは言ったわ。「でもそれなら、イエスは神の息子ではなかったことになる。三位一体主義の教義が求めるような、神様ですらなかったということになる。きみには別にこれは何ら問題ではないんだろうね、エンジェル」

「ええ、正直言って別に」とあたしは同意したわ。

「ロギアは、イエスをキリストとして理解し統覚するにあたり、本質的なものなんだよ。キリストとして、というのはつまり、救世主または聖別されたる者としてということだ。

もし、いまや明らかになってきたように、ロギアとイエスという人物とを分離できてしまえるなら、四つの福音書を見直す必要が出てくる——共観福音書の三つだけでなく、四本ともだ……するとイエスについて本当に何がわかっているのか、考え直す必要が出てくる。いや、何一つわかってなどいないのかもしれない」

「単にイエスがサドカイ派だったんだろうと考えればすむんじゃありませんか？」新聞や雑誌の記事からあたしはそういう印象を受けていたのよ。クムラン写本、死海文書の発見の際には、イエスがエッセネ派か、何らかの形でそれと関係があったんじゃないかという憶測が大量に飛び交ったこともあったから。あたしとしては別に、それでまったく無問題だった。二人でゆっくりと歩道を歩きつつ、ティムが何を心配しているのやらさっぱりわからなかった。

「サドカイ派文書の多くで言及されている、謎の人物がいるんだ。その人物を指すヘブライ語は、『説明者』というのがいちばん近いかな。多くのロギアは、この漠然とした人物のものだとされているんだよ」

「じゃあイエスはその人から学んだか、いずれにしてもその人から派生してきたんじゃないんですか」とあたし。

「でもそれなら、イエスは神の息子ではなくなってしまう。生まれ変わった神、現人神《あらひとがみ》ではなくなってしまう」

「神様がロギアを説明者に明かしたんじゃないんですか」

「でもそれならその説明者こそが神の息子になってしまう」

「なるほど」とあたし。

「こういう問題で私は苦悶しているんだ――いや苦悶はちょっと強すぎる表現だな。でも気にかかるんだ。そして気にかけるべきなんだ。福音書で語られていた多くの寓話が、いまやイエスを二百年遡る写本に残っているというんだから。ロギアのすべてがあるわけじゃないのは確かだよ。でも多くの部分がある。しかも重要な多くのものがね。復活の主要教義の一部もそこにあるんだ。有名な『わたしは』という各種のイエスの発言で表現されているものが。『わたしは命のパンである』『わたしは道である』『わたしは狭き門である』。こうした発言は、とにかくイエス・キリストとは切り離せないものなんだ。いまの最初のやつだけでも考えてごらん。『わたしは命のパンである。わたしの肉を食べ、わたしの血を飲む者には、永遠の命があり、わたしはその人を終りの日によみがえらせるであろう。わたしの肉はまことの食物、わたしの血はまことの飲み物である。わたしの肉を食べ、わたしの血を飲む者はわたしにおり、わたしもまたその人におる』。私の言ってることがわかるかね？」

「ええ。サドカイ派の説明者がそれを先に言ってるってことでしょ」

「するとサドカイ派の説明者が永遠の命を与えたわけだ。しかもまさに聖餐式を通じて」

「すばらしいことじゃないですか」とあたし。

ティムは言った。「いつの日かQ資料が掘り出されてほしいという希望は前からあったが、それが実現するとはだれも予想していなかった。あるいは、Q資料やQの一部を再構築できるようなものが見つかってほしいという希望はね。でもだれ一人として、ウル・ケレがイエスに先立つものとして登場するなどとは夢にも思わなかった。しかも二世紀も遡って。さらに、いくつか他に奇妙な——」そこでティムは口を閉ざしたわ。「これから言うことを、他のだれにも話さないと約束してほしい。他のだれにもこの話をしてはいけない。この部分はメディアには公開されていないんだ」

「話したら恐ろしい死を迎えんことを」

「『わたしは』系の主張と関連して、福音書には出てこないし、どうやら初期キリスト教徒にも知られていなかった、あるとても奇妙な追加物があるんだ。少なくとも、初期キリスト教徒たちがこれを知っていたり、信じていたりしたという文献記録は一切伝わっていない。私は——」ティムはためらったわ。「『パン』という言葉と、『血』を指すのに使われている言葉は、文字通りのパンや文字通りの血を示唆している。まるでサドカイ派は、何か特定のパンや特定の飲み物を調製し、それが要するに、かれらがアノキと呼ぶものの肉体と血を構成していたようなんだ。説明者はそのアノキの代弁をし、アノキの代理として語っていたんだ」

「まあそれは」とあたしはうなずいた。

「店というのはどこだね？」とティムは見回した。

「あと一ブロックかそこら。だと思う」とあたし。

ティムは本気だった。「かれらが飲んだ何か、食べた何か。最後の晩餐でのように。それが不死にしてくれるとかれらは信じた。その食べたものと飲んだものの組み合わせは、永遠の命を与えてくれるとね。明らかにこれは聖体を先取りするものだ。明らかにこれは、最後の晩餐と関係している。アノキ。いつものこの単語だ。かれらはアノキを食べ、アノキを飲み、その結果としてアノキになった。かれらは神そのものになったんだ」

「それはまさにキリスト教の教えですね。聖餐式についての」

「ゾロアスター教にも類似のものがある。ゾロアスター教徒は牛を生け贄にして、これをハオマという陶酔性の飲み物と組み合わせたんだ。でも、これが神との神人同一化を招いたと考えるべき理由はない。つまりだね、それこそがキリスト教徒の聖体拝領者に対して聖体が実現することだ。かれ――または彼女――はキリストの中に、キリストによって表された神と神人同一化する。神となり、神と一体となり、神と統合し、同化する。つまり言わんとしているのは、神化ということだ。でもここでのサドカイ派だと、まさにそれをアノキから得たパンと飲み物によって実現している。そしてもちろん『アノキ』という用語は純粋な自己認識、つまりはヤアウェの純粋意識、ヘブライ人たちの神の純粋意識を指すものだ」

「ブラフマンってことね」とあたし。

「いま何と言った？　『ブラフマン』？」

「インドです。バラモン教。ブラフマンは絶対的な純粋意識を持つんです。純粋意識、純粋存在、純粋至福。確かそうでした」

ティムは言ったわ。「だがこの連中が飲み食いしたこのアノキとやらはいったい何なんだ？」

「主の肉と血」とあたし。

「でもそれっていったい何なんだ？」とティムは身ぶりをした。「軽薄に『それは主だ』と言うのは簡単なんだよ、エンジェル。だってそれは論理学で、ヒステロン・プロテロンの誤謬と呼ばれるものなんだから。証明しようとしていることが、すでに前提の中で想定されてしまっていることだな。もちろんそれは、主の肉と血だよ。『アノキ』という言葉がそれを明確に述べている。でもだからといって――」

その時あたしはこう言ったわ。「ああ、そういうことか。循環論法なんですね。つまりあなたは、このアノキとやらが本当に実在すると言いたいんですね」

ティムは立ち止まり、あたしをしげしげと見つめた。「もちろんだとも」

「わかったわ。つまりそれが本物だと言いたいんだ」

「神は本物だよ」

「本当に本物じゃないわ。神は信念の問題よ。あの車が――」とあたしは駐車してあるトランザムを指さし――「本物だという意味では本物じゃないわ」

「きみはとことんまちがっている」

あたしは笑い出した。

「どこからそんな考えを仕入れてきたんだね。神様が本物じゃないなんて？」

「神様ってのは――」あたしはためらった。「モノの見方よ。ある解釈だわ。つまり、神は存在はしていない。物体が存在するような形では。たとえば、壁にぶつかるように神様にぶつかることはできないわ」

「磁場は存在するかね？」

「もちろん」

「磁場にぶつかったりはしないだろう」

「でも鉄粉を紙の上に撒けば見えるようになるわ」

「神様の聖なる徴はいたるところにある。世界そのものとして、そしてその世界の中に」

「それは意見にすぎないわ。あたしの意見はちがう」

「でもきみには世界が見えるだろう」

「世界は見えるけど、神の徴なんか見えない」

「だが被創造物は、創造者なしにはあり得ない」

「それが被創造物だなんてだれが決めたんです？」

「とにかく私が言いたいのは、ロギアがイエスに二百年も先立つのであれば、福音書も怪しいものとなり、福音書が怪しいなら、イエスが神、神そのもの、蘇った神だという証拠はなくなり、したがってキリスト教の基盤がなくなってしまうんだ。イエスは単に、なにやら——まあなんであれ、そのアノキというものを飲み食いした特定のユダヤ教一派を代表する教師でしかなくなり、そのアノキがかれらを不死にしたということになってしまう」

「そのアノキが不死にしてくれたとかれらが信じていた、ということね」とあたしは訂正した。「この二つは意味がちがうでしょう。薬草療法でガンが治ると信じている人もいるけど、でもそれが本当だということにはならないわ」

ここで小さな雑貨店にたどりついたので、ちょっと立ち止まった。

「おそらくきみはキリスト教徒ではないってことだね」とティム。

「あらティム。そんなことは何年も前からご存じだったでしょう。あたしは義理の娘なんですから」

「私は自分がキリスト教徒かどうか自信がない。いまやキリスト教なるものが本当にあるのかも自信がない。それなのに私は壇に上がり、人々に告げねばならない——主教として、司祭としての務めを続けねばならないんだ。こんなことを知っていながらね。イエスは単なる説教師であって神ではなく、しかも独自性ある説教師ですらなかったというのを知っているのに。イエスが教えていたのは、ある教団全体の信仰体系の総合なんだ。集団の産物でしかない」

「それでもやっぱり、神様からきたものだったかもしれないでしょう。神様がそれをサドカイ派に示したのかも。その説明者については他に何と書いてあるんですか？」

「末日に戻ってきて終末の裁判官役を果たす、と」

「それは結構ですね」

「これはゾロアスター主義にも見られるんだ。あのイラン宗教にさかのぼれるものは実に多い……ユダヤ教徒たちははっきりと、イラン的な性質を当時の自分たちの宗教に発達させた……」そこでティムはだまりこんだ。内省に向かい、心理的には、いまやあたしにも、店にも、いまのお使いにもまったくうわの空になったんだわ。

あたしは、ティムを元気づけようとしてこう言ったの。「学者の人や翻訳の人たちが、このアノキとやらを少し見つけられるかもしれないじゃありませんか」

「神を見つけられる」とティムは繰り返した。自分自身に向かって。

「どっかに生えてるのが見つかるかも。根っことか木とか」

「なんでそんなことを言うね」ティムは怒ったようだったわ。「どうやったらそんな考えが出てくる?」

「だってパンは何か材料がないと作れないでしょう。何かでパンを作らないと食べられないから」

「イエスは比喩的に言っていたんだ。文字通りのパンの話をしてたわけじゃない」

「イエスはそうかもしれないけど、サドカイ派はどうやらそうじゃなかったんでしょ」

「私も一瞬そう考えたこともある。一部の翻訳者もそれを提案している。文字通りのパンと、文字通りの飲み物が意味されてるんじゃないかとね。『わたしは羊の群れの門である』。これはどう考えても、イエスが自分は木でできていると言いたかったわけじゃないだろう。『わたしはまことの蔓、わたしの父は農夫である。わたしにつながっている枝で実を結ばないものは、父がすべてこれをとりのぞき、実を結ぶものは、もっと豊かに実らせるために、手入れしてこれをきれいになさるのである』」

「なるほど、じゃあ蔓なんじゃないですか。蔓を探しましょうよ」

「それは馬鹿げてるし現世的だ」

「どうして?」とあたし。

ティムはとげとげしく言ったわ。「『わたしは蔓、おまえたちは枝』。つまりここで文字通り本当の植物の話をしていると思えとでも? これが霊的なものではなく、何か物理的なものだとでも? 死海砂漠に生えている何かだと?」ティムは身ぶりをした。「『わたしはこの世の光である』。つまりイエスに新聞を近づければ読めるようになると思えと？　この街灯みたいに？」

「そうかもしれない。ディオニソスは、ある意味で蔓でした。その崇拝者たちは酔いしれて、そしてディオニソスが取り憑き、みんな野山を走り回って牛をかみ殺しました。動物を丸ごと生きたまま食い尽くしたんです」

「確かに一部は似たところもある」とティム。

あたしたちは二人で、小さな雑貨店に入っていった。

第6章

　ティムとキルスティンがイギリスに戻れるより先に、聖公会主教会議がティムの異端説疑惑を検討するために集まったわ。ティムの糾弾者として立ったせんずり野郎ども——保守的な、と言うべきね。そのほうが礼儀正しい言い方だわ——の主教たちは、きちんとした糾弾を繰り出す能力の面で、まったくのバカでしかないことをさらけ出した。ティムは公式に異端の疑いを晴らして主教会議から戻ってきたわ。もちろん、この話は新聞にも雑誌にも出た。いつの時点であれ、この話でティムが心配したことなんか一度もなかった。いずれにしても、ジェフの自殺のおかげで、ティムは世間の同情をたっぷり集めていた。世間の支持は前からあったけれど、いまや私生活の悲劇のおかげで、それがなおさら強化されたわけ。

　プラトンはどこかで、王様を撃つなら確実に仕留めろと言っている。保守派の主教たちは、ティムを破壊し損ねたことで、結果的にティムを以前にも増して強力な存在にしてしまった。敗北ってのはそういうものよね。こういう展開については、一般には裏目に出たというわね。ティムはいまや、アメリカ合衆国の聖公会の中で自分を失脚させられる者はだれ一人いないのを知った。ティムを破滅させるのであれば、ティム自身がそれをやるしかない。

あたし自身はといえば、自分の人生について言うと、あたしはジェフと二人で買いつつあった家を所有していた。ジェフは父親の固執のおかげで遺書を遺していたの。大したものが得られたわけじゃないけど、あるだけはもらえたわ。ジェフとあたしを扶養していたのはあたし自身だったから、金銭的な問題に直面することもなかった。相変わらず法律事務所兼ロウソク屋で働き続けたわ。しばらくは、ジェフが死んだら、だんだんティムやキルスティンとは疎遠になるだろうなって思ってた。でもそうはならなかった。ティムはあたしを話し相手役にしたようだった。結局のところ、ティムとその総務秘書兼ビジネスエージェントとの情事を知っている数少ない人間があたしだったから。そしてもちろん、ティムとキルスティンを引き合わせたのはあたしだった。

それ以外の点として、ティムは友人となった人々を追い払ったりはしなかったの。どのみちあたしは、そんな単なる友人よりははるかに大きな存在だった。あたしたち二人の間にはかなりの愛情があったし、そこからある理解が生じていたのよ。あたしたちは文字通り、よい友だちで、それもいわば伝統的な意味でね。あれほど多くの過激な見方を持ち、とんでもない奔放な理論を唱えていたカリフォルニア主教は、実生活では、古くさい人間で、それも最高の意味においてそうだった。もしティムの友人になったら、ティムもあなたに忠実で、それがずっと続いたのよ。これは何年もたって、キルスティンとティムが、あたしの夫と同様に、死んではるか後に、マリオンさんに告げた通り。アーチャー主教についていて忘れられていることだけれど、ティムは友人たちを愛し、その人たちを支え続けた。そういう人々が昔もそのときも、ティムのキャリアを高めるにあたり何ら力を持っていなくても、立場を改善したり、実務的な世界で利益をもたらしたりしない場合ですら、友人たちを支援した。その世界であたしはといえば、単に法律事務所で事務秘書として働いている若い女性でしかなかった。ティムがあたしたちの関係を維持することで、戦略的に得られるものは何一つなかったんだけれど、でも死ぬまでそれを維持してくれたわ。

ジェフの死に続くこの時期には、キルスティンは肉体的な症状がますます悪化するという進行を示して、やがて医者たちもそれを正しく腹膜炎だと診断した。死ぬことだってある病気。主教が彼女の医療費すべてを負担したけれど、とんでもない金額になったわ。十日にわたりキルスティンは、サンフランシスコ最高の病院の一つにある集中治療ユニットでのたうちまわり、だれも見舞いにきてくれないとか、だれもろくすっぽ気にかけてくれないとか辛辣にグチリ続けた。全米を飛行機でまわって講演していたティムは、できる限り彼女に会いにきたけれど、でもとうてい彼女の満足いく頻度じゃなかった。あたしはできる限りサンフランシスコにやってきてはお見舞いした。あたしの場合も、ティムと同様、

（彼女の意見では）その病気への反応としてはあまりに不十分だった。彼女と過ごした時間のほとんどは、彼女がティムやその他人生のすべてについてグチる、一方通行の大罵倒大会になった。彼女、老けたわ。

「年齢なんて気の持ちよう」と言うのは、半ば無意味にしか思えない。だって実際問題として、年齢と病気が勝つに決まっていて、この馬鹿げた主張は健康状態のいい、キルスティン・ルンドボルグが受けたようなトラウマに直面したことがない人にしかピンとこないものだもの。彼女の息子ビルは、発狂する無限の能力を示していて、これについてキルスティンは自分の責任だと感じていたわ。彼女もまた、ジェフの自殺に大きな役割を果たしていたのが、自分とかれの父親との情事だと知っていた。おかげで彼女はあたしに辛辣なほどキツく当たるようになり、まるで罪悪感――彼女の罪悪感――が彼女をつついて、慢性的にあたし、つまりジェフの死の主要な被害者である人物に当たり散らすよう仕向けているかのようだった。

二人の間に、もう実は大して友情も残ってなかった、彼女とあたしには。それでも、あたしは病院に見舞いに行き、いつも着飾ってなるべく見栄えがするようにして、いつも彼女に、食べ物であれば彼女が食べられないもの、あるいは着られなかったり使えなかったりするものを持っていった。

「ここじゃタバコを吸わせてくれないのよ」あるとき彼女は、歓迎のあいさつ代わりにこう言った。

「もちろんよ。またベッドを火事にしちゃうじゃないの。こないだもそうだったでしょ」

彼女は入院する数週間前に、ほとんどそれで窒息しかけたのよ。

「毛糸を買ってきてよ」とキルスティンは言った。

「『毛糸』って」とあたし。

「セーターを編むのよ。主教に」その声色で言葉がしおれたわ。キルスティンは言葉を通じて、なかなかお目にかかれないほどの敵対心を伝えることができたっけ。曰く、「主教には、セーターが必要なのよ」

彼女の敵意は、ティムが彼女の不在中でもまったく問題なく日常生活を切り盛りできるという点をめぐるものになっていたわ。その時点で、ティムははるかカナダのどこかで演説をしていた。キルスティンはずいぶん前から、ティムは自分なしでは一週間も生き延びられないと確信してた。病院に閉じ込められたことで、そのまちがいが証明されてしまったわけね。

「どうしてメキシコ人たちは子供を黒人と結婚させないの？」とキルスティン。

「子供たちが、泥棒できないほど怠け者になっちゃうから」とあたし。

「黒人が黒んぼになるのはいつ？」

「部屋を出た途端」。あたしは彼女のベッドに向き合ったプラスチックの椅子にすわった。

「車を運転するのにいちばん安全なのはいつ？」

キルスティンは、敵意に満ちた視線をあたしに向けた。

「すぐに退院できるわよ」とあたしは、彼女を元気づけようとした。「絶対退院なんかできないわ。主教はたぶん——どうでもいいわね。どうせモントリオールで女のケツを追っかけてんのよ。モントリオールだかどこだか知らないけど。ほら、二回会っただけで、あたしをベッドに連れ込んだじゃない。それも最初のときは、バークレーのレストランで会ったのよ」

「あたしも同席してたわ」

「だから一回目には連れ込めなかったのよ。できることならやったと思う。主教がそんなだなんて、びっくりしない？　いくつか話してもいいんだけど……やめとく」そして彼女は口を閉ざして、あたしをにらみつけたわ。

「それは結構」とあたし。

「何が結構なのよ。あたしが話さないってことが？」

「あなたが話し出したら、立ち上がって帰るから。セラピストの話だと、あなたとはきちんとした一線を設けるべきなんですって」

「あらそうだったわね。あなたもあの連中の一人ね。セラピーを受けてる連中。あなたも息子も。二人でいっしょになるといいわよ。二人で作業療法の粘土で蛇でも作ればいいわ」

「帰るわね」とあたしは立ち上がった。

「ああまったく。すわってよ」とキルスティンは苛立ったように言った。あたしは言ったわ。「スウェーデンのモンゴロイドのクレチン症でストックホルムの精神病院から逃げてきたやつはどうなった？」

「知らないわ」

「ノルウェーで学校の先生になってたんですって」

笑いながらキルスティンは「まったくクソ食らえよ」と言った。

「そんな必要はないわ。あたしはちゃんとやってるもの」

キルスティンはうなずいたわ。「たぶんそうね。ああロンドンに戻れたらなあ。あなたはロンドンに行ったことはないんでしょ」

「お金がそんなに残ってなかったのよ。主教の裁量基金には。ジェフとあたしが行けるほどは」

「あらそうだったわね。あたしが使い果たしちゃったのよね」

「ほとんどをね」

キルスティンは言ったわ。「あたし、結局どこへも行けなかったわ、ティムがあの老いぼれおかまの翻訳者どもとつるんでる間は。イエスはインチキだって話は聞いた？　すごいわよね。いまや二千年後のあたしたちが、ああいうロギアとか『わたしは』とかいう発言すべてが丸ごとでっちあげだったってつきとめたのよ。あれほどティムが落ち込んだのは初めて見たわ。じっとすわって、床を見つめてるだけ。あたしたちのアパートで、何日も何日も」

それについて、あたしは何も言わなかった。

キルスティンは言った。「それって重要だと思う？　イエスがインチキだったって？」

「いいえあたしにはどうでもいいんだけど」

「連中、重要な部分はまともに発表してないのよ。きのこについての話。そこはできる限りずっと秘密にしてるの。それでも――」

「きのこって？」

「アノキよ」

あたしは信じられない思いで言ったわ。「アノキって、きのこなの？」

「きのこなのよ。昔あったきのこ。洞窟の中で育ててたのよ、サドカイ派たちが」

「あらまったく」とあたし。

「それできのこパンを作ったのよ。それでスープを作って、そのスープを飲んだの。パンを食べ、スープを飲む。ホスチアの二種類って、そこからきてるのよ、肉と血ってのは。どうやらアノキきのこは有毒だったんだけど、サドカイ派は毒を抜く方法を見つけたらしいの。少なくとも、ある程度は、死なないくらいまでは抜いたみたいよ。それで幻覚を見たのよ」

あたしは笑い出した。「するとサドカイ派って――」

「そう、ラリったのよ」とキルスティンもいまや、不本意ながら笑っていたわ。「そしてティムはグレース大聖堂で日曜日ごとに壇上にあがって聖餐式をやりながらも、連中が単にサイケデリックなトリップで朦朧としてたのを知ってるわけよ、ハイト＝アッシュベリーのガキどもみたいに。これを知ったとき、ティムがショックで死ぬんじゃないかと思ったわ」

「じゃあイエスって、要するにヤクの売人だったってわけか」とあたし。

キルスティンはうなずいた。「十二使徒たちは――これは仮説だけど――アノキをエルサレムに密輸してて、それで捕まったってことらしいわ。ジョン・アレグロが発見したことを裏付ける話でしかないけど……かれの本を読んでればね。近東言語については、最高の学者の一人よ……クムラン写本の公式翻訳者だったの」

「その人の本は読んでないけど、でも名前は知ってる。ジェフが話してたから」

「アレグロは、初期キリスト教徒たちは秘密のきのこカルトだったとつきとめたのよ。それを新約聖書の内部証拠から演繹したのよ。そしてフレスコ画だか壁画だか……とにかく、初期キリスト教徒が巨大なアマニア・ムスカリアきのこを持っている絵を見つけて――」

「アマニタ・ムスカリア」とあたしは訂正した。「赤いヤツね。猛毒なのよ。初期キリスト教徒は毒を抜く方法を見つけたのね」

「それがアレグロの主張よ。それに幻覚も見たんですって」とキルスティンはクスクス笑いはじめた。

「本当にアノキきのこが存在するの？」あたしはきのこにはちょっと詳しかった。ジェフと結婚する前につきあっていたのが、アマチュア菌糸学者だったから。

「まあたぶんあったみたいだけど、今日《こんにち》の人はそれが何なのかだれも知らない。いまのところサドカイ派文書の中には、何の記述もないのよ。だから現存していたとしても、それがどれなのか見分ける方法がないわ」

「幻覚を起こす以上のこともしたのかもね」とあたし。

「どんなこと？」

そのとき看護師がやってきた。「お引き取りください。今すぐ」

「わかったわ」あたしは立ち上がって、コートとバッグを手にした。

キルスティンが「身をかがめて」と言った。そしてあたしに近づくよう身ぶりをした。そして耳に直接ささやいてこう言った。「乱交パーティーとか」

彼女にさよならのキスをして、あたしは病院を後にした。

＊

バークレーに戻ってきて、ジェフとあたしが暮らしていた古い農家へバスでたどりつくと、玄関までの道を歩きながら、ポーチの隅っこに若者がしゃがみこんでいるのが見えたわ。用心して立ち止まり、だれだろうと思った。

ずんぐりして金髪のその男は、身をかがめてあたしの猫のマグニフィキャットを撫でていた。猫は幸せそうに家の玄関に寄り添って丸まっていたわ。あたしはしばらくそれを眺めつつ、こう思った。これって、セールスマンかなんかかしら？　若者はぶかぶかのズボンと、明るい色のシャツを着てたわ。その顔は、マグニフィキャットを撫でながら、人間の顔でこれまで見たこともないほど穏やかな表情を浮かべていたっけ。どう見てもあたしの猫とは初対面だけれど、ある種の慈しみ、一種の目に見える愛情を放っていて、それが実はあたしにも目新しいものだった。アポロン神の最初期の彫像が、あの優しい微笑を示しているわ。マグニフィキャットを撫でるのに完全に没頭したまま、その若者はあたしにまるで気がつかず、すぐ近くにいるあたしの存在も認識していなかった。あたしはそれに見ほれていた。だって、マグニフィキャットはかなり気性の荒い老いぼれ雄猫で、通常は知らない人が近づくのも許さないもの。

突然、若者は顔を上げた。恥ずかしそうに笑って、もじもじと立ち上がった。「こんちは」

「こんちは」あたしはその子に向かって、慎重に、とてもゆっくりと近づいた。天真爛漫な青い目で、何も企んでいないようだ。

「この猫を見つけたんです」目をぱちくりさせながらも、まだ笑っている。

「あたしの猫よ」

「彼女の名前は？」

「雄猫よ。マグニフィキャットというの」

「とってもきれいな猫ですね」と若者。

「あなた、だれ？」

「ぼく、キルスティンの息子です。ビルです」

それで青い目と金髪なのね。「エンジェル・アーチャーよ」

「知ってます。前に会ってますから。でも——」その子はためらったわ。「どのくらい前だか、自信がないんです。電気ショック療法をくらわされて……記憶があまりしっかりしてなくて」

「そうだったわね。確かに会ったことあるわ。いまちょうど病院で、あなたのお母さんのお見舞いに行ってきたところ」

「トイレ使っていいですか？」

「もちろん」とあたしはハンドバッグから鍵を出して玄関のドアを開けた。「家の中が汚くてごめんなさいね。働いてるから。きちんとしておけるほど家にいないのよ。お手洗いは台所の先の裏側。そのまままっすぐ行って」

ビル・ルンドボルグは、トイレのドアを閉めなかった。おしっこの音が大音量で聞こえてきた。あたしはやかんに水を入れて、火にかけた。不思議ね、と思ったわ。これがキルスティンのバカにする息子なのね。彼女はあたしたちみんなをバカにするけど。

台所に戻ってきたビル・ルンドボルグは、何やらもじもじ立ち尽くして、あたしに不安そうな笑顔を向け、明らかに所在なさそうだった。トイレを流してない。そのとき、本当にいきなり思い当たったわ。この子、退院してきたばかりなんだ。精神病院から。絶対そうよ。

「コーヒーいる？」

「うん」

マグニフィキャットが台所に入ってきた。

「彼女、何歳？」

「見当もつかないわ。犬から助けてあげたのよ。それも大きいときに、つまりもう子猫じゃないときに。たぶんどっかこの近所に住んでたんでしょうね」

「キルスティンはどうだった？」

「かなり元気よ」あたしは椅子を指さした。「すわんなさいな」

「ありがとう」とビルはすわった。腕を台所のテーブルにのせて、指を組んだ。肌がすごく青白い。ずっと屋内にいたのね。閉じ込められて。「あなたの猫は好きだよ」

「エサをやってくれてもいいわ」あたしは冷蔵庫を開けて、キャットフードの缶を取り出した。

ビルがマグニフィキャットにエサをあげている間、あたしはその両者を眺めていた。エサをスプーンで取り出すときの気配り……秩序だったやり方で、真剣に意識を集中させ、まるでそれが、自分の関わり合いになったことが、とても大切であるかのよう。視線はマグニフィキャットを見つめ続け、老いぼれ猫を検分しながらまたにっこりして、その微笑が本当にあたしの胸を打ち、本当に衝撃を与えた。

叩きのめしてください、ああ神様、となぜか不可解にも脳裏に浮かんだ。叩きのめして殺して。連中はこの優しい親切なベイビーを傷つけて、ほとんど何も残らないまでにしちゃったんだ。治療するという名目でこの子の回路を焼き切った。あの殺菌上っ張りを着たクソッタレなサディストども。あんな連中に、人間の心の何がわかるっての？　泣きたい気分だった。

そしてこの子はまた戻ることになるわ、キルスティンも言っていたように。残り一生、病院を出たり入ったり。あのクソッタレどもめ。

私の心を叩きのめして下さい、三位一体の神よ。あなたは、
これまで、軽く叩き、息を吹きかけ、照らして、直そうとされただけだったが、
今度は、起き上がって立つことができるように、私を倒し、力を込めて、
壊し、吹き飛ばし、焼いて、私を造り直して下さい。
私は占領された町のように、他の者の手に渡り、
あなたを受け入れようとしても、それが果たせない。
あなたの代官である理性は、私を守るべきなのに、
捕虜となって、弱腰で、不忠をさらけ出す。
私はあなたを心から愛し、愛されたいと思っているが、
あなたの敵と婚約してしまった。
私を離縁し、約束を解消し、その絆を断ち切って、
私をあなたの処へ連れて行き、牢獄に閉じ込めて下さい。
あなたの奴隷になる以外には、私は自由になれない。
また、あなたに犯されない限り、貞節にもなれない。

ジョン・ダンで一番好きな詩。ビル・ルンドボルグがあたしの老いぼれ猫にエサをやる

のを見つめながら、この詩があたしの中に、あたしの心の中に浮かび上がってきた。

そしてあたしは神なんてあざ笑ってる。ティムが教えて信じていることなんか、理解しようともしないし、こうした各種の問題についてティムが感じている苦悩も意に介さない。自分で自分をごまかしてる。あたしなりのこじつけで、自分でもわかってはいるのよ。この子があのバカな猫にエサをやるのをご覧。ビルは――この子は――連中が傷を負わせなければ、心を切り刻んでなければ、獣医になったはずよ。キルスティンは何と言ってたっけ？　ビルは運転が怖いって。ゴミを出すのを止めるって。お風呂に入らず、そして泣くって。あたしも泣くわ。そしてあたしだって、たまにゴミを山積みにするし、一度ホフマン街で車の横をこすられかけて、道端に車を停めなきゃならなかったわ。あたしを閉じ込めてよ。あたしたちみんなを閉じ込めて。すると、これがキルスティンの苦悩ってわけ、この子を息子に持つってことが？

ビルが言ったわ。「他に彼女にあげられるものはないの？　まだおなか空いてるみたいだよ」

「冷蔵庫の中のものなら何でも。あなたも何か食べる？」

「いらない」ビルは再びあの小汚い老猫を撫でた――これまでどんな人間でもまともになつこうとしなかった猫を。この子は猫をおとなしくさせたんだわ、自分自身と同じようにおとなしく。

「ここまでバスできたの？」

ビルはうなずいた。「うん。運転免許は返納しないといけなかったから。昔は車を運転してたけど、でも──」そしてだまりこんだ。

「あたしもバスよ」

「前はホントにすごい車を持ってたんだ。五六年シボレー。八気筒のスティックシフト、それも昔のでっかい八気筒。シボレーが八気筒を作った二年目の車なんだぜ。最初の年は五五年」

「すごく値打ちものの車よね」

「うん。シボレーはあの新しいボディスタイルに変えたんだ。昔の、ずっと使ってきた車高が高くて短いスタイルからね。五五年シボレーと五六年のちがいは、フロントグリルだよ。グリルにウィンカーがついてたら、それは五六年型なんだ」

「どこに住んでるの？　サンフランシスコ？」

「どこにも住んでない。先週ナパから出てきたんだ。キルスティンが病気だから出してもらえたんだ。ここまではヒッチハイク。男の人がスティングレイに乗せてくれたよ」ビルはにっこりした。「あの手のコルベットは、毎週高速に出してやらないと、エンジンにカーボンが溜まるんだ。この人のやつは、ずっとカーボンを吐いてたよ。コルベットで嫌いなのは、ファイバーガラスの車体。あれはまともに修理できないから」。そう言ってからつけ加えた。「でも確かにかっこいいよね。この人のは真っ白。年式は、聞いたんだけど忘れちゃった。時速百マイルまで出したけど、でもコルベットに乗ってると、オマワリにやたらに尾行されるよね。こっちがスピード違反するのを待ち構えてるんだ。ハイウェイパトロールが途中までついてきたけど、でも途中でサイレンをつけてどこかに行っちゃったんだ。どこかで、なんか緊急事態だったんだね。走り去ってくときに、二人で中指立ててやったよ。オマワリはすごく怒ってたけど、でも切符は切れなかった。急ぎすぎてたんだ」

そこであたしは、できるだけさりげなく、なぜあたしに会いにきたのかを尋ねた。

「訊きたいことがあったんだよ。一度、あなたの旦那さんに会ったんだ。あなたは家にいなかった。仕事かなんかで。旦那さんはここにいた。名前は、ジェフだっけ？」

「ええ」

「ぼくが知りたかったのは――」ビルはためらった。「どうしてジェフは自殺したのか教えてくれる？」

「ああいうことには、いろんな要因がからんでるのよ」あたしは台所のテーブルで、ビルの向かいにすわった。

「ぼくのお母さんに惚れてたのは知ってるけど」

「あら、それは知ってるわけね」

「うん。キルスティンが話してくれたから。それが一番の原因なの？」

「かもね」

「他にはどんな原因が？」

あたしは何も言わなかった。

「一つ教えてよ。一つだけ。ジェフは精神異常だったの？」

「セラピーは受けてたわ。でも集中治療ではなかったけど」

「ぼくも考えてたんだ。ジェフは、キルスティンのせいで父親に腹を立ててた。それと関係してることがいろいろある。ほら、病院に——精神病院にいると、自殺未遂の人とたくさん知り合いになるでしょ。手首はみんな横向きののこぎり傷だらけで。それを見れば確実にわかるんだ。自殺するときのいちばんいいやり方は、血管の走る方向に切ることなんだ」とビルはむきだしの腕を指さして示したわ。「ほとんどの人がやるまちがいは、手首のところで、血管と垂直方向に切ることなんだ。一人いたのが、腕を二十センチくらい切って——」そして計算するために間を置いた。「幅は七ミリくらいかな。それでも縫い合わせられた。何カ月も収監されてたよ。ある時、そいつがグループセラピーで、自分は壁から突き出している目玉だけになりたい、そうすればこっちはみんなを見られても、みんなからはこっちが見えないから、と言ってたんだ。観察者になって、絶対に起こってることの一部にはなりたくないってね。ひたすら見て、聴いてるだけ。それをやるなら、耳も生やさないとね」

あたしはといえば、何と答えたものかまるっきり思いつかなかった。

「偏執狂の人は、見られるのを怖がるんだよ。だから透明になるのが重要になるんだ。女性が一人入院してたけど、他の人の前で食べられないんだ。いつもお盆を部屋まで持ってったよ。たぶん、食べるのは汚いと思ってたんだろうね」とビルはにっこりした。あたしもなんとか笑い返した。

えらく奇妙だわ、これ。不気味な会話、まるで本当は起こっていないかのようだわ。

「ジェフはすごく敵意を持ってたよね。父親に対しても、キルスティンに対しても、そしてあなたに対してもだったかもしれないけど、でもたぶんもっと軽かったと思う。あなたに対しての敵意はってことね。ここに訪ねたときに、ジェフとその話をしたんだ。いつのことかは忘れた。ぼくは二日間の外出許可をもらってたんだよ。そのときもここまでヒッチハイクした。ヒッチハイクはそんなむずかしくないよ。トラックが乗せてくれたよ。同乗お断りの看板をつけてたんだけど。なんか化学物質を運んでたトラックだけど、有毒物じゃない。可燃物や有毒物質を運んでるときは、ヒッチハイクを拾っちゃいけないことになってるんだよ。事故があって同乗者が死んだり中毒したりすると、ときどきそれで保険がおりなくなるから」

またもやあたしは、何も言うべきことを思いつかなかった。だからうなずいただけ。

「事故でヒッチハイカーが怪我をしたり死んだりしたとき、法律では、そのヒッチハイカーは自己責任で乗ったとされるんだ。そいつが危険を冒した。だからヒッチハイクして何かが起きても、だれも訴えられない。それがカリフォルニア州の法律。他の州だとどうだか知らないけど」

「ええ、ジェフはティムにかなり腹を立ててたわ」

「あなたはぼくのお母さんを恨んでる？」

間を置いて、しばらく考えてみてから、あたしは言ったわ。「ええ。本当に恨んでる」

「どうして？　お母さんのせいじゃないのに。人が自殺したら、その当人が全責任を負うしかないんだ。それも学んだよ。病院ではいろんなことを学ぶんだ。外の人が決してわからないようなことを、山ほど知るようになる。現実についての集中講義みたいなものだよ。これって究極の——」ビルは身ぶりをした。「パラドックスだよね。精神病院に入るのは、たぶんその人たちが現実に直面できないはずだからで、だからそれで病院送りになって、精神病院ね、ナパみたいな州立病院とか、すると突然、他の人が絶対にやらなくていいほどの現実に山ほど直面させられる。そしてみんな、結構うまく立ち向かってるよ。すごく誇らしいことも目にするんだ、患者が他の患者を助けたりするとか。あるとき、ご婦人が——五〇代くらいかな——こう言うんだ。「ナイショ話をしていいかしら？」そして秘密厳守を誓わされた。だれにも何も言わないと約束した。すると「今晩自殺するつもりなの」って言うんだ。そのやり方も教えてくれた。そこは鍵のかかった病棟じゃなかった。彼女は自分の車を駐車場に停めてあって、そして彼女は病院職員の知らないキーを一つ持ってたわけ。みんな——職員は——キーを全部預かったつもりでいたけれど、この一本は彼女が手元に置いてあったんだ。そこでぼくはじっくり考えて、どうすべきかを考えた。グトマン医師《せんせい》に話そうか？　グトマン医師《せんせい》がこの病棟の担当だったから。でもぼくがやったのは、こっそり駐車場に出かけて——彼女の車がどれか知ってたんだ——コイルワイヤを外したんだ——と言ってもわかんないかもしれないけど。コイルとディストリビュータをつなぐ線なんだ。この電線がないと、絶対にエンジンはかかんない。すごく簡単なんだよ。車を荒れたご近所に駐車して、盗まれるんじゃないかと思ったら、その電線を抜いておけばいい。すぐ外れるよ。彼女はスターターをまわし続けたけど、いずれバッテリーがあがって、その後は中に戻ってきた。激怒してたけど、でも後になってぼくにお礼を言ったよ」。そこでちょっと考え込んでから、半ば自分自身に向かってこう言ったわ。「その人、ベイブリッジの上で対向車に突っ込む気だったんだよね。だからぼくはその人も救ったわけか。相手の車の運転手。それも子供がたくさん乗ったステーションワゴンだったかもしれないし」

「あらあら」とあたしは弱々しく言った。

「即座に決断しなきゃならなかったんだ。彼女がキーを持ってるのを知った以上、何とかしなきゃならなかったんだ。車はでかいベンツで。銀色。新車同然。彼女、すごい金持ちだったんだよ。そういう状況だと、行動しないってのは、幇助《ほうじょ》したのと同じことになっちゃう」

「お医者さんに言ったほうがよかったかも」とあたし。

ビルは首を振った。「それはダメ。そうしたら彼女は——うーん、説明しにくいな。彼女は、ぼくがそれをやったのは命を救うためであって、彼女をもめごとに巻き込むためじゃないってわかってた。もし職員に告げ口してたら——特にグトマン先生に告げていたら——彼女としては、ぼくがさらに数ヵ月ほど入院期間を延ばそうとしてるだけだと解釈しただろうね。でもいまのやり方だと職員は何も知らないので、当初の予定よりも入院が延びることもなかった。ぼくが退院したら——彼女、ぼくが住所を教えてたから。とにかく立ち寄ったんだよ。同じベンツを運転してた。車が停まったときにわかったんだ——そしてぼくの具合を尋ねてくれたんだよ」

「どんな具合だったわけ、ちなみに？」

「まったくダメ。家賃を払うお金もなかった。強制退去させられるとこだったよ。彼女はいっぱいお金があった。ご主人がお金持ちだったんだ。カリフォルニア州の北から南までいろんなアパートを持っていて、南はサンディエゴにまで持ってた。そこで彼女は車に戻ると、またやってきて、五セント玉を重ねたものに見えるロールをくれたんだ。なんか、硬貨のロールみたいな。彼女が帰ってから、そのロールの片端を開けてみたら、それは金貨だった。後で聞いたら、お金の相当部分を黄金にして持ってるんだって。どっかのイギリスの植民地の。コイン商にそれを売るときに、それが「BU」だと言うようにって教えてくれたよ。これは「bright uncirculated（新品未使用）」の略なんだと。コイン商の業界用語。新品未使用のコインは、そうでないものを何ていうのか知らないけど、それよりも価値が高いんだ。コイン一枚あたり十二ドルほどで売れたよ。一枚は手元に残したけど、なくしちゃった。そのロール全部から一枚抜いた状態で、六百ドルくらいになったっけ」

ビルはそこで振り返り、コンロを見た。「お湯が沸いてるよ」

あたしはお湯をサイレックスのコーヒーポットに注いだ。

「煮立てないコーヒー、フィルター式のコーヒーは、パーコレーター式のやつよりもずっと身体にいいんだ。パーコレーター式って、お湯がてっぺんに沸き上がって、また全部下に落ちてくるやつ」

「その通りね」

ビルは言った。「あなたのご主人の死についてはいろいろ考えてたんだよ。すごくいい人みたいだったね。ときには、それが問題になる」

「どうして？」

「精神病の相当部分は、みんなが攻撃性を抑圧していい人になろうとして、それをやりすぎることからくるんだ。攻撃性を永遠に押さえつけるわけにはいかない。みんなが持ってるものだし、どこかで出てこないと」

「ジェフはとっても平静だったわ。けんかさせるのも一苦労よ。夫婦げんかでも。いつも頭に血が上るのはあたしのほう」

「キルスティンは、ジェフがLSDをやってたって」

「それはウソだと思う。LSDをやってたというのは」

「イカレちゃう人の多くは、ドラッグのせいでイカレるんだよ。病院にはたくさんいるから。ずっとそういう状態のままってわけじゃないんだよ、一般に言われてるのとはちがって。変な行動のほとんどは栄養失調のせいだよ。ドラッグやってる人は食べるのを忘れちゃって、食べてもジャンクフードばっかり。ドカ食い。ドラッグやる人はみんなドカ食いに走って、そうでないとすればアンフェタミンやるせいで、そうなるとまるで何も食べなくなる。スピードやってる連中で、脳が有毒物でイカレた精神病に思えるものは、実は電解質が不足してるせいなんだ。すぐに補えるものなんだよ」

「いまは何の仕事をしてるの?」とあたしは尋ねたわ。さっきよりおどおどしたところが減っていたわ。自分の発言に前より自信が出てきたみたい。

「画家《ペインター》なんだ」とビル。

「作品はどういうアーティストの——」

ビルは優しく微笑んだ。「車の塗装《ペインティング》だよ。スプレー塗装。レオ・シャインの工場で。サンマテオにあるんだ。『車をお望みのどんな色にでも塗装してお値段たった四十九ドル五十セント、しかも六カ月の保証書つき』」ビルは笑い出し、あたしも笑い出した。あたしもレオ・シャインのコマーシャルをテレビで見かけてたから。

「あたしは夫をとても愛していたのよ」

「司祭になろうとしてた？」

「いいえ。何になろうとしてたのかわからなかったわ」

「何にもなろうとしてなかったのかもよ。ぼくはいま、コンピュータのプログラミング講義を受けてるんだ。ちょうどアルゴリズムを習ってるところ。アルゴリズムってのはただのレシピで、ケーキを焼くときのレシピと同じなんだ。一歩ずつのステップの連続で、ときに組み込まれた繰り返しも活用する。一部のステップは何度も繰り返す必要があるからね。アルゴリズムの大きな側面の一つってのは、それに意味があるってことなんだ。コンピュータが答えられないような質問をうっかりしてしまうのはとても簡単なんだよ。でもそれは、コンピュータがバカだから答えられないんじゃなくて、その質問にそもそも答えがないからなんだ」

「なるほど」

「これは意味のある質問だと思う？　２未満で最大の数を挙げよ」

「うん。意味あるでしょう」

ビルはかぶりを振った。「ないんだよ。そんな数は存在しないから」

「あら、その数字わかるけど。1.9足す──」そこで口を止めた。

「そうやって無限に桁を続けるしかない。問題は解釈できない。だからこのアルゴリズムは成立しない。コンピュータに、できないことをやれと言ってることになる。アルゴリズムが意味の通ったものでないと、コンピュータは答えられないのに、何とかして答えようとするんだ」

「ガーベジ・イン、ガーベジ・アウトってやつね」

「その通り」ビルはうなずいたわ。

「じゃあ代わりに、あたしからも質問。故事成句をこれから言うわ。ごく一般的なものよ。それを知らなくても──」

「制限時間はどのくらい？」

「時間なんか計らないわ。とにかくその故事成句の意味を言ってみて。『雨降って地固まる』。これってどういう意味？」

しばらく間を置いて、ビルはこう答えたわ。「雨が降ったら土がならされて、乾いたときに固くなるという意味だよ」

「じゃあ『石橋を叩いて渡る』」

またもやビルはしばらくだまりこんで、眉根にしわをよせていた。「石でできた橋を、一応叩いてみて安全か確かめてから渡るという意味。うちの近くにあるみたいな」

『降れば土砂降り』でも、あたしにはもうわかった。ビルには思考障害がある。こういう故事成句を説明できない。単にそれを、具体的な表現に言い換えて、もとの用語をそのまま使って繰り返すだけなんだ。

ためらいながらビルは言った。「ときには、大雨が降るってこと。特に予想外のときに」

『虚栄よ、汝の名は女なり』

「女性は虚栄心に満ちているってこと。それは故事成句じゃないよ。なんかの引用だろ」

「その通り。いい出来だったわ」でも本当を言うと、ティム的に言えば、イエスがかつて言った言い方では、あるいはサドカイ派たちが言った言い方でウソのない真実を述べるなら、この人物はベンジャミン故事成句試験から見て完全な精神分裂症だったのよ。あたしはこれに気がついて、漠然とした、穏やかならぬ痛みを感じた。こんなに若く肉体的には健康なのに、まったく象徴系から抜け出せず、抽象的に考えられずにいるなんて。この子は古典的な精神分裂的認知障害を持ってる。具体的なレベルでしか推論ができないんだ。コンピュータプログラマになるのはあきらめなさいな、とあたしは内心で思ったわ。あなたはずっとローライダーのスプレー塗装をやり続けるしかないのよ、終末の審判がやってきて、あたしたちみんなを一気に、すべての懸念から解放してくれるまで。あなたを解放し、あたしを解放してくれるまで。万人を解放してくれるまで。そしてそのときに、あなたの障害を持った心は、おそらくは、癒されるのよ。通りすがりのブタにでもそれを乗り移らせて、崖に向けて駆け出させて落っこちて、奈落の底に落ちるんだわ。それがあるべき場所へ。

「ちょっと失礼するわ」と言ってあたしは台所を離れ、家をぬけて、ビル・ルンドボルグからできる限り離れた場所にくると、壁に寄りかかって顔を腕に押しつけたわ。肌に自分の涙が——温かい涙が——感じられたけど、音は立てなかった。

第7章

家の片隅で、一人きりで泣いているなんて、気にかけているだれかのために泣いているなんて、自分がジェフになった気がした。こんなことがいつまで続くのかしら。いつかは終わるはずなのに。それなのに、いつまでも終わりがないみたい。ひたすら続くばかり。爆発が次々に起こって、まるでビル・ルンドボルグのコンピュータが、整数未満の最大の数は何かをつきとめようとしているみたいな、絶望的な作業。

その後ほどなくして、キルスティンが退院したわ。だんだん消化系の疾患から回復して、それで治ったので、ティムと二人でイギリスに戻ったの。二人がアメリカを離れる前に、息子のビルが投獄されたという話を彼女に聞かされた。アメリカ郵便局に雇われてからクビになったんですって。クビにされたビルの反応は、サンマテオ郵便局の板ガラスの窓をたたき割ることだった。それも素手でたたき割ったの。明らかにまた頭がおかしくなったのね。もちろん、一時的にせよ頭がおかしくなかった時点があればの話だけど。だから知り合いみんなの行方がわからなくなったのよ。ビルは、うちに訪ねてきて以来まったく顔を合わせなかった。キルスティンとティムとは何度も会ったわ——ティムよりキルスティンのほうが多かったな——その後は気がつくと一人ぼっちで、あまり幸せでもなく、世界の根底にある意味なんかについて、思案して憶測したりしてたっけ。そんな意味があるものならね。ビル・ルンドボルグが正気だった期間と同じく、それは存在すら怪しい代物ではあったわ。

法律事務所兼ロウソク屋は、ある日、営業停止した。雇い主二人が、ドラッグ関連の罪で逮捕されちゃったから。予想はしてたけど。ロウソクを売るよりコカインを売ったほうが儲かるもの。当時、コカインはいまみたいな浮わついた流行にはなってなかったけど、それでも需要はかなりあって、雇い主二人はそれに抵抗しきれなかったってわけだ。当局は、大金を前にノーと言えない我が雇い主たちの弱さにうまくつけこんだのね。二人とも懲役五年をくらったわ。あたしは数カ月ほどふらふらして失業保険を受け取り、それからテレグラフ通りのチャニングウェイ近くにある音楽店で、小売レコード販売員として何とかもぐりこんだの。それがいまの職場。

精神病も形は様々。あらゆることについて神経症になる場合もあれば、何か特定の話だけにそれが集中することもあるわ。ビルは普遍的な失調症の代表例だった。狂気が、人生のあらゆる部分に侵入していた。少なくともあたしはそう思う。

明らかに存在できないはずなのに、それでも厳然として存在するものを関心を持って眺めたいのであれば、偏執狂じみた狂気はすばらしいものかもしれない。過剰誘発力っていうのは、人間の心の中にある可能性についての概念で、何かが悪い方向に向かう可能性で、その誘発性が存在しなければそういう可能性が考えられもしないというようなものよ。これで何が言いたいかというと、過剰誘発性を持った考えが実際に機能してるところを見ないと、それはなかなか理解できないってことだけ。昔の用語は、固定観念だったわ。過剰誘発力を持つ考えと言ったほうが表現としていいわ。だってこれは、力学と化学と生物学から派生した用語だもの。活き活きとした用語だし、力の概念を含んでる。誘発力の本質は力であって、あたしが言いたいのもその力のことなんだから。言いたいのはつまり、いったん人間の心、というか、ある特定の人間の心に入り込んでしまうと、決して消え失せないどころか、心の中のその他すべてのものを食い尽くして、最終的にはその人物が消えてしまい、心そのものが消えてしまい、そしてその過剰誘発力を持つ考えだけが残るようになってしまうってことなの。

そんなことの発端って何なの？　いつそれが始まるの？　ユングはどこかで——どの著書に書いてあったかは忘れちゃった——でもとにかくどっかで、ある人物、ごく普通の人物の話をしてるわ。その人の心の中に、ある日、何らかの考えがやってきて、その考えが決して消え去らないんだって。さらにユングによると、その考えが人物の心に入ったことで、その心や心の中では、もう何も新しいことが決して起きなくなってしまう。その心にとって、時間は止まってその心は死んでしまう。生きて成長する存在としての心はもう死んじゃった。それでもその人物は、ある意味で、生き続けるの。

過剰誘発力を持った考えは、何か問題として、あるいは空想上の問題として心に入り込むこともあるんじゃないかな。これはそんなに珍しいことじゃない。夜遅くに、さあ寝ようというときに、何か考えが心に浮かんで、車のライトを消し忘れたような気がするのよ。窓から外の車を見てみる――入り口のところに、はっきり見えるように駐車してある――けど、ライトなんか見えない。でもそこでこう思うんだ。ライトをつけっぱなしにしてあって、それが長いことつけっぱなしだったからバッテリーが切れたのかも。だから確かめるため、外に出てチェックするしかない。ローブを着て、外に出て、車のドアの鍵を開けて、ヘッドライトのスイッチをつけてみる。するとライトはつく。そこでそれを切って、車の鍵をかけて、家に戻るんだ。何が起きたかというと、発狂しちゃったのね。神経症になっちゃったわけ。自分の感覚が証言するものを過小評価したのよ。窓から見れば、車のライトがついてないのがわかるのに、それでも外に出てとにかく確かめた。これが決定的な要因よ。見たのにそれを信じない。あるいは逆に、何も見なかったのにとにかくそれを信じちゃう。理論的には、ベッドルームと車の間を果てしなく往復し続けて、車の鍵を開け、ライトのスイッチを試して、家に戻るという閉鎖ループを永遠に続けることもできる――この意味で、このときの自分は機械なのよ。もはや人間じゃない。

それ以外に、過剰誘発力を持つ考えは――何か問題や空想上の問題としてじゃなくて――解決策として生じることもあるわ。

問題として生じたなら、心はそれに抗おうとする。だれも本気で問題を望んだり楽しんだりはしないから。でも解決策として生じたら、もちろんニセの解決策なんだけど、でも人はそれに抗ったりしないわ。高い効用価値を持っているから。それは自分が必要としているもので、その必要性を満たすために自分は自らそれをでっちあげたんだから。

停めた車とベッドルームの間を残りの生涯ずっとループで往き来し続けるという可能性はほとんど存在しないけれど、でも罪悪感と苦痛と自己不信とに苦しめられてたら――さらには毎日欠かさずに襲ってくる自己糾弾の大洪水もあるわ――解決策としての固定観念がいったん生じたら、それが居残り続ける可能性はとても高いのよ。あたしがキルスティンとティムで次に見たのはそれだったわ。二人がイギリスからアメリカに帰ってきた二回目、キルスティンが退院後にイギリスから帰ってきたとき。その二回目に二人がロンドンに暮らしていた期間に、ある考えが、過剰誘発力を持つ考えが、ある日二人の心に浮かんで、そしてそれで一巻の終わり。

キルスティンはティムより数日先に飛行機で帰ってきた。空港には迎えに行かなかったわ。彼女と会ったのは、セントフランシスホテルのてっぺんのフロアにある彼女の部屋。このホテルは、グレース大聖堂そのものが享受している高貴な丘のてっぺんにあるんだ。

部屋に行くと、彼女は大量のかばんを忙しげに荷ほどきしていて、あたしは思ったわ。あらまあ、なんて若々しく見えるのかしら！　前回会ったときに比べたら……光輝くようじゃない。何があったの？　顔のしわも減ったし、身のこなしもたくみで柔軟になり、あたしが部屋に入ると顔を上げてにっこりしたんだけれど、そこにはあの底意地の悪さや、すでにお馴染みとなっていた各種の秘められた非難の色がまったくなかった。

「あらいらっしゃい」と彼女。

「驚いた、すっごい元気そうね」とあたし。

彼女はうなずいたわ。「タバコやめたの」そして目の前のベッドの上で開いてあるスーツケースから、包んだパッケージを取り出して、ベッドの上で開いてみせた。「あなたにいろいろ持ってきたのよ。船便でもっと送ったんだけど。手荷物にはこれだけしか入れられなかったわ。いま開ける？」

「あまりに元気そうで、ちょっと信じられないわ」

「体重も減ったと思わない？」と彼女は、スイートルームの鏡の一つの前に立ってみせた。

「そんなところ」

「船便で、でっかいスチーマートランクを送ったのよ。あ、もう見たわよね。荷造りするの手伝ってくれたもんね。いろいろ話したいことがあるのよ」

「電話で匂わせていたのは、何だか――」

「そうなの」とキルスティンはベッドにすわり、ハンドバッグに手を伸ばすと、それを開いてプレイヤーのタバコを一箱取り出した。そしてあたしににっこりしつつ、タバコに火をつけたわ。

「やめたんじゃなかったの？」

反射的に、彼女はタバコをもみ消した。「いまだにときどき、習慣的にやっちゃうのよ」それでもまだあたしに微笑みかけていた。荒々しいけれど、でも何かを隠しているような謎めいた微笑。

「で、何なのよ？」

「あそこ、テーブルの上を見てよ」

見た。でっかいノートがテーブルの上にはあった。

「開いて」

「いいけど」あたしはノートを手に取って開いた。一部のページは白紙だったけれど、ほとんどにはキルスティンの手書きで何か殴り書きがされていたわ。

キルスティンはこう言ったの。「ジェフが戻ってきたのよ。あの世から」

＊

その時、あたしがその瞬間に、姐さん、あんた完全に頭おかしいよ、と言ってたら――

それでも何一つ変わらなかっただろうし、だからそう言わなかった自分を責める気はないわ。あたしはうなずいてこう言っただけ。「あら、まあ。それはそれは」。彼女の手書きを読もうとしたけれど、読めなかった。「どういう意味？」

「心霊現象《フェノミナ》よ。ティムとあたしはそう呼んでるの。夜中にあたしの爪の下に針を突き刺し、時計を全部六時半に合わせたりするの。ジェフが死んだ正確な時間なのよ」

「まあ」とあたし。

「記録をつけておいたの。手紙や電話であなたに話したくはなかったのよ。面と向かって話したかったの。だから今まで待ったのよ」とキルスティンは、興奮で万歳をしてみせた。

「エンジェル、かれが戻ってきてくれたのよ！」

「あら、そいつは何とも」とあたしは機械的に言ったわ。

「何百件もの出来事、何百件ものフェノミナよ。下のバーに行かない？　イギリスに戻ってすぐに始まったのよ。ティムは霊媒師のところに行ったの。その霊媒によれば、ホントにそうなんですって。あたしたち、ホントだと確信してたわ。だれに言われるまでもなかったけど、でも本当に確かめておきたかったのよ。だってひょっとすると――あくまで可能性として――ただのポルターガイストかもしれないじゃない？　でもちがったの！　ジェフなの！」

「そいつはオドロキ」とあたし。

「あたしが冗談でも言ってると思ってんの？」

「いいえ」あたしは本気で言ったわ。

「あたしたち二人とも目撃したんですからね。それにウィンチェルスも見たのよ。ロンドンのあたしたちの友だち。そしていまやアメリカに戻ってきたから、あなたにも目撃して記録してほしいのよ、ティムの新著のために。ティムはこれについての本を書いてるのよ。だってこれ、あたしたちだけでなく、万人にとって意味があることですもの。人がこの世で死んでからも、あの世に存在してるってことを証明してるのよ」

「ええ、バーに行きましょうね」とあたし。

「ティムの本は『あの世から』っていうの。すでに一万ドルの先渡し金を受け取ってるわ。

編集者は、ティムの本としては桁違いの売れ行きになると思うんですって」

「いやはや、もうびっくり仰天だわ」

「あたしを信じてないのね」その口調は堅苦しく、怒りでとげとげしくなっていたわ。

「どうしてあなたを信じないなどという発想がこの頭に浮かびましょうか」

「みんな信じる気持ちを持ってないからよ」

「ノートを読んだ後なら変わるかも」

「かれ——ジェフ——は、あたしの髪の毛に十六回も火をつけたのよ」

「すごい」

「それとアパートの鏡を全部こなごなに割ったの。それも一回だけじゃなくて何度も。起きてみたら鏡が割れてるんだけど、でも何も聞こえなかったわ。二人とも何も耳にしなかったのよ。メイソン博士——相談に行った霊媒師ね——は、ジェフがみんなを許してるんだってことをあたしたちにわかってほしいんだって言うの。そして、ジェフはあなたも許してるんですって」

「あら」とあたし。

「あたしにそういう皮肉はやめてよ」とキルスティン。

「ほんとうに真面目に皮肉っぽくならないよう頑張りますから。あなたもわかるでしょうけれど、あたしにとってはすごく驚く話なんです。何と言っていいかわからない。後でまちがいなく立ち直りますけど」とあたしはドアのほうに向かった。

エドガー・ベアフットは、KPFAラジオでの講義の一つで、インドのヒンズー学派が発達させた帰納論理形式について語っていたわ。すごく古くて、インドだけでなく西洋でもかなり研究されているの。これは人が正確な知覚を獲得する、知識の第二の手段で、アヌマナと呼ばれ、これはサンスクリット語で「何か別のものに沿って計測する、推論」という意味。五段階にわかれているんだけど、むずかしいので細部には立ち入らないけど、重要なのはこの五段階をきちんと実施すれば——そしてこの体系は、自分がそれを本当にきちんとやったか厳密に決められる安全策も含まれているわ——確実に前提から正しい結論にたどりつけるのが保証されてるの。

アヌマナがことさら立派なのは第三段階、例示（ウダハラナ）よ。これは不変の随伴（ヴャプティ、文字通りに言えば「充満性」）を必要とするわ。帰納推論のアヌマナ形式は、本当にヴャプティがあると絶対に確信できなければ機能しない。単なる随伴ではなく、不変の随伴よ（たとえば深夜に、大きくて鋭い、こだまするようなポンッという音が聞こえたとするわ。「あれは車がバックファイアしてるにちがいないわ。だって車がバックファイアするときにはああいう音を立てるから」と自分に言い聞かせるわね。これこそまさに、帰納推論――つまり結果から原因に遡る推論――が破綻するところなの。だから西洋では多くの論理学者が、こうした帰納論理そのものが怪しく、演繹論理しかあてにならないと思っているんだわ。インドのアヌマナは、十分な根拠と呼ぶものを何とか確保しようとするの。例示は実際の――想定されたものではだめ――観察を常に必要として、事例として示されない随伴論理は何一つ想定してはいけないと主張しているわ。西洋のあたしたちは、アヌマナにずばり相当する論理展開手法は持っていないし、それはとても残念なことよ。だって帰納推論をチェックするためのこんなしっかりした形式を持っていたら、ティモシー・アーチャー主教はそれを当然熟知していて、それを知っていたら、愛人が目を覚まして髪の毛が焦げていたからって、死んだ息子の霊があの世から、要するに死後の世界から戻ってきた証拠にはならないというのもわかったはずだから。アーチャー主教は、ヒステロン・プロテロンなんていう用語は振り回せたし、実際に振り回したわ。その論理的誤謬はギリシャ思想――つまりは西洋思想――で知られていたからよ。でもアヌマナはインドのもの。ヒンズー論理学者たちは、アヌマナを台無しにする典型的な誤謬の元を仕分けているの。それはヘトゥヴァブハサ（「単に根拠に見えるもの」）と呼ばれていて、これはアヌマナの五段階のうち、たった一つの段階に関するもの。この五段階構造をダメにするやり方をいろいろ見つけていて、その一つ残らず、アーチャー主教の知性と教育を持った人物であれば、理解できるはず――あるいはできたはず――だわ。いくつかへんてこな説明できない出来事があっただけで、ジェフがまだ（どっかで）生きているばかりか、生者と（どんな方法であれ）交信しているなんてことをティムが信じられるということは、三十年戦争の間に占星術の図を抱えていたヴァレンシュタイン同様、正確な知覚能力は変動するものであって、結局のところは何が現実かではなく、その人が何を信じたいかに依存しちゃうってことを示してるんだわ。何世紀も昔のヒンズー論理学者は、ジェフの不死性を論じる理由付けにある基本的な誤謬を一瞬で見抜いたはず。つまり信じたいという意志は、合理的な精神と対立する場合には、いつでもどこでも必ず合理的な精神を蹴倒すってことね。その時に自分が目にしているものに基づいて、推論できたのはこれだけ。たぶんあたしたちみんなやってることではあるんでしょう。しかもしょっちゅう。でもこれは、あまりに露骨で、あまりに基本的で、無視しようがなかった。キルスティンのキチガイ息子、明らかに精神分裂症の息子は、2未満の最大の数をコンピュータに尋ねるのが理解不能な要求であることは説明できるけど、ティモシー・アーチャー主教は、弁護士で、学者で、正気の大人なのに、愛人の隣のシーツの上に針を見ただけで、死んだ息子があの世から語りかけているという結論に飛びついてしまう。それ以上に、そのすべてをティムは本に書こうとしてる。その本はまず刊行されて、そして読まれるんだ。ティムはナンセンスを信じてるだけじゃない。それを大っぴらにしてる。

「世界がこの話を聞くまで待ってなさいな」アーチャー主教とその愛人は高らかに宣言してる。異端の糾弾に勝ったことで、主教は自分が無謬の存在だと思い込んでしまったのかも。あるいはまちがいを犯したにしても、だれも自分を引きずり下ろせないと。でも、どっちの点でもまちがってる。ティムだってまちがえるし、引きずり下ろせる人たちだっている。それを言うなら、ティムは自分で自分を引きずり下ろせるのよ。

その日、キルスティンとセントフランシスホテルのバーの一つにすわっているときに、このすべてがはっきり見えたわ。でも、あたしにできることは何もなかった。二人の固定観念は、問題ではなく解決策だったから、論理で潰すことはできなかった。結局のところ、それはさらなる独自の問題となったんだけれど、それでも論理ではどうにもならない。ある問題を別の問題で解決しようとしたのよ。そんなやり方じゃダメ。ある問題を解決するのに、もっとでかい別の問題を持ってきてもダメ。ヒトラーは、不気味なほどヴァレンシュタインと似てたけど、そのヒトラーはまさにそういうやり方で第二次世界大戦に勝とうとしたわ。ティムはヒステロン・プロテロン推論について心ゆくまであたしを責め立てられるのに——通俗ペーパーバック本の単なるオカルトナンセンス話にあっさり騙される。ジェフを蘇らせたのが、別の星系からきた古代宇宙飛行士だと信じてくれたってよかったくらい。

これについて考えるのは苦痛。脚が痛む。全身がくまなく痛む。アーチャー主教は、あたしをヒステロン・プロテロンで徹底的にやっつけたけど、かれは主教で、あたしはカリフォルニア大一般教育の学士号をもらっただけの若い女性なのに——ある晩、エドガー・ベアフットがこのアヌマナとかいうヒンズーの話について話すのを聞いて、それだけでカリフォルニア主教よりも多くを知り、行動できた。そして、それがどうでもよかった。カルフォルニア主教は、あたしどころか他のだれに対しても、自分の愛人を超えるような形では耳を貸さず、その愛人はティム自身と同様に、あまりに罪悪感に溺れて、不義と欺瞞——二人の目に見えない関係から生じたもの——でボロボロになって、おかげで二人ともすでに長いこと、まともな立論ができなくなっちゃってたんだから。いまや牢屋に閉じ込められてるビル・ルンドボルグなら、この二人を正気に戻せたかも。ランダムに選んだタクシーの運転手でも、二人が人生を計算ずくで破壊してるんだと言ってやれたはず——単にあんなことを信じているということだけでなく（それだけでも十分に破壊的だけど）、それを刊行しようとするなんて。勝手にしたら。やりたいようにどうぞ。あんたらのクソッタレな人生をむちゃくちゃにすればいい。現代で最も破壊的な戦争が進行中なのに、星図でも引いて、ホロスコープでも読んでりゃいいんだわ。歴史に名を残すでしょうよ——まぬけとして。隅っこの高い椅子にすわらせてもらえるわよ。とんがり帽子もかぶらされて。今世紀最高の人々たちと共に仕組んできた、社会活動家としてのろくでもない成果すべてを破壊できるのよ。マーチン・ルーサー・キング・ジュニア博士はこんなことのために死んだのか。こんなことのために、あなたはセルマでデモ行進したのね。自分の死んだ息子の幽霊が、愛人の寝ている間に彼女の爪の下に針を突き刺してるなんてことを信じるために——そして信じてるって公式に発表するために。是非とも刊行してほしいもんだわ。好きにすればいい。

論理的なまちがいは、もちろん、キルスティンとティムが結果から原因へと逆に推論したってことよ。二人は原因を見ようとしなかった——見たのは「フェノミナ」と称するものだけ——そしてこうしたフェノミナから、「あの世」から活動している秘密の原因としてジェフを推論した。アヌマナ構造は、この帰納推論はまったく論理になっていないことを示してる。アヌマナだと、まず前提から初めて、五段階で結論に到達するんだけれど、それぞれの段階は一つ前と後の段階と厳密な関係を持っているわ。でも割れた鏡や焦げた髪の毛や止まった時計やその他のくだらない話が、死者が死んでない別の現実の存在を明らかにして明確に証明しているなんていう推論をするのは、厳密な論理にはほど遠い代物よ。それが証明してるのは、その人がおめでたいほど信じやすくて、六歳児の頭の水準しか持ち合わせてないってこと。現実を確認せず、願望充足と自閉で自分を見失ってるのよ。でも不気味な自閉だわ。だってそれがたった一つの考えを核にしたものだから。一般的な領域を侵略することもなく、全関心がそれに侵されることもない。このたった一つのインチキな前提、このたった一つのまちがった推論の外では、頭もはっきりしてるし正気なんだわ。局所的な狂気で、それ以外の部分では話も行動も平常なのよ。だから、だれもあなたたちを閉じ込めたりしない。相変わらず稼げるし、お風呂にも入るし車も運転するし、ゴミも出すから。ビル・ルンドボルグが狂ってるような形では狂ってないし、ある意味で（「狂ってる」の定義次第では）あなたたちはまるで狂ってない。

アーチャー主教は相変わらず教区の雑務をこなせる。キルスティンは相変わらずサンフランシスコ最高の店で服を買える。どっちも郵便局の窓を素手で叩き割ったりしないし、息子があの世からこの世にメッセージを送っていると信じてるだけじゃ逮捕されないし、それを言うならあの世があると信じるだけじゃ逮捕されない。ここでは固定観念が宗教一般に入り込みつつあるわ。それは他の世界中の啓示宗教における、あの世的な志向の一部と重なってくる。目に見えない神様を信じてるのと、目に見えない死んだ息子を信じてるのと、どうちがうの？　ある目に見えなさを別の目に見えなさとどう区別すればいい？

確かにちがいはあるにはあるけど、なかなかむずかしい。一般的な見解と関連してるんだけど、これって微妙な領域よね。多くの人は神様を信じてるけど、ジェフ・アーチャーが寝ているキルスティン・ルンドボルグの爪の下に針を押し込むなんて信じている人はいないも同然――これがちがいだし、こういう言い方をすると、この主観性は明確になるわ。結局のところ、キルスティンとティムはやくたいもない針もあれば、焦げた髪の毛もあれば、割れた鏡もあるし、さらには止まった時計も持ってる。でも二人はそれだけあっても、論理的なまちがいをしてるんだわ。神様を信じてる人々がまちがいをしてるのかは、あたしは知らない。そういう信念体系は、どうにもこうにも検証のしようがないもの。単純に信仰なのよ。

いまやあたしは、さらなる「フェノミナ」の物欲しげな観客として参加するよう、公式に依頼されたわけで、そんな現象が起こったとしたら、あたしは、ティムとキルスティンと並んで、自分が目撃したものを証言してティムの近著に名を連ねられる――その近著は、編集者によれば、まちがいなくこれほど衝撃的でない内容に基づいたこれまでの著書を上回る売れ行きになるんですって。でも、無関心ではいられなかった。ジェフはあたしの夫だった。愛してた。だから信じたい。もっとひどいことに、キルスティンとティムを信じるよう突き動かしている心理的な原動力がわかってしまうんだ。二人の信念――またはおめでたさ――をぶちこわしたくない。だって、シニシズムが二人に何をもたらすかが見えるもの。二人には何もなくなってしまう――二人とも、再びすさまじい罪悪感を背負わされるだけ。二人のどちらも、その罪悪感には対処しきれない。ということで、あたしは承諾せざるを得ない立場に立たされていたわけ。少なくとも形式的には、信じていると口では述べ、興味があると口では述べ、興奮しているように見かけ上はふるまうしかない。中立的な態度を取るだけじゃ不十分。熱意が必要だった。実害はすでにイギリスで、あたしがこれに引きずり込まれる以前に起こっていたわ。決断はすでに下されていた。あたしが「そんなのデタラメだわ」と言っても、二人はどのみち続けるだけで、恨まれるだけ。シニシズムなんかクソ食らえ、とセントフランシスのバーでキルスティンと同席したあの日、あたしは自分に言い聞かせた。何も得られはしないし失うものは多いし、どのみちどうでもいいこと。ティムの本は書かれて出版される――あたしがいようといまいと。

ひどい理由付けね。何かが不可避な側面を持つからって、それであっさり同調して話を合わせるべきだってことにはならない。でもそれがあたしの理由付けだった。キルスティンとティムに思った通りのことを言えば、二人とは二度と会えない見込みが高かった。二人はあたしを切り離し、切除して捨て去って、あたしはレコード店の仕事があるだけ――アーチャー主教との友情は過去のものとなってしまう。それはあたしにとって重要すぎるものだった。それを手放すことはできなかった。

それがあたしの欠陥だらけの動機、あたしの願望だった。あたしは二人に会い続けたかった。そこで二人と共謀する方向に向かい、そして自分が共謀していることを知っていた。あたしはあの日、セントフランシスで決断したのよ。余計なことは言わず、意見も隠して、期待されているフェノミナの記録に合意して、それにより自分でも馬鹿げてるとわかっているものの一部になった。アーチャー主教は自分のキャリアを台無しにしているのに、あたしは一度たりともそれをやめるよう説得してみなかった。だってキルスティンとの情事だってやめるよう説得してみたけど、無駄だったし。今回のティムはあたしを論破するだけじゃない。あたしを切り捨てる。あたしにとっての費用はあまりに大きすぎた。

あたしは二人の固定観念を共有してない。でも二人のやる通りにして、言う通りのことを言った。アーチャー主教の本にも名前が出てるわ。「ジェフの日々の発現を指摘し記録するにあたって」「得がたい支援」を与えたと言って。そんな発現なんか一つもなかったんだけど、たぶん世界ってのはこういう具合に動かされてるのね。弱さによって。すべてはイェイツの詩で「最高の人々はあらゆる罪の意識を持たない」とかなんとか言ってるところに戻ってくるわけ。あなたもこの詩はご存じよね。ここで引用してあげる必要もないでしょう。

「王様に矢を放つなら確実に仕留めろ」。世界的な有名人にあんたはバカだと言うつもりなら、自分がどうしても失う気にはならないものを失うのだという事実に直面しないとダメ。だからあたしは自分のろくでもない口を閉ざし、ドリンクを飲んで、自分とキルスティンのドリンク代を支払い、ロンドンから彼女が持ってきてくれたプレゼントを受け取って、速報であらわれるフェノミナに目を配って、新しい展開すべてを見逃さないようにすると約束したんだわ。

そして機会さえあれば、あたしは同じことを繰り返すはず。だってあたしは二人とも、キルスティンもティムもとても愛していたんだもの。自分自身の正直さを重視するよりはるかに二人を愛していたわ。友情は巨大なものとして迫ってきた。正直さの重要性――つまりは正直さそのもの――はどんどん小さくなって、最後には完全に消えちゃったわ。自分の誠実さにはさよならして、友情を生かすほうを選んだのよ。あたしのやったことが正しかったかどうか、だれか別の人が判断してくれないと。だってあたしはいまだに無関心ではないから。いまだにあたしは友人二人が見えるだけ。二人とも、何カ月も外国にいて戻ってきたところ、とても会いたかった友人たち、特にジェフが死んでなおさら……いないと生きていけない友人たちで、そして、内心の奥底ではもっと秘めやかな要因があたしを動かしており、それはあの日、あたしが認めようとしなかった要因だった。あたしは自分が、セルマでキング博士と共にデモ行進した人物を知っており、デヴィッド・フロストにインタビューを受けた人間を知っており、現代の知的世界の形成を左右する見識を持った人物を知っているという事実を誇りに思ってたんだ。認めるわ、それが本質だったのよ。あたしは自分自身に対して自分を――自分のアイデンティティを――アーチャー主教の義理の娘で友人だということで規定していたのよ。

これは邪悪な動機だし、それがあたしを身動き取れなくした。がっちり捕まってしまった。「あたしはティモシー・アーチャー主教の知り合いなのよ」とあたしの心が夜の闇の中で自分自身につぶやいた。この言葉をあたしにささやきかけ、自尊心を強化した。あたしもまた、ジェフの自殺について罪悪感を感じてたし、アーチャー主教の生涯と時代、ふるまいや習慣に参加することで、あたしは自分の自己疑念を消し去れた――あるいは少なくとも、それが減るのを感じたんだわ。

でも、このあたしの理由付けにも論理的なまちがいがある――そして倫理的なまちがいもあるわ。そして自分でそれを認識できなかった。そのおめでたいほどの信じやすさと、迷信じみた愚行を通じて、カリフォルニアの主教はそれと引き替えに自分の影響力、世論を左右する力、あたしをティムに引きつけたまさにその力を失おうとしていたってことよ。もしあの日、セントフランシスホテルできちんと長期的に考えられていたら、これが予測できたはず――そして行動も変えたはず。ティムが偉人でいられる時間は長くなかった。ティムは自分が権威ある人物からイカレポンチになるのを意図的に放置していた。だから、あたしをティムに引きつけたものの大半は、間もなく消えるはずだった。だからこの意味で、あたしはティムに負けず劣らず妄想まみれの状態にいたわけよね。あの日、これはあたしの心に浮かばなかった。ティムをその時点でのティムとしてしか見ず、数年後のティムの姿を見ようとしなかった。あたしもまた六歳児の水準で動いてた。実害はもたらさなかったけれど、まともに役に立つこともしなかったし、実際まったく何の意味もなく自分で道を外れていったんだわ。それでいいことは何もなかったし、振り返ってみると、いま持っている洞察があったなら、それをあのとき持っていたらと本当に苦々しく切望してしまう。アーチャー主教があたしたちみんなを一掃して道連れにしたのは、みんながティムを愛していたからで、信じていたから、まちがっているとわかっているときですら信じていたからで、そしてこれはすごくひどい認識で、道徳的、霊的に恐れをもたらすべき話だわ。あたしには、今、まさにそうしている。でもあのときはそうならなかった。あたしの恐れは手遅れだった。後知恵としてやってきたんだ。

これはあなたには退屈なたわごとでしかないかもしれないけど、でもあたしにとっては何か別物なのよ。これはあたしの心の嘆き。

第8章

当局は、ビル・ルンドボルグをあまり長いこと牢屋に入れておかなかった。アーチャー主教が釈放の手配をした――ビルが慢性的な精神病の病歴を持っているという根拠で――そしてまもなく、その子がテンダーロインの二人のアパートに顔を出す日がやってきたわ。キルスティンが編んであげたウールのセーターを着て、ぶかぶかのズボンで、小太りの顔は穏やか。

ビルに会えて、個人的には嬉しかった。何度もビルのことを考え、元気だろうかと思案したものだわ。刑務所はなんらビルに危害を及ぼさなかったみたい。ひょっとしたら、定期的な入院時の幽閉と同じだと思ったのかも。あたしが知る限り、両者に大したちがいはないわ。あたしはどっちにも閉じ込められたことはない。

「やあエンジェル。いま運転してたあの車は何？」あたしがアパートに入るとビルは呼びかけたわ。新しく買ったホンダ車を動かして、駐車違反の切符を切られないようにしなきゃならなかったの。

「ホンダシビック」

「いいエンジン積んでるよね。あれだけ小さいエンジンだと、たいがいはオーバーレブするけど、あれはちがうよね。瞬発力もいいし。四速版、それとも五速？」

「四速」あたしはコートを脱いで廊下のクロゼットにかけた。

ビルは言ったわ。「ホイールベースがあんなに短いのに、乗り心地はかなりいいんだ。でも衝突したら――アメ車にぶつかられたら――一巻の終わり。たぶん横転する」

そしてビルは、単独車両事故の死亡統計について話してくれた。小型の外車に関する限り、かなり陰惨な図式を示していたわ。あたしの生き残り確率は、たとえばマスタングと比べればないも同然。ビルは、新しい前輪駆動のオールズモービルについて熱っぽく語った。これはビルによれば操作性と道路での扱いの点で、工学的な大進歩なんですって。明らかにビルは、あたしがもっと大型車を買うべきだと思っていたみたい。あたしの安全を気にかけた様子だったから。あたしはそれにほだされたし、それ以上にビルはこの話題を熟知していた。あたしはVWビートルの単独車両事故で友人二人を亡くしていて、その後輪が反って車体に食い込み、車が横転したのよ。ビルは、その設計は一九六五年以来はしっかりしたものに改良されたと説明してくれたわ。その後のワーゲンはスイングアクスルじゃなくて固定式の車軸を使うようになったの。これでトーインも抑えられるのよ。

こういう用語、たぶんちゃんと覚えてるつもりなんだけど。車に関するこの手の情報については、ビルに頼りっぱなし。キルスティンはどうでもいいという様子で聞いていた。アーチャー主教は、少なくとも関心があるように見せてはいたけど、ポーズでしかない印象を受けたわ。主教がそんなことを気にするとも理解できるとも、まるで思えなかった。主教にとって、トーインみたいな代物は、他のみんなにとっての形而上学と同じようなものでしかないもの。単なる思索でしかなく、それもかなりどうでもいいものなのよ。

クアーズの缶を取りにビルが台所に姿を消すと、キルスティンの唇は、あたしに向かって何かの言葉を形作ってみせた。

「何？」とあたしは耳に手を当てた。

「強迫観念」と彼女は重々しく、嫌悪をこめてうなずいた。

ビルはビールを手に戻ってきたわ。「生死を分けるのは、車のサスペンションなんだ。トーションバーのサスペンションは——」

キルスティンが割り込んだ。「これ以上車の話を聞かされるようなら、あたしは金切り声をあげはじめますからね」

「ごめん」とビル。

アーチャー主教が言った。「ビル、新車を買うとしたら、何がいいだろう？」

「予算は——」

「いくらでもある」と主教。

「BMWだな。あるいはメルセデス・ベンツ。メルセデス・ベンツの長所の一つは、だれも盗めないってことなんだよ」そしてビルは、メルセデス・ベンツの驚異的なまでに高度な鍵について説明した。最後はこんな具合。「車の回収業者ですら、ベンツの鍵を開けるには苦労するんだ。泥棒は、メルセデス・ベンツに入り込む時間で、キャデラック六台とポルシェ三台を盗めちゃう。だからベンツには手を出さないことが多いんだよ。そんなだから、カーステレオを車に載せっぱなしでも大丈夫。ベンツ以外の車なら抱えて歩かないとダメだからね」。そしてビルは、内燃式エンジンで駆動される初の実用的な自動車を設計製造したのは、カール・ベンツだったんだと話してくれたわ。一九二六年にベンツは自社を、ダイムラー・モトレン・ゲゼルシャフトと合併させ、ダイムラー・ベンツ社ができあがって、そこからメルセデス・ベンツの車が出てきたんだって。「メルセデス」という名前は、カール・ベンツの知っていた少女の名前だったんだけれど、ビルはそのメルセデスがベンツの娘か、孫か、何なのか思い出せなかったわ。

「すると『メルセデス』は自動車のデザイナーやエンジニアの名前じゃなかったのか。むしろ、子供の名前だったとは。そしていまやその子の名前は、世界最高の自動車と結びつけられてるわけか」とティム。

「その通り」とビル。そして、ほとんどの人が知らない自動車についての別の話をしてくれたわ。ポルシェ博士は、VWと、そしてもちろんポルシェを設計した人だけれど、でもリアエンジンの空冷デザインは発明していないとか。一九三八年にドイツがチェコスロバキアを占領したときに、ある自動車会社でそのエンジンに出会ったとか。ビルはそのチェコの車の名前を思い出せなかったけれど、それは四気筒ではなく八気筒のすごく速い車で、あまりに簡単に横転するので、とうとうドイツ将校は運転禁止になったの。ポルシェ博士は八気筒高性能デザインを、ヒトラー直々の命令で改良したわけ。「ヒトラーは空冷エンジンを利用できるようにしたかったんだ。ドイツがソ連を制圧したら、ソ連にアウトバーンを作ってそこでVWを活用するつもりだったからね。天候のせいと寒さのせいで——」

「ジャガーを買えばいいと思う」キルスティンが割り込んでティムに話しかけた。

「ダメダメ」とビル。「ジャガーは世界でいちばん不安定でトラブルだらけの車の一つだよ。あまりに複雑すぎるからいつも修理工場にいることになる。それでも、ジャガーのすっごいDOHCエンジンは空前の見事な高性能エンジンかもしれない。もちろん三〇年代の十六気筒ツーリング車は除くけど」

「十六気筒？」とあたしは驚愕した。

「すごくなめらかだったんだ。三〇年代には安自動車と高価なツーリング車との間にはものすごい差があったんだよ。いまはそんな差はない……たとえばあなたのホンダシビック——これは基本的な交通手段ね——からロールスに至るまで切れ目なしの連続性がある。価格と品質はいまや少しずつよくなる。これっていいことなんだ。当時といまの社会の変化を示すものだよ」。ビルは今度は蒸気車と、なぜその設計が失敗したかという話を始めた。でもキルスティンは、立ち上がるとビルをにらみつけた。

「あたし、寝るわ」とキルスティン。

ティムが彼女に言った。「明日、私のライオンズクラブでの講演は何時から？」

「ああどうしよう、その演説の用意がまだ終わってなかった」とキルスティン。

「即興でやれる」とティム。

「テープには入ってる。あとはそれを書き起こせばいいだけなんだけど」

「明日の朝にやればいい」

キルスティンはティムをじっと見た。

「さっきも言ったが、即興でやれる」

ビルとあたしに向かって、キルスティンは言ってみせた。「『即興でやれる』ですって」。そして主教をじっと見つめ続け、ティムは居心地悪そうにもじもじした。「まったく」とキルスティン。

「どうかしたのか？」とティム。

「何も」と彼女は寝室のほうに歩き出した。「明日、テープ起こしをすませるわ。あなたが変な講演を――どうしてこんな話を何度も繰り返さなきゃいけないのかしら。ゾロアスター教徒についての長口舌を始めたりしないって約束してよ」

小声ながらしっかりと、ティムは言った。「初期の教父たちの起源に遡るのであれば――ライオンズクラブの人たちは、二世紀の砂漠の教父たちだの修道院生活だのの話なんか聞きたくないんじゃないの？」

「ならまさにその話をするべきだ」とティムは、あたしとビルに向き直った。「僧侶が、病気に苦しむ聖人のための薬を携えて、ある街に派遣された……具体的な名前は必要ない。理解すべきなのは、その病気の聖人がとても偉大な聖人であり、アフリカの北で最も愛され畏敬されていた一人だったということだ。その僧侶が砂漠を越える長い旅の果てにその街に着くと、そこで――」

「おやすみ」とキルスティンは言って、ベッドルームに姿を消した。

「おやすみ」とあたしたちみんな。

しばらく間をあけてから、ティムは再開して、声を抑えてビルとあたしに話し続けたわ。「街に着くと、僧侶はどこに行くべきかわからなかった。暗闇の中で――夜だったんだ――まごまごしているうちに、ドブの中に転がっている乞食に出くわした。かなりの重病だった。僧侶は、この問題の霊的な側面について考え込んだ挙げ句、その乞食を介抱し、薬を乞食にやり、結果としてその乞食はじきに回復の兆しを見せた。でもいまや僧侶は、偉大な病苦の聖人に何も持っていくものがなかった。そしてやってきた修道院に戻り、修道院長に何と言われるか死ぬほど怯えていた。修道院長に何をしたか告げると、院長は『お前は正しいことをした』と言ったんだ」。ティムはそれでだまりこくった。あたしたち三人はすわったまま、だれも何も言わなかった。

「それだけ？」とビル。

「キリスト教では、凡夫と偉人、貧民とあまり貧しくない者との間に何の区別もつけない。僧侶は、出会った最初の病人に薬をやり、偉大で高名な聖人のためにそれを取っておかなかったことで、救済者の心を見通したんだ。イエスの時代には、一般人を指す蔑称があった……一般人は、アム・ハ＝アレッ、ヘブライ語で単純に『土地の人々』、つまり何の重要性もないという意味の存在として黙殺されていた。イエスが語りかけ、交流し、食べて寝た、つまりその人々の家で眠ったという意味だが、そうしたのはこの人々、このアム・ハ＝アレッたちの間でのことだった——とはいえ、ときどきは金持ちの家でも眠ったがね。金持ちですら排除はされないのだ」。ティムはいささか元気がなさそうだ、とあたしは気がついた。

ビルはにこにこしながら言った。『主教ちゃん』。キルスティンは、あなたのいないところだとそう呼んでるんだよ」

ティムはこれに対して何も言わなかった。キルスティンが向こうの部屋でうろうろしているのが聞こえた。何かが落ちて、彼女は悪態をついた。

「どうして神がいるなんて思うの？」とビルはティムに言った。

しばらく、ティムは何も言わなかったわ。かなり疲れた様子で、それなのに一生懸命答えをひねり出そうとしているのが感じられた。疲れたように目をこすってつぶやいた。

「存在論的な証明がある……聖アンセルムの存在論的な議論で、ある存在が想像できるのであれば――」そこで話をやめると、顔を上げてまばたきした。

「講演、あたしがテープ起こししましょうか。法律事務所でやってた作業だし。かなり上手ですよ。キルスティンに言っておきますね」とあたしは立ち上がった。

「それには及ばんよ」とティム。

「書き起こしたものを見ながらしゃべったほうがいいんじゃないですか？」

「私がかれらに伝えたいのは――」そこでティムは話すのをやめた。「ねえエンジェル。私は本当に彼女を愛してるんだ。私のために実にいろいろやってくれたし。そしてジェフが死んだ後で彼女がいっしょにいてくれなければ……私はどうなってしまったことやら。きみならわかってくれるはずだ」。そしてビルに向かってこう言った。「私はきみのお母さんがとても好きなんだ。世界中でいちばん私に身近なのが彼女なんだ」

「神の存在について何か証明はあるの？」とビル。

間を置いてティムは言ったわ。「いろんな主張が行われている。たぶん最高のものは、生物学からの議論だろう。これはたとえばテイヤール・ド・シャルダンなんかが主張しているものだね。進化——進化の存在——は、ある設計者の存在を示しているようだ。また、地球という惑星が複雑な生命形態に対して驚くほどの親和性を示しているというモリソンの議論もある。これが無作為ベースで起こる可能性はきわめて小さい。申し訳ない」とティムはかぶりを振った。「気分があまりよくない。この話はまた日を改めよう。だが手短に言っておくと、目的論的な議論がいちばん強い。自然における設計、自然に見られる目的からの議論が最も強い議論だな」

「ビル、主教は疲れてるのよ」とあたし。

寝室のドアを開けて、いまやローブとスリッパ姿になったキルスティンが言った。「司教は疲れてるのよ。主教はいつだって疲れてる。主教は『神の存在について何か証明はあるの』なんて質問に答えられないくらい疲れてるの。だって、ないんだもの。そんな証明なんかない。頭痛薬はどこ？」

「私が飲んじゃったよ」ティムはぼんやりと言ったわ。

「あたしのハンドバッグに少し入ってるけど」とあたし。

キルスティンは寝室のドアを閉めた。それもたたきつけるように。

「証明はある」とティム。

「でも神様はだれとも話をしないんでしょ」とビル。

「そうだ」とティム。そしてそこで、急に盛り返したわ。身を起こしたのが見えた。「しかし旧約聖書には、ヤアウェが予言者を通じて自分の民に話しかけている例をたくさん挙げている。この啓示の泉はついに涸れてしまったがね。神様はもう人間には語りかけない。これは『長い沈黙』と呼ばれているんだ。それが二千年続いている」

「神様が聖書の中で人々に話しかけたのはわかるよ。昔はね。でもどうして今は話しかけないの？　なぜやめちゃったの？」

「知らない」とティム。そしてそれ以上何も言わなかった。そこで力尽きた。あたしは思ったわ。そこで止めてはだめ。そこは終わらせる場所じゃない。

「続けてください」とあたし。

「いま何時だね？」とティムは居間を見回した。「腕時計をしてないんだ」

ビルが言ったわ。「ジェフがあの世から戻ってきたとかいうヨタ話は何なの？」

ああ神様、とあたしは思った。そして目を閉じた。

「本当に説明してもらえたらと思ってるんだけど。だって、不可能だもん。考えにくいところじゃない。不可能だから」そしてビルは待った。「キルスティンがその話をずっとしてるんだ。これまでお目にかかった中でいちばん馬鹿げた話だよ」

ティムは言ったわ。「ジェフが私たち二人と交信してるんだ。媒介的なフェノミナを通じて。何度も、多くのやり方で」。ティムは即座に紅潮したわ。背筋を伸ばすと、内面の奥深くに停滞していた権威が表面に出てきた。そこにすわっているうちに、個人的な問題を抱えた疲れた中年男から、力そのものに変わった。信念の力が言葉に変形し、形をとった。「神自らが私たちに対し、私たちを通じて働き、よりよい日をもたらそうとしているんだよ。いまや我が息子が私たちと共にある。この部屋で私たちと共にある。一度も私たちの元を離れてはいない。死んだのは物質の身体だ。あらゆる物質的なモノは消え去る。惑星だって丸ごと消え去る。物理宇宙そのものだって消え去る。だったらきみは、何も存在しないのだと論じるつもりかね？　だってその理屈だとそうなってしまうから。現在では外的な現実が存在することを証明はできない。それを発見したのはデカルトだ。それは現代哲学の基盤だ。確実にわかるのは、自分自身の心、自分自身の意識が存在しているということだけだ。言えるのは『私は私であるところのもの』ということだけだ。そしてこれは、モーゼに対してヤアウェが告げることだ。人々がお前はだれとしゃべったのかと尋ねられたら、『私であるところのもの』だと言うようにヤアウェはモーゼに告げるのだ。ヘブライ語ではエーイェだ。そう言ってもいいし、それが言えることのすべてだ。それに尽きる。きみが見ているものは世界ではなく、自分自身の心の中で心が作り出した表象だ。体験するものはすべて、信念により知っている。あるいは夢を見ているのかもしれない。それは考えたかね？　プラトンはある老賢人、たぶんオルフェウス教徒だが、それにこう言われた話を書いている。『いまや我々は死んでおりある種の牢獄にいるのだ』。プラトンはこれを馬鹿げた主張とは思わなかった。これが重い発言であり、考えてみるべきことだという。『いまや我々は死んでいる』。世界などそもそもないのかもしれない。私は、世界自体が存在するのと同じくらい大量の証拠を、ジェフが私たち――きみのお母さんと私――のところに戻ってきたことについて持っている。ジェフが戻ってきたと思うだけじゃない。帰ってきた存在を体験するんだ。生きて、いまもその中で生きている。だからこれは私たちの意見じゃない。現実なんだ」

「あなたにとっては現実ね」とビル。

「現実にそれ以上の何が期待できるだろう？」

「まあ、何というか、ぼくは信じない」とビル。

「問題はこの件についての私たちの体験にあるのではない。きみの信念体系のほうに問題があるんだ。きみの信念体系の制約の中では、こうしたことはあり得ない。何が可能かなんて、だれが言えるだろう、だれが本当に言えるだろうか？　私たちは、何が可能で何が可能でないか何も知らない。限界を決めるのは私たちではない――神が限界を決めるのだ」とティムはビルを指さした。その指はしっかりしていた。「人が何を信じるか、何を知るかは、最終的には神に依存する。同意するか同意しないかについては自分の意志では決められない。それは神からの贈り物であり、私たちの依存の一例なのだ。神は私たちに世界を与え、その世界に私たちが同意するよう仕向ける。神がそれを私たちにとって現実のものにするのだ。これが神の力の一つなんだ。きみはイエスが神の息子であり、神自身だったと信じるかね？　それも信じないだろう。だったらジェフがあの世から私たちのもとに戻ってきたなど、どうやって証明したものか。人の息子が二千年前に私たちのためにこの世を歩き、私たちのために生き、私たちのために、私たちの罪のために死に、三日目に栄光の中で蘇ったことさえ私は実証できない。この点で私の言う通りではないかね？　きみはそれだって否定するんじゃないかね？　だったらきみは何を信じるんだ？　乗り込んでそこらの街区を運転してまわる物体か。物体などなく街区などないかもしれない。だれかがデカルトに、悪意ある悪魔が、実在しない世界を人に信じ込ませるかもしれないと指摘したよ。何か偽物を、この世の上辺だけの表象として押しつけるかもしれないとね。それが起きたとしても、私たちにはわからない。信じるしかない。神を信じるしかない。私は、神が私を欺くはずはないと信じている。主は誠実であり真であり詐術などできないと考えている。きみにとってはこの問題はそもそも存在しないんだな、だってきみはそもそも神が存在すること自体を認めないんだから。きみは証明を求める。もしこの瞬間に、神の声が私に語りかけるのを聞いたと言ったら——きみはそれを信じるかね？　まさかな。私たちは、神に語りかける人々を敬虔だと言い、神が語りかける人々を狂人と呼ぶ。現在は信仰がほとんどない時代だ。死んだのは神ではない。死んだのは私たちの信仰なのだ」

「でも——」とビルは身ぶりをした。「ぜんぜん筋が通らないよ。なんでジェフは戻ってくるわけ？」

「ジェフがそもそもなぜ生まれてきたのかを教えてくれ。そうしたら、なぜ復活してきたかも教えられるかもしれない。きみはなぜ生きているんだ？　何のために創られたんだ？　きみはだれが自分を創ったか——そもそも創った存在がいるのか——知らないし、その理由も知らない。理由があればの話だが。ひょっとしたら、だれもきみを創らず、きみの人生には何の目的もないのかもしれん。世界もなく、目的もなく、創造者もなく、ジェフは戻ってきていない。それがきみの理屈かね？　それがきみの人生の生き方なのかね？　それがきみにとってのハイデッガー的な意味での存在なのかね？　そんなのは貧相きわまる無内容な存在だよ。弱々しく荒廃して、最終的には不毛な存在にしか見えない。きみだって何か信じているはずだろう、ビル。きみは自分自身を信じているかね？　きみ、ビル・ルンドボルグが存在していることくらいは認めるかね？　それは認めると、結構。それは結構。とりあえずは出発点ができた。自分の身体を見てほしい。感覚器官はあるかね？　目、耳、味、触覚、匂いは？　だったら、おそらく、この知覚系は情報を受け取るように設計されているんだろうね。もしそうならば、情報があると想定しても問題ないだろう。もし情報が存在するなら、おそらくそれは何かに関するものだろう。たぶん、世界というものがあって——確実ではないがたぶんね。そしてきみはその世界と感覚器を通じてつながっているんだろう。きみは自分の食べ物を作るかね？　自分が生きるのに必要な食べ物を、自分自身から、自分の身体から生み出すかね？　そうではない。したがって、きみはこの外部世界、その存在についてきみが確率的な知識しか持たず、必然的な知識を持たない外部世界に依存すると論理的に想定できる。世界は私たちにとっては条件つきの真実でしかなく、絶対不変の真実ではないんだ。この世界は何でできている？　そこに何がある？　きみの感覚器はウソをつくかね？　ウソをつくなら、なぜそんなものが存在するようになったのか？　感覚器官をきみは自分で作ったのかね？　いやちがう。だれか、何か別の存在が作った。きみではないそのだれかとは？　明らかにきみは一人きりではない。唯一存在する現実ではない。明らかに他の存在がいて、そのどれか、またはそのいくつかがきみときみの身体を設計して作り上げたんだ。カール・ベンツが初の自動車を設計して作ったようにね。カール・ベンツがいたとどうしてわかる？　きみが話してくれたから？　私が息子のジェフの帰還についてきみに話したとき――」

「キルスティンが話してくれたんだよ」とビルが訂正した。

「キルスティンは通常、きみにウソをつくかね？」とティム。

「いいえ」

「ジェフがあの世から戻ってきたと言うことで、彼女や私に何の得があるというんだね。多くの人は私たちを信じないだろう。きみからして私たちを信じない。私たちがそれを言うのは、それが真実だと信じているからだ。そして真実だと信じるべき理由もある。二人ともいろいろ見たんだ、目撃したんだ。この部屋にカール・ベンツは見あたらないが、かれが昔存在していたのは信じる。メルセデス・ベンツは少女と男性にちなんで名付けられているると信じる。私は弁護士だ。データを検討するときの基準はよく知っている人物だ。私たち――キルスティンと私――はジェフの証拠、フェノミナを持っているんだ」

「うん、だけどあなたの持ってるフェノミナって、一つ残らず――何の証明にもなってないよ。単にあなたたちが、ジェフがそれを起こしたんだって想定しているだけだよ、そういう出来事をね。ホントかどうかわからないでしょう」

ティムは言ったわ。「例を挙げようか。停めておいた車の下を見たら、水たまりがあった。さて、それ――その水――がエンジンから出たものだとは断言できない。それはそうなんだろうと想定するしかないことだ。証拠がある。弁護士として、私は何が証拠になるか知っている。きみは自動車のメカニックとして――」

「その車、自分の駐車スペースに停まってるの？　それとも公共の、スーパーマーケットみたいなところの駐車場にあるの？」

ちょっとひるんで、ティムは口ごもった。「意味がわからないんだが」

ビルは言ったわ。「もしそこが自分専用のガレージや駐車スペースで、自分しか駐車しないなら、たぶんそれは自分の車から出たんじゃないかな。どのみち、エンジンからのものじゃないよ。ラジエーターか、冷却水ポンプか、ホースのどれかでしょ」

「でもそれは、証拠に基づいてきみが想定しただけのことだ」とティム。

「パワステの液体かも。あれはかなり水っぽくみえる。ちょっとピンクっぽいんだけどね。あ、それとトランスミッションもある。オートマチックのトランスミッションだと、似たような液体を使うんだよ。それってパワステなの？」

「何が？」とティム。

「その車」

「知らない。いま話しているのは仮想的な車のことだから」

「エンジンオイルかも。その場合はピンクにはならない。それが水かオイルかは確かめないと。パワステからなのかトランスミッションからなのか。可能性はいくつかある。公共の場所で車の下に水たまりがあったら、たぶん何でもないよ。その場所には他の人もたくさん車を停めるから。その場所に前に駐車した車からきたかもしれない。だからいちばんいいのは――」

「だがそれは想定するしかないことだ。自分の車からきたかどうかは知りようがない」

「すぐにはわからないよ。でも調べられる。よし、じゃあそれが自分のガレージで、他にだれもそこには車を停めないとしようか。まずやるべきなのは、それがどんな液体かを調べることだ。だから車の下に手を伸ばして――まず車をバックして出したほうがいいかも――液体に指をつけてみるんだ。で、ピンク色？　茶色？　オイル？　水？　水だったとしよう。うん、それは普通のことかもしれない。ラジエータのリリーフからあふれたのかも。エンジンを止めると、水の温度が上がるときがあって、それがリリーフパイプから出てくるんだ」

「水だとわかったとしても、それが車から出たかどうかはわからない」ティムは頑固に言い続けた。

「他にどこから出てくるの？」

「それは未知の要因だ。間接的な証拠に基づいて動いているわけだ。車から水が出てきたのを見てはいない」

「なるほど――じゃあエンジンをかけて、しばらく回して見てるといいよ。水が垂れてくるかどうか」

「それには時間がかかるんじゃないか？」とティム。

「まあ、確かめる必要があるからね。パワステ系の液の量も調べとこう。トランスミッションのオイルも、ラジエータも、エンジンオイルも。そういうのは定期的にチェックしないと。そうやって立ってる間に調べればいい。中には、トランスミッションのオイルのレベルみたいに、エンジンが回ってるときでないと調べられないものもあるんだ。ついでに、タイヤの空気圧も調べとこう。圧力はどのくらい？」

「何の？」とティム。

ビルはにっこりした。「タイヤだよ。五つある。一つはトランクの中、スペアタイヤ。

たぶん他のタイヤの空気を調べるとき、そっちは忘れてるはず。いつの日かタイヤがパンクするまでスペアタイヤに空気が入ってないのに気がつかなかったりして、そのときになってスペアタイヤの空気圧がわかる。ジャッキはバンパージャッキなの、車軸ジャッキなの？　運転してるのはどんな車？」

「ビュイックじゃなかったっけ」とティム。

「クライスラーよ」あたしは静かに言った。

「あ、そう」とティム。

＊

ビルがイーストベイへの帰途についてから、ティムとあたしはテンダーロインのアパートの居間に二人きりですわって、ティムはあたしに隠し立てせず率直に話してくれたわ。

「キルスティンと私は、少々もめているんだよ」ティムはソファであたしの隣にすわり、低い声でしゃべって寝室にいるキルスティンに聞こえないようにした。

「彼女、ダウナーはどのくらいやってるんですか？」

「ええ、バルビツール類のことかな？」

「バルビツール類のことです」

「本当に知らないんだよ。彼女のかかってる医者は、欲しいだけくれるんだ……一度に百錠もらってる。セコナールをね。それとアミタルも。たぶんアミタルをくれるのは別の医者だ」

「どのくらいやってるか、調べたほうがいいですよ」

ティムは言ったわ。「どうしてビルは、ジェフが私たちのところに戻ってきたという認識を拒絶するんだろうね」

「神のみぞ知る」とあたし。

「私の本の狙いは、愛する者を失って心破れた人々に、慰めを提供することなんだよ。死のトラウマの向こうに命があると知る以上に安心できることがあるかね？　ちょうど、誕生のトラウマの向こうに生命があるのと同じだ。私たちはイエスにより、死後の生命が待っていると約束されている。救いの約束すべてはこの点にかかっている。『わたしはよみがえりである。わたしを信じる者は、たとい死んでも生きる。また、生きていて、わたしを信じる者は、いつまでも死なない』。そしてイエスはマルタに『これを信じるか？』と尋ねられ、マルタはそれに対して『主よ、信じます。あなたがこの世にきたるべきキリスト、神の御子であると信じております』と答えた。後にイエスは『わたしは自分から語ったのではなく、わたしをつかわされた父ご自身が、わたしの言うべきこと、語るべきことをお命じになったのである。わたしは、この命令が永遠の命であることを知っている』と言うんだ。聖書を持ってこよう」とティムはエンドテーブルに転がっていた聖書に手を伸ばした。「コリント人への第一の手紙、一五章、一二節。『さて、キリストは死人の中からよみがえったのだと宣《の》べ伝えられているのに、あなたがたの中のある者が、死人の復活などはないと言っているのは、どうしたことか。もし死人の復活がないならば、キリストもよみがえらなかったであろう。もしキリストがよみがえらなかったとしたら、わたしたちの宣教はむなしく、あなたがたの信仰もまたむなしい。すると、わたしたちは神にそむく偽証人にさえなるわけだ。なぜなら、万一死人がよみがえらないとしたら、わたしたちは神が実際よみがえらせなかったはずのキリストを、よみがえらせたと言って、神に反するあかしを立てたことになるからである。もし死人がよみがえらないなら、キリストもよみがえらなかったであろう。もしキリストがよみがえらなかったとすれば、あなたがたの信仰は空虚なものとなり、あなたがたは、いまなお罪の中にいることになろう。もっと深刻なことだが、そうだとすると、キリストにあって眠った者たちは、滅んでしまったのである。もしわたしたちが、この世の生活でキリストにあって単なる望みをいだいているだけだとすれば、わたしたちは、すべての人の中で最もあわれむべき存在となる。しかし事実、キリストは眠っている者の初穂として、死人の中からよみがえったのである』」ティムは聖書を閉じた。「明解かつ平易に述べている。何ら疑問の余地はない」

「そうなんですね」とあたし。

「サドカイ派の涸谷《ワジ》では、実に多くの証拠があがってきた。初期キリスト教のケリグマすべてに光を当てるようなものがたくさん。いまや実に多くのことがわかった。パウロはまったく比喩的に話しているのではなかった。人は文字通り死から蘇る。かれらにはその技法があった。科学だった。今日なら医学と呼ぶだろう。かれらにはアノキがあった、あの涸谷《ワジ》には」

「きのこ、ですね」

ティムはあたしを見据えたわ。「うん。アノキきのこだ」

「パンとスープ」

「その通り」

「でも今はもうありませんね」

「聖餐がある」

あたしは言ったわ。「でもあなたもあたしも、その物質がそこには、その聖餐の中にはないのを知ってますよね。原住民がインチキな飛行機を作ってみせるカーゴカルトみたいなものよ」

「全然ちがう」

「どうちがうんです？」

「聖霊が——」そこでティムは口を止めた。

「そういうことです」とあたし。

ティムは言った。「私はジェフの帰還をもたらしたのは聖霊だと感じているんだ」

「ならばつまり、あなたは聖霊がまだ本当に存在して、ずっと存在し続けており、それが神様、神様の一形態なんだと論じるんですね」

「いまはそうだ。証拠を見たからね。証拠を見るまでは私も信じなかったよ。ジェフの死亡時刻に合わされた時計、キルスティンの焦げた髪、割れた鏡、彼女の爪の下に突き刺さった針。そのときに、彼女の服がすべてひっくり返されているのも見られた。きみを呼んできて実際に見てもらっただろう。あれをやったのは私たちじゃない。生きた人間はだれ一人としてあれをやっていない。証拠を捏造したりはしていない。私たちがそんなことをすると思うかね、詐欺を企むなんて？」

「いいえ」とあたし。

「それと別のとき、本が本棚から飛び出して床に落ちたんだ――だれもいないのに。きみも自分の目でそれを見たな」

「アノキきのこはまだ存在すると思う？」とあたしは尋ねた。

「わからない。大プリニウスの『博物誌』第八巻には、ヴィタ・ヴェルナきのこが言及されている。プリニウスは一世紀の人だ……時代的には合う。そしてその項目は、テオフラストスからの孫引きじゃない。プリニウス自身が見たきのこ、ローマの庭園の直接的な知識をもとに書かれた項目なんだ。それがアノキかもしれない。だが憶測にすぎん。もっと確信が持てればいいんだが」。そこでティムは話を変えた。いつものことよ。ティム・アーチャーの頭は決して一つの話に長居しないの。「ビルのあれは精神分裂症なんだろう?」

「正解」とあたし。

「でも生計は立てられるんだ」

「入院していないときとか、病院送りになりかけて自分で自分をどんどん追い詰めてないときにはね」

「いまは問題なくやっているようだな。でも見たところ——理論化できないようなんだが」

「抽象化ができないんです」

「どこへどんな具合に流れ着くやら。見通しは……よくない、とキルスティンは言ってる」

「ゼロよ。回復については。皆無。まったくなし。でもドラッグをやらないだけの知恵はあるわ」

「教育の恩恵は被っていない」

「教育がそれほど恩恵か、あたしは自信がないなあ。このあたしだってレコード店で働くだけ。そしてそこで雇われたのも、カリフォルニア大の英文学科で教わったことのおかげじゃないし」

「ベートーヴェンの『フィデリオ』のレコードはどれを買うべきか、きみに訊こうと思ってたんだ」とティム。

「クレンペラーのやつ。エンジェル盤で。レオノーレ役はクリスタ・ルートヴィヒのを」

「彼女のアリアは大のお気に入りなんだ」とティム。

「『Abscheulicher! Wo Eilst Due Hin?』確かにうまいわよね。でもフリーダ・ライダーのずっと昔の録音にかなう者はいないわ。コレクターズアイテムだけど……LPになってるかも。でもあたしは見たことない。もう何年も前にKPFAで流してたのを一度聴いて。決して忘れないわ」

「ベートーヴェンは最高の天才、空前の創造的アーティストの頂点だな。人間の自分自身に対する見方を変えた」

「ええ。『フィデリオ』の囚人たちが光の中に解放されるとき……あれはあらゆる音楽の中で最も美しいくだりね」

「美しいだけにとどまらない。自由そのものの性質に関する理解にも関わるものだ。晩年の四重奏とか、純粋に抽象的な音楽が、言葉もなしに人間の自分自身に対する認識の点で、その存在論的な性質の面で人を変えてしまうなどということがあり得るとはね。ショーペンハウエルは、芸術、特に音楽が意志を、不合理で苦闘する意志を、なぜか自分自身に向けて、自分自身の中に立ち戻らせ、苦闘をやめさせる力を持っていた――いや今も持っている――と信じていた。かれはそれが、ほんの一時的なものだとしても、宗教的な体験だと考えた。なぜか芸術は、なぜか特に音楽は、人を不合理な存在から合理的な存在に変える力を持っている。そうなった人は、もはや生物学的な衝動に動かされていない。そうした衝動は定義からして決して満たされることがないものなんだ。ベートーヴェンの弦楽四重奏第十三番の最終楽章を聴いたときのことは忘れられない。『大フーガ』じゃなくて、その後『大フーガ』の代わりに追加したアレグロのほうね。あれは実に奇妙な小篇だな、あのアレグロは……実にすがすがしくて明るく、日差しに満ちていて」

「あれがベートーヴェンの書いた最後の音楽だって読んだことがあるわ。もしそのまま生き続けたら、あの小さなアレグロはベートーヴェン第四期の最初の作品になっていたはずよ。本当は第三期の作品じゃないわ」

「ベートーヴェンは、どこからあのコンセプトを抽出したんだろう、かれの音楽が表現している、人間の自由に関するまったく新しく独自のコンセプトを？　かれは読書家だったのかね？」

「ベートーヴェンは、ゲーテとシラーの時代の人よ。アウフクレールング、ドイツ啓蒙主義の時代」

「またシラーか。いつもシラーに戻ってくる。そしてシラーからスペインに対するオランダの反乱、オランダ戦争へ。これがゲーテの『ファウスト』第二部で、ファウストがついに自分を満足させるものを見つけて、その瞬間が留まるようにと呼びかける部分に出てくる。オランダ人が北海から土地を干拓しているのを見てね。私もかつて、その部分を自分で翻訳したことがある。手に入る英訳はどれも満足がいかなかったんだ。あれはどうしちゃったかな……何年も前だったから。ベヤード・テイラー訳は知ってるかね?」とティムは立ち上がり、本棚に近づき、その本を見つけると戻ってきて、歩きながら開いた。

『あの山の麓に沼があって、その毒気が
これまで拓いた地域の全部を汚している。
その腐った水溜まりにはけ口をつけて、そこをもしっかりした土地にすること
それが最後の仕上げで、また最高の成果になるのだ。
こうしておれは何百万人のために土地を開くのだ。
豊かではなくとも、働いて自由に暮らせる土地だ。
畑は緑におおわれて、実りも豊かだ。勇敢で勤勉な
民衆の築いた、強力な堤防にまもられて
この若々しい陸地にたちまちに
心いさんで人畜が居着く。

よしや外では怒濤がたけって岸壁めがけて打ってかかろうと、
内部のここは楽園のような土地なのだ。
そしてもし海の潮が岸を嚙み砕いて力ずくで押し入ってきたら
人々は心をあわせて、その裂け目をふさごうと駆けつける。
そうだ、この自覚におれは全身全霊を捧げる。
人智の究極の帰結とは次の通り。
およそ生活と自由を自力で得た者とは――』

「『日々にこれを獲得してやまぬ者だけ』」とあたし。
「そうだ」とティムは『ファウスト』第二部を閉じた。「自分のやったあの翻訳、取っておけばよかったよ」。そして本をまた開いたわ。「続きを読んでもいいかね？」
「是非」とあたし。

『だからここでは、子供も大人も老人も、
危険にとりかこまれながら、雄々しい歳月を送るのだ。
おれはこういう群れをまのあたりに見て、
自由な土地に自由な民とともに生きたい。

そのとき、おれは瞬間に向かってこう言っていい、
「とまれ、おまえは実に美しいから」と』
「その時点で、神様は天国での賭けに勝ったのよね」とあたし。
「そうだ」とティムはうなずいた。

『おれの地上の生の痕跡は
永劫を経ても滅びはしない、そこにある！――
こういう大きい幸福を予感して、
おれはいま最高の瞬間を味わうのだ、いまこの瞬間を』

「実に美しく明解な翻訳ね」とあたし。
「ゲーテが『第二部』を書いたのは、死ぬちょうど一年前だった。あのくだりからのドイツ語はたった一語しか覚えていない。フェルディーネン、自分の力で得る。『自由を自力で得る』。たぶんそれはフライハイト、自由なんだろう。だからおそらく原文は『Verdient seine Freiheit―』かな」。そこでティムは止めた。「いまはそれがせいぜいだよ。『それを――それら、生活と自由を――日々にこれを獲得してやまぬ者が、己の自由

を得るのだ』。ドイツ啓蒙主義の頂点。そこからかれらは実に悲劇的に転落した。ゲーテ、シラー、ベートーヴェンから第三帝国とヒトラーへ。あり得ないように思える」

「それでも、それはヴァレンシュタインに予表されていたのね」とあたし。

「ヴァレンシュタインは、将軍を占星術のお告げで選んだ人物だった。あんな知的で学のある人物、本当に偉人で、当時の最も強力な人間の一人が——どうしてそんなものを少しでも信じられたんだろう？　私には不思議でならない。ひょっとしたら決して解明されない謎なのかもしれない」とアーチャー主教は語ったわ。

主教がひどく疲れているのがわかったから、コートとハンドバッグを取ってきて、おやすみなさいと言い、そこを離れた。

車は駐車違反切符を切られていた。ちくしょう、と内心でつぶやきながら、あたしは違反切符をワイパーから引っ張り出してポケットに突っ込んだ。あたしたちがゲーテを読んでいる間に、駐禁係の可愛いリタ《ラヴリー・リタ・メーター・メイド》があたしの車の違反切符を切ってる。なんとも奇妙な世界だわ、と思った。というか、奇妙な二つの世界——複数形だわ。この二つの世界は相容れないもの。

第9章

ティモシー・アーチャー主教は、大量のお祈りと熟考、その聡明な分析能力の大量活用の挙げ句に、聖公会カリフォルニア教区主教の座を辞して、民間セクター——とティムは呼んでいたもの——に入るしかないと内心で思いついたわ。そしてその問題を、キルスティンやあたしとずいぶん議論したの。

「私はキリストの実在性にもはやまったく信をおけないのだよ。まったくこれっぽっちも。もはや誠実に新約聖書のケリグマを説教し続けるわけにはいかない。信徒たちの前に立つたびに、私はみんなを騙している気になってしまう」

「こないだの晩に、キリストの実在性は、ジェフが戻ってきたことで証明されているとビル・ルンドボルグに言ったじゃないの」とあたし。

「いや、証明になっていない。状況を徹底的に検証してみたが、証明されていないんだよ」

「じゃあ、何を証明してるの?」とキルスティン。

「死後の世界。でもキリストの実在性ではない。イエスは教師であり、その教えは独創的なものですらなかった。霊媒の名前をもらってある。サンタバーバラに住むギャレット博士という人だ。飛行機で彼に相談に行って、ジェフと話をしてみるつもりだ。メイソン氏が彼を推薦してくれたんだ」とティムは紙切れを見直した。「おや。ギャレット博士は女性だった。レイチェル・ギャレット。ふーむ……絶対に男性だと思っていたよ」。ティムは、あたしたち二人にサンタバーバラへ同行したいか尋ねた。ティムは（当人の説明では）ジェフにキリストについて尋ねるつもりなんですって。ジェフは霊媒のレイチェル・ギャレット博士を通じ、キリストが本物かそうでないか、本当に神の息子かとか、その他教会が教える各種の話について教えてくれるはず。これは重要な旅になる。主教の座を辞するべきかというティムの決断はこの訪問次第なわけ。

それ以上に、ティムの信仰が関連していたわ。ティムは何十年もかけて聖公会内部での地位を高めていったのに、いまやキリスト教が有効なのかを真剣に疑問視するようになっていた。これはティムの使った用語よ。「有効か」というのは。あたしはそれが、弱々しい流行言葉だとしか思えず、ティムの心と精神の内部で激突している力の規模を表すには、悲しいほど不十分だと思わずにいられなかった。でも、それがティムの使った用語だったわ。平静な様子でしゃべり、ヒステリックな声色はまったくなかった。まるで、洋服のスーツを買うべきかどうか計画してるときみたいな感じ。

「キリストは、役割であり人物ではない。それ——その単語——はヘブライ語『メシア』の誤訳だ。これは文字通りの意味は聖別された者ということで、つまりは選ばれた者ということだ。メシアはもちろん、世界の終わりにやってきて、鉄の時代に代わる黄金の時代を呼び寄せる。いま私たちがいる時代は鉄の時代だ。これが最も美しく表現されているのはウェルギリウスの『牧歌』第四歌だ。えーと……ここにあるはずだ」。いつも重要なときの常として、ティムは本に頼ったわ。

「別にウェルギリウスなんか聞かなくてもいいんだけど」とキルスティンは噛みつくように言った。

「ここにある」とティムは、キルスティンを意に介さずに言った。

『ウルティマ　クマエイ　ヴェニト　イアム　カルミニス　エタス。マグヌス——』

「いい加減にしてよ」とキルスティンはきつい口調で言った。

ティムは、不思議そうな顔をして彼女を見たわ。

「主教を辞職するなんて、頭がおかしいほど馬鹿げているし身勝手よ」とキルスティン。

「せめて牧歌を翻訳させてくれ。そうすればきみにも理解しやすくなる」

「あなたが自分の人生とあたしの人生を台無しにしようとしているのは理解できるわよ。あたしはどうなるの？」

ティムは首を振った。「私はそのまま自由主義制度財団で雇われるんだ」

「それっていったい何？」

「シンクタンクよ。サンタバーバラにあるの」とあたし。

「じゃあ出かけるときにはその財団とも話をするわけ？」とキルスティン。

ティムはうなずいたわ。「そう。そこの責任者のポメロイとアポを取ってある――フェルトン・ポメロイだ。神学問題で私がかれらのコンサルタントになるんだ」

「とても評価の高い財団なのよ」とあたし。

キルスティンは、木ですらしおれそうな一瞥をくれた。

「まだ何も決まってないんだ。とにかくレイチェル・ギャレットには会う……一回の旅で一石二鳥で好都合じゃないか。そうすれば出かけるのは一回ですむ」

「あなたのアポ設定はあたしの仕事のはずよ」とキルスティン。

「実のところ、これは純粋に非公式な話し合いなんだ。昼食を食べる……他のコンサルと会う。建物や庭を見せてもらう。かれらの庭園は実に美しいよ。数年前にこの財団の庭を見たが、いまだに忘れられない」。そしてあたしに向かってこう言った。「きみなら大いに気に入るよ、エンジェル。ありとあらゆる種類のバラがあって、特にピースが揃ってる。

五つ星の特許つきバラは全部ある。バラが星で評価されているかどうかは知らないがね。君たちふたりにウェルギリウス牧歌の翻訳を読んであげようか？

『今やクマエの予言が告げる、最後の時代がやってきた。
偉大なる世紀の連なりが、新たに生まれつつある。
今や乙女なる女神も帰りきて、サトゥルヌスの王国はもどってくる。
今や新たな血統が、高い天より降りてくる。
さあ、清らかなルキナよ、生まれ出る子供を見守りたまえ。
この子とともに、ついに鉄の種族は絶え、黄金の種族が
全世界に立ち現われよう。今や、あなたの兄アポロの世が始まる』

キルスティンとあたしは顔を見合わせた。キルスティンの唇が動いたが音は聞こえない。その瞬間、ティムが自分のキャリアと生涯を信念のために——もっと適切には、信念の欠如のためね、救世主への信念欠如——捨て去るのを見ながら、彼女が何を言って何を考えていたのかは神のみぞ知る。

キルスティンにとっての問題は、そもそもの問題が理解できないというものだった。彼女にしてみれば、ティムのジレンマは見かけだけのジレンマで、衒学的な理由のためにで

っちあげられただけ。彼女の理由付けによれば、ティムは好き勝手にいつだってあんな問題はうっちゃれる。その分析では単純に、ティムは主教としての仕事にうんざりしてきて、別の方向に向かいたいだけなのね。キリストへの信仰を失ったと主張するのは、ティムが自分の転職を正当化する手段でしかないわけ。その転職はバカげたものだから、彼女はそれが気に入らない。なんといっても、ティムの地位のおかげでキルスティンは実に多くの役得を手に入れたんだもの。彼女が言ったように、ティムは彼女のことなんか考えてない。自分のことしか考えてない。

「ギャレット博士はきわめて評判が高いんだ」とティムは、ほとんど被告めいた声で言ったわ。まるであたしたちのどちらかに、支援を求めて訴えかけているかのよう。

あたしは言ったわ。「ティム、あたし本当に思うんだけど――」

「あんたは股間で思うんでしょ」とキルスティン。

「なんですって？」とあたし。

「ちゃんと聞こえたはずよ。あんたたちのちょっとした会話のことは知ってるわ、あんたら二人がやってる、あたしが寝たあとの会話は。あんたたちが二人きりのときに。それにあんたらの密会も知ってんのよ」

「密会って、だれと？」とあたし。

「あんたら二人同士よ」

「やれやれ」とあたし。

キルスティンはオウム返しにしたわ。「キリスト《キリスト》。いつだってキリストよ。いつだって全能の神の息子を呼び出しては、あんたらの身勝手さと企みを正当化しようとするんだわ。吐き気がしそうよ。あんたら二人とも吐き気がするわ」。そしてティムに向かって言った。「この人のクソッタレなレコード店に先週行ったのは知ってんのよ」

「アルバムを買いに行ったんだよ。『フィデリオ』の」

「サンフランシスコ市内でだって買えたでしょうに。あたしが取ってきてもよかったんだし」とキルスティン。

「店に何があるか見てみたかった――」

「あたしの持ってないものなんか、何も持ってないわよ」

「荘厳ミサ曲なんだけど」とティムは小声で言った。混乱しているようだったわ。あたしに対して「彼女に説明できるかね？」と訴えかける。

「自分で自分に説明できるわよ。ずばり何が起きてるか、自分で解明できんのよ」とキルスティン。

「あのダウナーやるのはもうやめたほうがいいわよ、キルスティン」とあたし。

「そういうあんたは、一日五回も大麻やるのやめたらどうよ」。彼女の表情はあまりに熾烈な憎悪を浮かべていたので、自分で自分の目が信じられなかったほど。「あんたが一日に吸う大麻って――」そこで一息ついた。「サンフランシスコ警察の管轄区での一ヵ月の消費量以上じゃないのよ。ごめんなさい、気持ち悪い。失礼」そして寝室に入っていった。背後で静かにドアが閉まる。彼女が歩き回っているのが聞こえたわ。それから洗面所に向かったのも。水が流れる音がした。薬を飲んでるんだ、たぶんバルビツール類。

驚いて硬直したまま立ち尽くすティムに、あたしは言ったの。「バルビツール類はあんな人格変容を引き起こすのよ。あれは錠剤が言ったことで、彼女じゃないわ」

「たぶん――」ティムは気を取り直したわ。「私は本当にサンタバーバラまで飛んで、ギャレット博士に会いたいんだ。あれは彼女が女性だからだと思う？」

「キルスティンが？　それともギャレット？」

「ギャレット。誓ってもいいが男だと思っていた。ファーストネームに気がついたのはたった今なんだ。かんちがいかもしれない。それで彼女は不機嫌なのかも。そのうち落ち着く。いっしょに行くよ。メイソン博士は、ギャレット博士が高齢で虚弱で引退しかけていると言ってたから、キルスティンとしてもいったん会えば、相手が脅威にはならないことがわかるはずだ」

話題を変えようとしてあたしは言ったわ。「こないだ売った荘厳ミサ曲はかけてみた？」

ティムはぼんやりと言った。「いいや。時間がなくて」

「レコーディングとしては最高じゃないわ。コロンビアは変わったマイクの配置を使うの。マイクをオーケストラの中にたくさん散らばせて、個々の楽器がわかるようにするという発想なんですって。いい考えだけど、ホールの雰囲気が消えてしまう」

「私が辞職するのが彼女の気に障ってるんだ。主教の座を辞するのがね」

「もうちょっと考えてみたらいかが？　実際にやる前に。相談するのが本当にこの霊媒でいいの？　霊的な危機が起こったときに、だれか教会の中で話せる相手はいないの？」

「私が相談するのはジェフだ。霊媒は受動的な仲介者で、電話の働きと同じ役目を果たすだけだよ」。そしてそのまま、霊媒というのがいかに誤解されているかという話を続けた。

あたしはうわの空で聞いていたけど、感銘も受けずどうでもよかった。キルスティンの敵意には慣れっこだったけど、それでも気が動転したわ。これは彼女の慢性的な愚痴以上のものだった。バルビツール中毒は見ればわかるわ、とあたしは思った。人格の変容、ちょっとしたことで起こる反応。パラノイア。イカレつつあるのよ。どん底に向かってる。もっとひどいことに、一人でどん底に向かってるんじゃない。彼女の爪はあたしたちに深く食い込んでいるので、あたしたちも否応なしに引きずりこまれる。クソッ。あんまりじゃないのよ。ティム・アーチャーみたいな人は、こんなことにつきあう必要はないはず。このあたしだって。

キルスティンはベッドルームのドアを開いた。「きて」とティムに言う。

「もうちょっとしたら」

「いますぐくんのよ」

あたしは言った。「失礼するわね」

ティムが言った。「いや。まだ帰らないように。もっと相談したいことがある。きみは、私が主教として辞職すべきでないと考えてるのかね？　ジェフについての本が出たら、辞職するしかなくなるぞ。教会はあの手の議論を招く本の刊行は許してくれない。かれらには過激すぎるんだ。言い換えると、連中はあの本には反動的すぎる。あれは時代に先行しているし、連中は時代に遅れてる。この問題に関する私の立場と、ベトナム戦争に対する立場とには、何のちがいもない。あの話では、私は体制を屈服させたし、墓の向こうの命という問題についても――理論的には――体制を屈服させられるはずだよ。だが戦争の場合、アメリカの若者からの支持があった。この問題だと、だれからの支持もない」

キルスティンは言ったわ。「あたしからの支持はあるのに、それはどうでもいいのね」

「世間の支持という意味だよ。権力を持つ人の支持、人の心を左右する人々の支持だ、残念ながら」

「あたしの支持は、あなたにとっては何の意味もないのね」とキルスティンは繰り返した。

「大ありだ。あの本はきみなしには決して書けなかったし、書かなかっただろう。きみがいなければ、信じることさえしなかったはずだ。私に強さを与えてくれるのはきみだ。理解力を与えてくれるのもきみだ。そしてジェフからは、これから接触したときに、何らかの形でキリストのことを学ぶだろう。サドカイ派文書が本当に、イエスの語っていることが教わったことの二番煎じにすぎないと示しているか学べる……あるいはひょっとしてジェフは、キリストが自分といっしょにいると語ってくれるかもしれない。あるいはジェフがキリストと共に、あの世で、上の領域で、私たちみんながいずれ行くところで、いまジェフがいるところで、できる限りのことをしてこちらの私たちに手を伸ばしているのかも、神の祝福がありますように」

あたしは言ったわ。「このジェフとの一件を、一種のチャンスだと見てるのね。なんとかしてサドカイ派文書の意味に関する疑念を晴らそうと――」

ティムは強情を張るように割り込んだ。「その点についてははっきりさせたと思う。だからこれがそんなに重要なんだ。ジェフと話すことが」

なんとも奇妙なものだわ。歴史的な問題を解決するのに、自分の息子を利用するなんて――死んだ息子を計算高く使うなんて。でもこれ、歴史問題よりも大きな話なのよね。ティム・アーチャーの信仰体系すべて、ティムにとっては、信仰そのものの総括なんだわ。信仰か、あるいは信仰の喪失か。ここにかかっているのは、信仰VSニヒリズムなのよ……ティムにとって、キリストを失うのはすべてを失うことよ。そしてキリストはすでに失ってるわ。あの晩、ビルに対する発言は、要塞が陥落する直前のティムによる最後の要塞守備だったのかもしれない。あのときに陥落したのかも、あるいはその前か。ティムは暗唱するように論じていたわ。何かのページを読むようにね。目の前に文字にした演説を広げてるみたいで、まるで最後の晩餐のお祝いのときに、聖公会祈禱書から朗読するときみたいに。

息子、ティムの息子、あたしの夫が、知的問題に従属させられる——あたしなら、決して、自分ではそんな見方はできないわ。それはジェフ・アーチャーを非人間化するに等しいわ。道具に、学習装置に変えられちゃったことになる。つーか、しゃべる本に変えられたわけよね！　ティムがいつも手を伸ばし続け、特に危機のときに参照するあの各種の本と同じよ。知る価値のあることはすべて本に書いてあるわ。逆に、ジェフがもし重要なら、それは人間としてじゃなくて、本として重要なのよ。だったらそれは、本のための本であって、知識ですら、知識のための本ですらないってことよ。本が現実。ティムが息子を愛して享受するには、息子を——あり得そうにないことに思えるけど——一種の本として扱わなきゃいけないんだわ。ティム・アーチャーにとっての宇宙は、巨大な参考書の集合で、そこからティムは自分の落ち着きのない心のさまようままに取捨選択し、いつも新しいものを探して、いつも古いものに背を向ける。ティムが朗読した『ファウスト』の一節とは正反対だわ。ティムは「留まれ」という瞬間を見つけてはいない。それはいまだにティムのもとから逃げ去り、いまだに動き続けている。

そしてあたしも大差ないわね、と気がついたわ。UCバークレーの英文学科を卒業したあたしも——ティムとあたしは似た者同士。あの日、学校にいて初めて読んだときに、あたしのアイデンティティを消し去ったのは、ダンテ『神曲』最終篇じゃなかったっけ？『天国篇』第三十三歌こそが頂点。そこでダンテはこう言うの。

「その深みの奥に私は見た、四折紙葉のまま、宇宙に遍《あまね》く散らばるものが、愛《アモーレ》によって一冊の本に綴《と》じられ、残らずここにとり集められているのを。すなわち、諸々《もろもろ》の実体、諸々の偶有、またそれらの相関物が、私の語るところ、唯《ただ》一つの単純な光にほかならぬかのように、溶融しているのを」

見事なローレンス・ビニョンの翻訳。そしてそのくだりにC・H・グランジェントがこう註釈をつけているわ。

「神が宇宙の書である」

これに対して別の註釈者——だれだか忘れたけど——は「これはプラトン主義的な概念である」と言ったっけ。プラトン主義だろうとなんだろうと、これがあたしの枠組みを作り、あたしを今のあたしにした言葉の並びだわ。これこそがあたしの源、このビジョンと報告、この最後のものの見方こそが。あたしは自分がキリスト教徒だとは思わないけれど、でもこの見方は、この驚異は忘れられない。その『天国篇』の最終篇を読んだとき、初めて読んだとき――本当に読んだときのことは忘れない。歯が化膿してて、それが嫌になるほど痛んで、耐えがたかったので、一晩中起きてバーボンを――ストレートで――飲んでダンテを読み、翌朝九時に電話も予約もせずに歯医者まで運転して、顔中涙でぐしゃぐしゃにして、デヴィッドソン先生に何とかしてくれと要求したわ……そして何とかしてもらった。だからあの最終篇は、あたしの上から中へと、深く印象づけられてる。ひどい痛みと関連づけられ、それも何時間も夜中まで続いた痛みで、だれも話し相手もいなかった。そしてそこからあたしは、あたしなりのやり方で究極のものを理解するようになったのよ。正式なやり方でも公式のやり方でもないけれど、でも一つのやり方にはちがいない。

「学ぶ者は苦しまねばならない。そして眠りの中ですら忘れがたい痛みが一滴また一滴と心に滴り、そして自分自身の絶望の中で、自分の意志に反し、叡智が神の恐ろしい恩寵を通じてやってくるのだ」

とかなんとか。アイスキュロスだっけ？　もう忘れちゃった。悲劇を書いたあの三人のだれか。

ということはつまり、あたしにとって最大の理解の瞬間、霊的な現実を知った瞬間は、やっと緊急歯根管洗浄治療との関連でやってきて、それも歯医者の椅子の上の二時間だったと心の底から言えるってこと。そして十二時間もバーボンを飲み続け――それもひどいバーボンだったわ――ひたすらダンテを読み、ステレオも聴かず何も食べず――ものが食える状態じゃなかった――苦しんだけど、すべてそれだけの価値はあった。絶対にあれは忘れない。するとあたしは、ティモシー・アーチャーと何らちがわないんだわ。あたしにとっても、本は本物で生きている。そこから人間の声が発せられ、あたしに賛同を強いる。ちょうどティムが言った通り、神様があたしたちに世界への賛同を強いるように。あれほどの苦痛の中にいたら、その夜にやって見て考えて読んだことは忘れっこない。あたしは何もせず、何も見ず、何も考えなかった。読んで記憶した。あの夜、『ハワード・ザ・ダック』だの『ファビュラス・ファリー・フリーク・ブラザース』だの『スナッチコミックス』だのは読まなかった。ダンテの『神曲』を読んだわ。『地獄篇』から『煉獄篇』を通り、とうとう最後に三色の光の輪に到達するまで……そしてそのときは朝九時で、クソッタレな車に乗り込んで道路に飛び出してデヴィッドソン先生のオフィスに出かけ、その間ずっと泣いて呪いながら、朝飯もなしに、コーヒーもなしに、汗とバーボンの匂いをプンプンさせて、まったくもって悲惨な状態で、歯医者の受付係は大いに仰天してたっけ。

だからあたしにとっては、ある異様なやり方で——ある異様な理由から——本と現実は融合しているの。それはある出来事、人生のある夜を通じてつながっている。あたしの知的生活と実務生活とがいっしょになった——ひどい炎症を起こした歯ほどリアルなものはないもの——そしてそのおかげで、両者は二度と完全に別れることはなかった。もし神様を信じていたら、あの夜に神様が何かを見せてくれたんだと言うだろう。総合性を見せてくれたんだわ。痛み、肉体的な痛みが一滴、また一滴、そしてそれから、これが神様の恐ろしい恩寵なので、理解がやってきた……そして何を理解したのか？　そのすべてが現実だってこと。膿んだ歯と歯根管洗浄と、そしてそれ以上でもそれ以下でもない。

「実体の中に、色は三、大いさは一の、
三つの円球が私に顕《た》ち現われた」

それがダンテの見た三位一体としての神様。ほとんどの人は『神曲』を読もうとすると、『地獄篇』で力尽きて、ダンテのビジョンは恐怖の部屋なんだと思い込んじゃう。頭からクソに漬かった人々。氷の湖（これはアラブの影響をうかがわせるわ。これはイスラム版の地獄だから）。でもこれは旅の始まりでしかない。それはただの出発点なのよ。あたしは『神曲』をあの夜にずっと最後まで読んで、それから通りをぶっ飛ばしてデヴィッドソン先生の病院に向かい、そして自分が一変したわ。かつての自分には決して戻らなかった。だから本はあたしにとってもリアルなのよ。他の人の心と結びつけてくれるだけでなく、他の心のビジョンと結びつけてくれる。そうした心が理解して見ているものとつながるの。他の人の世界が、自分自身の世界を見るようにきれいに見える。あの痛みと涙と汗と体臭と安手のジムビーム・バーボンはあたしの『地獄篇』で空想なんかじゃない。読んだものには「パラディソ（天国篇）」とのラベルがついていて、それが『天国篇』。これはダンテのビジョンの勝利。あらゆる領域は本物であり、他のものと遜色なく、他のものに勝ることもない。そしてそれがお互いに溶け合い、ビルなら「漸進的な増分」とでも呼ぶもので混じり合う。確かにいい表現だわ。ここには調和があるの。今日の自動車を三〇年代の自動車と比べた場合と同じく、まったくの断絶というのはないから。

神よ、もう二度とあんな夜はごめんです。でも神のちくしょうめが、あの夜を生き抜かなければ、飲んだくれて泣いて読んで痛みに埋もれていなければ、あたしは決して生まれなかっただろう、真の意味で生まれなかっただろう。あれがあたしの現実世界への誕生だったのよ。そして現実世界とは、あたしにとっては、苦痛と美の混合であり、そしてそれが現実の正しい見方なのよ。だってそれが現実を造り上げる構成要素なんだから。そしてあの夜、あたしはそれをすべて備えていたわ。その試練が終わったあとに、歯医者さんからもらって帰った痛み止め錠剤の箱といっしょにね。あたしは家に帰り、痛み止めを飲んで、コーヒーを飲むと、ベッドで寝た。

それでも——あたしはこれこそティムがやっていないことだと思うの。ティムは本と苦痛を統合していないか、統合したにしても、やり方をまちがったのよ。曲だけあっても歌詞がない、みたいな。もっと正確に言うと、歌詞はあったんだけど、その歌詞は世界についてのものじゃなくて、他の歌詞についてのもので、その歌詞は哲学書や論理学論文でいう「ひどい無限後退」と呼ばれるものだったんだわ。ときどきそういう本や論文だと「再び後退が脅かす」と書かれていて、これはつまり思考者が循環ループに入っていて大きな危険に直面してるってこと。通常、当人はそれに気がついてない。鋭い頭と鋭い目を持った批判的な評者がやってきて、それを指摘するわ。あるいはしないかも。ティム・アーチャーにとって、あたしはその批判的な評者の役は果たせない。だれなら果たせるかな？イカレポンチのビルはかなりいいところまできて、おかげでイーストベイのアパートに帰らされてもっとよく考え直すよう言われたわ。

「ジェフは私の疑問に対する答えを持っている」とティムは言う。あたしとしては、そうは言ってもジェフは存在しないわ、と言うべきだった。そして、おそらくかなりの確率で、その疑問自体も同じくらい実在しないものなのよ、と。

すると残るのはティムだけ。そしてティムは、ジェフがあの世から戻ってくる話を書いた本を一生懸命書いている。ティムは、その本が聖公会での自分のキャリアを潰すと知ってる――さらには世論に影響を与えるというゲームからは追い出されてしまうのもわかってるはず。これは高い代償だわ。実にひどい後退だわ。そして確かに、それは脅かした。実はそれが目前に迫っていたの。霊媒のレイチェル・ギャレット博士を訪ねにサンタバーバラに向かうときがやってきたのよ。

＊

カリフォルニア州サンタバーバラは、全国で最も感動的に美しいところの一つだと思える。厳密に言えば（つまり地理的に言えば）南カリフォルニアの一部だけれど、精神的にはそうじゃない。そうでないなら、あたしたち州北部の人間は、南部の地を途轍もなく誤解してるかだわ。数年前に、カリフォルニア大学サンタバーバラ校の反戦学生たちがバンク・オブ・アメリカを焼き討ちにして、みんなこっそり大喜びしたっけ。するとこの街は、時代や世界と切り離されてはおらず、孤立してもいない。その美しい庭園は、暴力的な性向よりは穏やかな性向を示唆するものになってはいるのだけれど。

あたしたち三人は、サンフランシスコ国際空港から、サンタバーバラの小さな空港へ飛んだ。双発のプロペラ機しかなかったわ。そこの空港の滑走路は短すぎて、ジェット機は飛べない。法律で、この街のアドービ的性質、つまりスペインコロニアル様式を保存せよということになっているわ。タクシーが滞在先の家に向かう間、あらゆるものが圧倒的にスペイン風の設計になっているのに気がついた。それはアーケード式のショッピングセンターも同じ。あたしは内心で思ったの。ここはまじめに暮らしてみてもいい場所だわ。もしベイエリアを離れるようなことがあればの話だけど。

あたしたちがお世話になったティムの友人たちについては、何の印象もない。奥ゆかしい上品で豊かな人々で、しゃしゃり出てこなかった。召使いまでいた。キルスティンとティムが寝室の一つで眠り、あたしは別部屋で、かなり小さく、明らかに他の部屋が満室のときにだけ使われる部屋らしかった。

翌朝、ティムとキルスティンとあたしはタクシーで、レイチェル・ギャレット博士に会いに出かけたわ。博士は――いやそうでしょうとも――死者と話をさせてくれるし、来世と交信できるし、病人を癒し、水をワインに変え、その他必要ならどんな驚異でもやってくれることでしょうよ。ティムとキルスティンは二人とも興奮してるみたいだった。あたしは特に何も感じず、自分たちの計画をぼんやり意識し、先に起こることをかろうじて意識していた。好奇心さえない。干潟の水たまりの底に生きるヒトデが感じるようなものしか感じなかった。

着いてみると、ギャレット博士はかなり元気で小柄な高齢のアイリッシュ女性で、ブラウスの上に赤いセーターを着ていたわ――かなり気温は暖かかったのに――そして靴はローヒールで、なんか作業スカートみたいなものをはいていて、家の雑用は自分ですべてこなしているのがうかがえた。

「それでどちらさんでしたっけ？」と彼女は耳に手をやりながら言ったわ。ポーチで目の前に立っているのがだれかもわからないらしい。あまり幸先のいいスタートじゃないわね、とあたしは思った。

すぐにあたしたち四人は薄暗くした居間にすわり、お茶を飲みながらギャレット博士の物語を聞いていた。ずいぶん熱心に話してくれたのは、IRAのヒロイズムで——胸を張って言っていたことだけど——降霊会で稼いだお金はすべてIRAに貢いでいるんですって。でも、「降霊術《セアンス》」というのはまちがった用語だそうな。オカルト的な示唆があるから。ギャレット博士のやることは、完全に自然なものの領域なんだって。もう科学と呼んでまったく問題ないくらい。居間の片隅に、各種の古くさい家具に交じって、四〇年代のマグナボックス製ラジオフォノグラフがあるのが見えた。まったく同じ十二インチスピーカーが二つついてるやつ。マグナボックスの左右には、それぞれSPレコードの山——ビング・クロスビーとかナット・コールとか、その他当時のゴミクズが見分けられた。ギャレット博士はいまだにあれを聴いてるのかしら、と思ったわ。そしてその超自然力を使って、LPレコードとか今日のアーティストについて学んだりはしないんだろうかと思った。しないんだろうね。

あたしに向かってギャレット博士は言ったわ。「で、あなたはお二人の娘さん？」

「いいえ」とあたし。

「私の義理の娘です」とティム。

「あなたにはインディアンの守護霊がついてるわ」ギャレット博士は嬉しそうに言った。

「まあそうですか」とあたしはつぶやいた。

「真後ろの左側に立ってますよ。とっても長い髪をしてる。それと背後の右側には、父方の曾祖父の方が立ってらっしゃる。この二人がずっとあなたについているのよ」

「自分でもそんな気がしてましたよ」とあたし。

キルスティンは、いつものいろいろ交じった視線を向けた。あたしは口を閉じた。クッションだらけのソファに身を沈め、庭に続くドア近くの巨大な植木鉢にシダが生えているのに気がついた……壁にはパッとしない写真の寄せ集めがかけられているのも見えたし、中には二〇年代の有名なダメ写真もいくつか入ってる。

「息子さんの件ですの？」とギャレット博士。

「そうです」とティム。

まるでジャン＝カルロ・メノッティのオペラ『霊媒』に迷い込んだような気分だったわ。メノッティは、コロンビアレコード向けのアルバムのライナーノーツで、このオペラが「フローラ夫人の不気味で貧相なパーラー」が舞台だと書いている。教育ってこれだから困るのよね、とあたしは気がついた。まるで自分が経験したように、あらゆる場所にすでに行ったことがあり、すべてをすでに見ている。何もかもすでに起こってしまってる。あたしたちは、インチキでキチガイのフローラ夫人を訪ねるゴビノー夫妻。ゴビノー夫妻はフローラ夫人の降霊会――じゃなくて科学セッションでしたね――に二年近く毎週通っていたんじゃなかったっけ。ゲンナリ。そして最悪なことに、ティムが彼女に払うお金はイギリス兵殺しに使われる。ここはテロリストの資金源なのよ。呆れた。

「息子さんのお名前は？」ギャレット博士はおんぼろの籐椅子に座り、後ろにもたれて、両手をあわせ、目をゆっくり閉じていた。重病人みたいに、口呼吸を始めた。肌はニワトリみたいで、あちこちに毛の塊が飛び出していて、小さいほとんど水をやってない植物みたいな小さな毛玉になってる。部屋全体とその中のすべてが植物めいた性質をいまや持ちはじめ、活気というものが一切なくなっていた。自分が吸い取られ、さらに吸い取られ続け、あたし自身のエネルギーが奪われている気がした。照明――または照明の不在――がそんな印象をもたらしたのかも。あまり快適とはいえなかったわ。

「ジェフです」とティム。意識を集中してすわり、目はギャレット博士を見つめていたわ。キルスティンはハンドバッグからタバコを出したけれど、火はつけなかったわ。単に手に持つだけ。彼女もギャレット博士を注視して、明らかに期待している。

「ジェフは彼方の岸辺へと越えて行かれました」とギャレット博士。

そうね、新聞報道の通りね、とあたし。

ギャレット博士は、場を盛り上げるために長ったらしい前置きをするだろうと思っていた。でもちがってた。すぐに口寄せに移ったわ。

「ジェフの話だと――」ギャレット博士は耳を傾けているかのように間を置いた。「後ろめたく思わないでほしいそうです。ジェフはかなり前からあなた方に接触しようとしてきたのね。許すと伝えたいそうです。注意をひくために、あれこれ試してみました。指に針を突き刺し、物を壊し、メモを残し――」ギャレット博士は大きく目を見開いた。「ジェフはかなり興奮しています。かれは――」と話が途切れ、「かれは自殺したんですよ」

いやあ、打率十割ですねえ、とあたしは苦々しく思った。

「ええ、その通りなんです」とキルスティンは、ギャレット博士の発言が未知の事実を明らかにしたか、あるいはこれまで単なる憶測でしかなかったことを、衝撃の形で裏付けたかのように言ったわ。

「それも暴力的な自殺ね。銃を使ったような印象を受けます」

「その通りです」とティム。

「ジェフは、もう苦しんではいないと伝えたいそうです。自殺したときには大いに苦しんでいました。あなた方にはそれを報せたくなかった。生きることの価値について大きな疑問を抱くようになり、苦しんでいたんです」

「あたしには何を言ってます？」とあたしは言った。

ギャレット博士は目をあけて、だれがしゃべったのかじっと見極めようとした。

「ジェフは夫だったんです」

「ジェフはあなたを愛していて、あなたのために祈っているそうです。幸せになってほしいと」

まったく、一文の価値もない代物だわ。コーヒー一杯にも価しない、とあたしは思った。「まだあるわ。たくさん。すべてが一気に押し寄せてくる。あらあら。ジェフ、何を伝えたいの？」彼女はしばらく黙って聞き耳を立て、顔は驚きの色を浮かべていた。「レストランの人はソ連の何ですって？」またもや彼女は大きく目を見開いた。「なんてことかしら。ソ連の警察エージェントですって」

なんとまあ、とあたしは思った。

するとギャレット博士は、ホッとした様子で後ろにもたれ、こう言ったわ。「でも心配する必要はありません。その人が罰を受けるよう神が手配しています」

あたしは問いただすようにキルスティンを見て、その視線を捉えようとした。ギャレット博士に何を——あるいは何か——話したか知りたかったから。でもキルスティンは、老婆をじっと見据え、明らかに唖然としているようだったわ。すると答えも明らかなようね。「ジェフによれば、キルスティンとお父上がいっしょだというのは——至高の喜び、だそうです。ジェフにとっては大いに心安まることだと。それを知ってほしいそうです。『キルスティン』というのはどなた？」

「あたしです」とキルスティン。

老婆は続けた。「ジェフは、あなたを愛していると言っています」

キルスティンは無言だった。でも、これまで見たこともないほどの真剣さで耳を傾けていたわ。

「まちがっているとは自分でも思っていたそうです。すまないと言っています……でも自分を抑えられなかったと。それを後ろめたく思っているし、許してほしいと言っています」

「もちろん許す」とティム。

「ジェフは、自分で自分が許せないそうです。自分とお父さんの間に割り込んできたことで、キルスティンに怒りもおぼえたそうです。お父上から切り離された気がしたと。お父上とキルスティンが、長い旅行に行ったという印象を得ています、イギリス旅行ですか、そしてジェフを後においていった。それがとても気に入らなかったそうです」。ここでまた老婆は口を止めた。「エンジェルは、これ以上ドラッグを吸わないほうがいい」そしてギャレット博士は言ったわ。「吸いすぎている……なんですって、ジェフ？　はっきり聞こえないわ。『数字《ナンバー》（大麻タバコの俗称）が多すぎる』。意味がわかりませんが」

あたしは笑った。思わず。

「何のことかちょっとでもわかりますか？」とギャレット博士。

「ある意味では」とあたしは、なるべく彼女に情報を与えないようにした。

「ジェフは、レコード屋での仕事が見つかってよかったと言ってます。でも――」とギャレット博士は笑った。「給料が低すぎるって。あなたが前に働いてた――お店みたいな職場、瓶の店？　のほうがよかったと」

「弁護士事務所兼ロウソク店」とあたし。

「変わってますね」とギャレット博士は不思議そうに言った。『弁護士事務所とロウソク店』」

「バークレーにあったんです」

ギャレット博士は言った。「ジェフはキルスティンとお父さんにとても重要な話があります」その声はいまや、微かになり、ほとんどかすれた囁き声になっていたわ。まるで本当に遠くのほうから聞こえてくるような。星々の間にかかった目に見えぬ電線を伝ってきているかのような。「ジェフはひどい報せをお二人に伝えたいんです。だからこそ、必死でこれまでお二人と接触しようとしました。だから針とか焼いたりとか壊したりとかぐちゃぐちゃにしたりとか染みをつけたりとかしたんです。それには理由があるんです、恐ろしい理由が」

そして沈黙。

ティムのほうに身を乗り出して、あたしは言ったわ。「直感でしかないんだけど、あたしちょっと失礼したいんですが」

「だめだ」とティム。そして首を振った。顔は不幸そうだった。

第10章

ナンセンスと不気味さのなんとも奇妙な混合物だわ、とあたしは高齢のレイチェル博士が先を続けるのを待ちつつ思った。KGBエージェントのフレッド・ヒルの話とか……ジェフがあたしの大麻を気に入らなかった話とか。明らかに新聞から漁ってきた断片もある。ジェフの死因とか推定動機とか。ルンペン精神分析とゴシップ誌のがらくた、でもあちこちに、細かい破片のような、説明のつかない断片が交じってる。

ギャレット博士が、披露した知識のほとんどに容易にアクセスできたのは疑問の余地がないけれど、不気味な剰余がある。剰余の定義は「ある控除を行ったあとに残るもの」だから、これが正しい用語ね。そしてあたしは、それについてあれこれ思案する時間はたくさん、何年もあったわ。思案したけど、でも全然説明がつかない。ギャレット博士がどうしてバッドラック・レストランのことを知ってたんだろう？　キルスティンとティムが元々あの場所で出会ったのを知っていたにしても、どうしてフレッド・ヒルや、フレッド・ヒルについてあたしたちが憶測していたことまでわかったんだろう？

バークレーのバッドラック・レストランのオーナーがKGBのエージェントだというのは、ジェフとあたしが果てしなく交わした冗談だけど、この事実はどこにも印刷されたりしてない。だれもそんなことを書いたりはしなかった。FBIのコンピュータとか、もちろんモスクワのKGB総本部のコンピュータには入ってるかもしれないけど、でもこの話はそもそもただの憶測でしかないもの。あたしがクスリでハイになるのは巧みな当てずっぽうかもしれない。だってあたしはバークレーに住んで働いてたし、世界中のだれでも知ってる通り、バークレーの人はみんな日常的にクスリをやってる——ていうか、やりすぎ。霊媒は普通は、山勘と一般知識、観客が知らぬ間に与えているヒントのごたまぜに頼って、無意識のうちに与えたものをそのまま観客に送り返し……そしてもちろん、標準的なご託、たとえば「ジェフはあなたを愛してます」とか「ジェフはもう苦しんでいません」「ジェフはいろいろ迷いを感じていました」とか、わかっている知識から見てだれでも必ず当てはまるような一般論ね。

でも、不気味な感覚があたしを捉え続けた。このアイルランド共和国軍にお金をあげてる——あるいはあげてると言ってる——アイリッシュのお婆さんがインチキで、あたしたち三人がまとめてお金をむしり取られ、またあたしたちの信じやすさがつけこまれ、操作されているという意味でもむしられてたわ——それもそれを商売にしてる人間、プロにね。それがわかっていても、不気味な感覚は残った。原発性霊媒——まるでガンの医学用語みたいね。「原発性ガン」――のメイソン博士が、かれが学んで知ってることすべてを彼女に伝えたのはまちがいないわ。霊媒ってのはそうやって仕事をするんだし、だれでもそれは知ってるもの。

立ち去るなら、それは打ち明け話がくる前にやるべきだったわ。そしていまやその打ち明け話がやってくる。目にドルマークを浮かべ、人間心理の弱いつながりを探り出す巧妙な能力を持った怪しげな老婆がそれをぶちまける。でもあたしたちは立ち去らなかったので、夜が昼に続くように、あたしたちはギャレット博士からジェフをあれほど興奮させたもの、ティムとキルスティンのもとにオカルト「フェノミナ」として戻ってくるように仕向け、二人がティムの近著のために毎日記録した現象を引き起こす原因となったものを聞かされることになったわ。

レイチェル・ギャレットは籐の椅子にすわっている間に、なんだかとても老けたように見えたわ。そしてあたしは古代のある巫女のことを考えた――それがデルファイの巫女だったかクマエの巫女だったかは忘れた――彼女は不死を求めたけれど、若いままでいることも願うのを忘れたの。だから彼女は永遠に生きたけれど、あまりに年老いてしまったので、やがて友人たちは彼女を袋につめて壁にかけてしまった。レイチェル・ギャレットは、そのボロボロになった皮膚と弱々しい骨の塊を思わせた。それが壁に打ち付けられた袋から囁き続けているの。帝国のどの都市のどの壁かはわからない――その巫女はいまでもそこにいるかも。ひょっとすると、レイチェル・ギャレットと称してあたしたちに対面しているこの生き物が、実はその同じ巫女なのかもしれない。いずれにしても、あたしは彼女の言うことを聞きたくなかった。そこを出たかった。

「すわんなさいよ」とキルスティン。

気がつくと、あたしは意図せずに立ち上がっていたみたい。逃走反応ね。本能的なものよ。身近に敵を察知したときの。脳の爬虫類部分。

レイチェル・ギャレットは「キルスティン」と囁いた。でもいま、彼女はそれを正しく「シシェン」と発音していた。あたしはそんな発音はしないし、ジェフも、ティムもやってない。でも彼女自身はそう発音していたし、他人にそう発音させるのは、少なくともアメリカでは、諦めていたの。

それを聞いて、キルスティンはくぐもったあえぎ声をあげた。

籐椅子のお婆さんはこう言ったわ。

「『Ultima Cumaei venit iam carminis aetas;
magnus ab integro saeclorum nascitur ordo.
Iam redit et Virgo, redeunt Saturnia regna;
iam nova —』」

「なんと。牧歌第四歌だ。ウェルギリウスの」とティム。

「もうたくさん」キルスティンは微かな声で言った。

うん、この人はあたしの心を読んでる、と気がついた。あたしが巫女のことを考えたのを知ってる。

レイチェル・ギャレットは、あたしに向かってこう言った。

「『Dies irae, dies illa,
Solvet saeclum in favilla:
Teste David cum Sibylla.』」

そう、あたしの心を読んでるんだ。あたしがそれに気がついたことも知っている。あたしが思ったように、あたしの考えていることを反芻してみせているんだ。

「Mors Kirsten nunc carpit. Hodie. Calamitas… timeo…」レイチェル・ギャレットはそう囁くと、籐の椅子の上で身を起こした。

「この人、なんて言ったの?」とキルスティンはティムに訊いた。

レイチェル・ギャレットは、穏やかな声でキルスティンに言ったわ。「あなたは近いうちに死にます。今日かなと思ったけれど、今日じゃない。ここで見えたんです。でもまだその時ではない。ジェフがそう言ってます。だからジェフは戻ってきたんです。警告するために」

「なんで死ぬんです？」とティム。

「はっきりしないそうです」とレイチェル・ギャレット。

「不穏な死に方？」とティム。

「わからないそうです。でもキルスティン、あなたのための場所を向こうで整えているそうよ」老婆の興奮はいまやすべて消えていたわ。完全に落ち着き払っているようだった。

「ひどい報せですね。ご愁傷様です、キルスティン。ジェフがあれだけいろいろ騒動を引き起こしたのも、無理もないことです。普通は理由があるんです……ちゃんと理由があって戻ってくるんです」

「何か手はないんですか？」とティム。

「ジェフは、これは避けられないと思っています」しばらく間をおいて老婆は言った。

「じゃあわざわざ戻ってきたって何の意味もないじゃないの」キルスティンが吐き捨てるように言ったわ。顔面蒼白だった。

「お父上にも警告したかったんです」とお婆さん。

「何を？」とあたし。

レイチェル・ギャレットは言ったわ。「お父上のほうは死なずにすむ可能性があります。いいえ、ジェフが言ってます。父もキルスティンの後で間もなく死ぬだろうと。二人とも他界します。間もなくのことです。お父上については不確実な部分が少しありますが、女性についてはまちがいありません。もっと情報をお伝えできたらと思うんですが。ジェフはまだわたくしと共におりますが、これ以上はわからないそうです」彼女は目を閉じ、ため息をついたわ。

＊

どうやら、古い椅子にすわって手を組んだまま、彼女の活力がすべて脱けてしまったようだったわ。そしていきなり身を乗り出すと、ティーカップを手に取った。

「ジェフは、あなたたちに知ってもらいたくて、それはそれはたまらなかったんですよ」とギャレット博士は明るい元気な声で言ったわ。「いまではすっかり気分がよくなったそうです」そしてこちらを向いてにっこりした。

いまだ蒼白のキルスティンはつぶやいた。「タバコ吸ってもいいかしら？」

「あら、できればご遠慮いただきたいんですけど、でもどうしてもということなら――」

「ありがとう」震える手でキルスティンはタバコに火をつけた。お婆さんをまじまじと見つめたけど、その視線には嫌悪と怒りがこもっていたわ。少なくともあたしにはそう見えた。だから思ったわ。スパルタの伝令を殺しちまえ、ご婦人よ。そいつに責任を取らせろ。

「心から感謝申し上げます」とティムはギャレット博士に、落ち着いた抑制された声で言った。だんだん気を取り直して、状況を牛耳《ぎゅうじ》ろうとしはじめた。「するとジェフは一切の疑問の余地なくあの世で生きているんですね？　そして私たちが『フェノミナ』と呼ぶもので訪れていたのはジェフなんですね？」

「ええその通り。でもそれはレナードがお伝えしたでしょう。レナード・メイソン。すでにご存じだったはずです」とギャレット博士。

「ジェフのふりをした悪霊ってことは？　本当はジェフじゃない可能性は？」とあたし。

目を輝かせてギャレット博士はうなずいた。「とても聡明ですわね、お嬢さん。ええ、確かにその可能性はありました。でもそうではありませんでした。ちがいがわかるようになるんですよ。悪意は感じられず、懸念と愛しかなかったんです。エンジェル――あなたのお名前がエンジェルなんでしょう？――旦那さんは、キルスティンに対する自分の気持ちについて謝っています。あなたには悪いことをしたと。でも、わかってくれるだろうと思っているそうですよ」

あたしは何も言わなかった。

「お名前、合ってましたか？」レイチェル・ギャレットは、おずおずとした自信なさげな調子で尋ねたわ。

「ええ」とあたしは言って、キルスティンに向き直った。「そのタバコ、一服させて」

「ほれ」キルスティンはタバコを渡してくれた。「あげるわ。あたし吸わないことになってるし」。そしてティムに向かって言った。「もういいでしょ。帰りましょう。これ以上いても仕方ないようだし」とハンドバッグとコートに手を伸ばした。

ティムはギャレット博士に支払いをした——いくらかは見えなかったけど、小切手じゃなくて現金だった——そして電話でタクシーを呼んだ。十分後、あたしたち三人はくねくねした斜面の道を下って、泊まり先の家に向かったわ。

しばらくして、ティムが半ば自分に言うようにこう言ったわ。「あれは私が読んであげたのと同じ、ウェルギリウスの『牧歌』だった。あの日に読んだやつだ」

「覚えてるわ」とあたし。

「驚異的な偶然だな。あれが私のお気に入りだと彼女は知るよしもない。もちろん、牧歌で最も有名なものではある……だがそれではほとんど説明がつかない。あれを引用するなんて、私自身以外はだれもやるのを聞いたことがない。まるで自分自身の考えを朗読で反復されているみたいだったよ、ギャレット博士がラテン語を口にしはじめたときには」

そしてあたしは——あたしもそれを体験したんだ、と気がついた。ティムが見事にそれを言い当てた。見事に、正確に。

「ティム、メイソン博士にはバッドラック・レストランのことを何か話した？」

あたしを見てティムは言ったわ。『バッドラック・レストラン』というのは何だね？」

「あたしたちが会ったところよ」とキルスティン。

「いや。あの場所の名前すら覚えてない。何を食べたかは覚えてるぞ……私はアワビだった」

「フレッド・ヒルの話を、だれかに、だれでもいいけど、どこでもいつでも話したことはある？」とあたし。

「そんな名前の人はだれも知らないなあ。申し訳ない」とティムは疲れたように目をこすった。

「やつらは人の心を読むのよ。それでわかるんだ。彼女はあたしの健康状態が悪いのを知ってた。肺の斑点を気にしているの知ってたわ」とキルスティン。

「斑点って？」初耳だった。「追加の検査受けに行ったの？」

キルスティンが答えないと、ティムが言ったわ。「斑点があったんだよ。数週間前に。普通のレントゲンだったんだよ。別に何ともないと思うとのことだよ」

「あたしが死ぬってことよ」とキルスティンは噛みつくように、あからさまな恨みをこめて言った。「あの婆《ばばあ》の言った通りよ」

「スパルタの走者を殺せ」とあたし。

キルスティンは激怒してあたしに噛みついたわ。「何よそれ。バークレー仕込みのお利口など託なの？」

「頼むよ」とティムは微かな声で言った。

「彼女のせいじゃないわ」とあたし。

「百ドル払って言われたのが、二人とも死ぬだなんて。そしておまけに、あんたによれば、あたしたち感謝しろって？」とキルスティンは、神経症じみた悪意、これまで彼女はおろか他のだれの顔でも見たことのない悪意を浮かべてあたしをねめつけた。「あんたはいいわよ。あの婆《ばばあ》は、あんたに何かが起こる話は全然しなかったもんね、このクソまんこが。このくされバークレーまんこ——あんたは結構なご身分よ。あたしは死ぬんだし、ジェフが死んで今度はあたしが死んだら、もうティム独り占めだもん。あんたが仕組んだんじゃないの？　あんたの仕業ね。こん畜生め！」腕を伸ばし、彼女はあたしに腕を振り上げた。タクシーの後部シートで、あたしを殴ろうとした。あたしはビビってのけぞった。

彼女を両手でつかまえて、ティムは彼女をタクシーの側面、ドアに押しつけて身動きできなくした。「いまの言葉は二度と使わないでくれ。さもないと、この先一生縁を切る」

「このチンポコ野郎が」とキルスティン。

その後、みんなだまりこくった。唯一聞こえてくるのは、タクシーの無線機からときどき聞こえてくる、タクシー会社の配車係の騒音だけ。

家に近づくと、キルスティンが言った。「どこかに寄って一杯やりましょうよ。あの冴えない最悪の人たちと顔を合わせたくないのよ。とにかく無理。お買い物がしたい」そしてティムに向かってこう言った。「あなたは降ろしてあげる。エンジェルとあたしはショッピングよ。ホントに今日はもうこれ以上無理」

あたしは「いまショッピング気分じゃないんだけど」と言った。

「お願い」キルスティンはきっぱりと言った。

ティムが優しい声で言った。「私たち二人からのお願いだ。頼むよ」そしてタクシーのドアを開けた。

「わかったわ」とあたし。

キルスティンにお金を渡して――どうやら有り金すべてはたいた模様――ティムはタクシーを降りた。あたしたちはその背後でドアを閉じ、しばらくしてサンタバーバラのダウンタウンにあるショッピング街にやってきた。美しい小さな店がたくさんあって、各種の手工芸民芸品を売っている。やがてキルスティンとあたしはいっしょにバーにすわっていた。素敵なバーで、落ち着いていて、静かな音楽が流れている。開いたドアごしに、明るい日中の日差しの中を散策する人々が見えた。

キルスティンは、ウォッカ・コリンズをすすりながら言ったわ。「畜生、あんなことがわかるなんて。自分が死ぬなんて」

「ギャレット博士は、ジェフの帰還から逆算したのよ」とあたし。

「どういうこと？」キルスティンはドリンクをかきまわした。

「ジェフがあなたのところに戻ってきたのよね。それはわかってる。だからギャレットは、それを説明するような理由をでっちあげたのよ。思いつく中で最もドラマチックなやつを。『ジェフは理由があって戻ってきたんです。だからこそ戻るんです』。陳腐な手口よ。たとえば——」あたしは身ぶりをした。「『ハムレット』の亡霊みたいに」

キルスティンはいぶかしげにこちらを見たわ。「バークレーではあらゆることに知的な理由があるのね」

「幽霊はハムレットに、クローディアスが殺人者で、かれに殺された、ハムレットの父親が殺されたって警告するの」

「ハムレットの父親は何ていう名前なの？」

「『亡き王、ハムレットの父親』としか呼ばれないわ」

キルスティンの顔にはしかつめらしい表情が浮かんだわ。「いいえ、父親もハムレットという名前よ」

「ちがうほうに十ドル」

彼女は手を伸ばし、あたしたちは握手した。「あの芝居は、『ハムレット』じゃなくて、正しくは『ハムレット・ジュニア』と呼ばれるべきなのよ」とキルスティンが言って、あたしたち二人とも笑った。「っていうか、もうとにかく病気よ。あんな霊媒のところにいくなんて、あたしたち病気だわ。こんな遠くまでやってきて——もちろんティムはあのシンクタンクからのインテリぶった頭でっかちどもと会うんだけど、ティムが本当に働きたいのはどこだか知ってる？　だれにも絶対言っちゃだめよ。民主制度研究センターで本気で働きたいんだって。このジェフが戻ってきたとかいう話すべて——」とキルスティンはドリンクをすすった。「ティムはえらく犠牲を払ってるのよ」

「本なんか出さなくていいのに。計画を中止すればいいのに」

口に出して考えているかのように、キルスティンは言った。「ああいう霊媒はどうやってんのかな。超能力よ。こっちの不安を読み取れるのよ。どういうわけか、あの老いぼれ婆さんはあたしの医学問題を知ってたわ。あのろくでもない腹膜炎にまで遡るのよ……あたしが腹膜炎にかかったのはよく知られているわ。世界中の霊媒《ミディウムス》がつけている中央ファイルがあるんだって。霊媒《メディア》ね、正しい複数形は。それとあたしのガン。連中はあたしが二級品の身体に苦しんでるのを知ってるわ、中古車みたいなものよ。ポンコツ。神様は身体としてポンコツをよこしたのよ」

「斑点の話はしてくれてもよかったじゃない」

「あんたの知ったことじゃないわ」

「心配してるのよ」

キルスティンは言ったわ。「このレズ。同性愛者。だからこそジェフは自殺したのよ、あたしとあんたとが愛し合ってるから」あたしたちは二人とも、いまや笑い出した。二人でおでこをくっつけ、あたしは彼女に腕をまわした。「冗談を教えてあげるわね。もうメキシコ人どもを『脂じみたやつら《グリーサーズ》』って呼んではいけないのよね？」と彼女はここで声を落とした。「だからいまの正しい呼び名は——」

「潤滑油《ルブリ》カーノども、でしょ」とあたし。

キルスティンはちらっとあたしを見た。「ふん、くたばっちまえ」

「ナンパしましょうよ」とあたし。

「あたし、買い物がしたい。ナンパはあんたがしなさいよ」そしてもっと真面目な調子でこう言ったわ。「ここ、美しい街ね。あたしたち、ここに住むことになるかもってわかってるでしょ。ティムとあたしがここに引っ越したら、あなたバークレーに残る？」

「わからないわ」とあたし。

「あんたとバークレーの友だち連中ときたら。広域イーストベイ共同セックスコミューンフリーラブ乱交事業無限会社。バークレーのどこがいいのよ、エンジェル？　なんであそこに残ってるの？」

「家があるから」とあたし。そして思ったわ。ジェフの思い出。家とのつながりで。いっしょに買い物をしたユニバーシティ通りの生協。「アベニューのコーヒーハウスが好きなのよ。特にラリー・ブレイクの店。いつか、ラリー・ブレイクがジェフとあたしのところまでやってきたのよ。階下のビアホールまで――ホントにあたしたちによくしてくれた。それとティルデン公園も好き」そして大学のキャンパスも、とあたしは思ったわ。あそこからは決して逃れられない。オックスフォード近くのユーカリの木立。図書館。「あそこがあたしの家なの」

「サンタバーバラにだって慣れるわよ」

「ティムの前であたしをまんこ呼ばわりしないほうがいいわよ。誤解されかねないから」キルスティンは言ったわ。「あたしが死んだら、ティムと寝る？　真面目に訊いてるのよ？」

「死にやしませんって」

「不気味婆さんは死ぬって言ったわよ」

「不気味婆さんなんかインチキの塊よ」

「そう思うの？　いやあ、ほんと不気味だったわ」とキルスティンは身震いした。「あたしの心が読めると思ったし、あたしの心を叩いて、楓の木を叩くみたいにしてるように思ったもの。あたし自身の恐怖をオウム返しにしてる。あなたティムと寝る？　真面目に答えて。どうしても知りたいの」

「そんなの近親相姦じゃない」

「なんで？　ああ、そういうことか。うん――でもすでに罪ではあるでしょう、ティムにとっては。近親相姦が追加されてもどうってことないわ。ジェフが天国にいて、向こうであたしのための場所を用意してるなら、どうやらあたしは天国に行くみたいね。これはホッとするわ。ただギャレット博士の言ったことをどこまで真面目に受け取るべきか、とにかくわからないのよ」

「世界中の人類が一年間で作る唾の総量を眉につけて聞くことね」

「でも戻ってきてるのはジェフだったわけよね。それは裏付けられた。でもそれを信じるのであれば、他の部分も、予言も信じなきゃいけないんじゃない？」

キルスティンの話を聞いているうちに、『ディドとアエネアス』の一節が、歌詞も音楽とあわせて頭の中で鳴った。

「トロイの王子は、ご存じのように、運命
に縛られてイタリアの地を求める
女王とかれはいまや追いかけている」

どうしてこれが頭に浮かんだのかしら？　女魔術師……ジェフが引用したか、それともあたしだっけな？　音楽はあたしたちの生活の一部で、いまやあたしはジェフのことを考え、あたしたちを結びつけてきたもののことを考えていた。宿命。あらかじめ決まった運命。教会の教義、アウグスティヌスとパウロに基づくもの。ティムは前に、謎の宗教としてのキリスト教は、宿命の圧制を廃止する手段として存在するようになったのに、結局それをあらかじめ決まった運命として再導入してしまったんだと話してくれたっけ——実は二重の意味であらかじめ決まった運命なのよ。一部の人はあらかじめ地獄行きの運命で、一部の人は天国行き。カルヴァンの教義ね。

「あたしたちにはもう運命なんかないわ。それは占星術と共に消えたのよ、古代世界と共に。ティムがそう説明してくれたわ」

キルスティンは言ったわ。「あたしにも説明してくれたけど、でも死者は予知能力を持つのよ。かれらは時間の外にいる。だからこそ死人の霊を復活させて、未来についての助言を得ようとするんだわ。死者は未来を知っている。死者にとって、未来はすでに起きたこと。神様みたいなものよ、すべてを見る。口寄せ。あたしたちはエリザベス朝イギリスのディー博士みたいなものよ。このすばらしい超自然的な力にアクセスできるんだわ——聖霊よりも優れているの。聖霊も同じく未来を予測する力、予言する力を与えてはくれるけど。あのしなびた婆さんを通じて、あたしが近い将来にくたばるというジェフの絶対的な知識が得られたわ。どうしてそれを疑えるの？」

「何から何まで疑えるわ」

「でもあの婆さん、バッドラック・レストランのことを知ってたわ。だからエンジェル、すべてを否定するか、すべてを受け入れるかしかないの。勝手につまみ食いして選ぶわけにはいかないのよ。それを否定するなら、ジェフは戻ってきてなんかおらず、あたしたちはイカレポンチよ。そしてジェフが戻ってきたことを認めるなら、それはそれとして結構だけれど、でもあたしが死ぬという事実は受け入れないと」

あたしは思ったわ。そしてティムもね。あなたは自分のことばっか考えて、ティムのことは忘れちゃったのね。あなたらしいわ。

「どうしたのよ」とキルスティン。

「いや、ティムも死ぬって言われたなと思って」

「ティムはキリストが味方でしょ。不死なのよ。知らなかったの？　主教は永遠に生きるの。最初の主教——ペテロ、だったっけ——はいまだにどこかで生きてて、給料もらってるわ。主教は永遠に生きて大金をもらえるのよ。あたしは死んで、ほとんど一銭ももらえてないのよ」

「レコード店で働くよりはましでしょ」とあたし。

「そうでもないわ。あなたの人生については少なくとも、ほとんど隠しだてするようなことはない。こそ泥みたいにコソコソしなくていいのよ。ティムの今度の本——読んだらだれでも、ティムとあたしが寝ているのは完全にわかってしまうわ。あたしたちはイギリスにいっしょに行った。フェノミナをいっしょに目撃してる。これって、あたしたちの罪に対する神の復讐なのかもね、あの老婆の預言は。主教と寝たら死ね。『ローマを見てから死ね』みたいなものね。それだけの価値があったとは言えないわ、ホントどうしても言えない。あんたみたいに、バークレーのレコード店員になったほうがましよ……でもそのためにはあんたみたいに若くないと、いい目を全部見られないかな」

あたしは言ったわ。「あたしの夫は死んだのよ。いい目なんか見てないわ」

「それと罪悪感もないんでしょ」

「知りもしないで。罪悪感は山ほどある」

「なんで？　ジェフは——いや、とにかくあなたのせいじゃなかったでしょう」

「みんな罪悪感を分かち合うのよ。あたしたちみんなが」

「死ぬようプログラミングされてた人の死について？　自殺なんて、DNAに刻まれた死のコード《ストリップ》に命じられないとできないわ。DNAに書かれてるの……そんなことも知らないの？　あるいは、『スクリプト』というものかな、エリック・バーンが教えてたもの。かれは死んだのよ。かれの死のスクリプトだかストリップだかなんだかが追いついてきて、かれの言う通りだと証明してみせたのよ。かれの父親も死んでかれも死んで、まったく同じ年齢だった。シャルダンみたいなもので、聖金曜日に死にたいと願っていたらその望みが適ったのよ」

「この会話、病気だわ」

キルスティンはうなずいた。「その通りだわね。あたしはしばらく前に、自分が死ぬ運命だと聞かされた。だからすごく病気な気分だし、あんただってそうでしょう。ただ、あんたはなぜか例外なのよね。あんたは肺に斑点もないし、ガンにもかかったことがないからかもね。なんであの婆さんは死なないのよ？　なんであたしとティムなの？　そんなことを言うなんて、ジェフには悪意があると思う。よく耳にする自己成就的な予言ってやつよ。不気味婆さんにあたしが死ぬって話して、その結果としてあたしは死んで、ジェフはあたしが父親と寝てるんであたしを嫌ってたから大喜び。二人ともくたばればいいんだわ。あたしの爪の下に突き刺された針と同じよ。憎しみ、あたしに対する憎しみなのよ。憎しみは見ればわかるわ。ティムも本の中でそれを指摘してくれるといいんだけど――いや、するに決まってるわ。だってほとんどあたしが書いてるんだもの。ティムには時間がないし、ホントのことを言うと、それだけの能力もないのよ。ティムの文ってすべてごっちゃになるの。ぶっちゃけ真実を言うと、ティムは病的多弁症なのよ――コカインやってるせいで」

「知りたくないわ」とあたし。

「あなたとティムって寝たの？」

「ないわよ！」あたしは驚愕したわ。

「ウソつけ」

「まったく、あなた頭がどうかしてるわ」

「あたしのやってるバルビッツール類のせいだと言えば」

あたしは彼女を見つめた。彼女は見つめ返した。まばたきもせず、緊張した面持ちで。

「あなた頭がどうかしてるわ」とあたし。

キルスティンは言ったわ。「あんたはティムをあたしに敵対させたのよ」

「あたしが何ですって？」

「ティムは、あたしがいなかったらジェフは死なずにすんだと思ってるのよ。でも性的な関係を持ちたがったのはティムのほうなのよ」

「あなた――」あたしは何と言っていいかわからなかった。「気分の波がひどくなってるわね」やっとそう言ったわ。

キルスティンは、きつい人の神経を逆なでするような声でこう言ったわ。「ますますはっきり見えてきた。いらっしゃい」とドリンクを飲み終えて、スツールからすべり降り、よろめいて、あたしにニヤリとした。「買い物行こう。メキシコから輸入したインディアンの銀製アクセいっぱい買おう。ここで売ってんのよ。あんた、あたしを年寄りで病気でバルビ中毒だと思ってんでしょ？ティムとこの件で議論したのよ、あんたのあたしに対する見方について。ティムは、それがあたしに被害を与える名誉毀損的なものだと思ってんのよ。いつかあんたにその件で話をするって。覚悟してなさいよ。教会法を引用するから。偽証をするのは教会法に反してんのよ。ティムはあんたのことをいいキリスト教徒とは思ってないわ。そもそもまるでキリスト教徒だとは思ってないのよ。ホントはあんたのことなんか好きでもないって。知ってた？」

あたしは何も言わなかった。

「キリスト教徒って決めつけが激しいし、主教となればなおさらよ。あたしは、ティムが毎週あたしと寝てるという罪について告解してるという事実を抱えて生きてんの。どんな気持ちだかわかる？　ホントつらいのよ。そしていまや、あたしにまで行かせるの。聖餐式を受けさせて、懺悔するのよ。病気よ。キリスト教って病気。ティムに主教を辞めてほしい。民間セクターに行ってほしいのよ」

「ああ」とあたし。そして理解したわ。そうすればティムはおおっぴらに出てきて彼女のことを明らかにできる、彼女との関係を公言できるのよ。それを今まで思いつかなかったとは不思議。

「シンクタンクの仕事なら、烙印もコソコソも終わりよ、連中は気にしないから。世俗の人で、キリスト教徒じゃないから。他の人を糾弾したりしない。救済されないのよ。もう一つ教えてあげましょうか、エンジェル。あたしのせいで、ティムは神様から切り離されてんの。ひどいと思わない、あたしにとってもティムにとっても。ティムは日曜ごとに説教壇に上がって説教するのに、あたしのせいで神様と自分とが、最初の墜落みたいに切り離されていると内心で知ってるのよ。あたしのせいで、ティモシー・アーチャー主教は、原初の墜落を自分の中で再現していて、しかも自発的に墜落したんだわ。自分で選んだ道なのよ。だれも墜落させたわけじゃないし、そうしろと命令もしてない。あたしのせいなんだわ。最初に寝ようと言われたとき、あたしが断るべきだったのよ。そのほうがずっとよかっただろうけど、でもキリスト教のことなんかクソほども知らなかったから。それがティムにとってどんな意味を持つのか、そしてあのろくでもない代物、あのパウロ式の罪、原罪の教義がにじみ出てきてあたしの全身にまみれたときに、自分にとってどんな意味を持つかも理解できてなかった。なんというイカレた教義なの、人が生まれながらに罪人だなんて。なんて残酷なんだろう。ユダヤ教にはそんなのないわ。パウロがでっちあげて、キリストの磔刑《たっけい》を説明したのよ。キリストの死を筋が通るものにしようとして。でも実はまるで筋が通ってないわ。何のためにもならない死、原罪なんてものを信じてない限り」

「あなたは今じゃ信じてるの?」とあたし。

「自分が罪を犯したとは信じてるわ。生まれつきかどうかは知らない。でもいまは事実よ」

「治療受けなさいよ」

「教会すべてが治療を受けるべきよ。あの老いぼれコウモリのクソ婆、一目見ただけで、あたしたちが寝てるのを見抜いたわ。メディアニュースネットワークすべてがそれを知ってて、ティムの本が出版されたら――絶対に辞職するしかなくなる――ティムのキリストに対する信仰とか信仰欠如とか何の関係もなくて、あたしのせいなのよ。あたしがティムのキャリアを潰させてるのよ、ティムの信仰欠如じゃなくて。あたしがやってんのよ。あのくたばり損ないの婆さんは、あたしがすでに知ってたことを読み上げてくれただけ、あたしたちのやってることはいけないことなんだって言っただけ。やってもいいけど、代償は払うのよって。あたし、今すぐ死んだほうがいいわ。ホントそうしよう。こんなの生きてるって言えない。どこへ行っても、どこかへ飛行機で旅するたびに、ホテルを二部屋、あたしたちそれぞれのために取って、それからあたしが廊下をこっそりかれの部屋まで行くのよ……あの老いぼれコウモリ婆さん、霊能者なんかじゃなくてもすべてお見通しよ。顔中に書いてあるんだもの。いらっしゃいよ。買い物しましょう」

あたしは言ったわ。「お金を貸してくれないと無理よ。あたし、買い物できるほどお金を持ってこなかったから」

「聖公会のお金よ」と彼女はハンドバッグを開けた。「ご遠慮なく」

「あなた、自分を嫌ってるのよ」とあたし。不当にも、という一語を付け加えたかったんだけど、キルスティンがそこで割り込んだわ。

「あたしは自分の置かれた立場が嫌いなの。ティムがあたしにやったことが嫌いなの。自分が恥ずかしく、自分の身体や女であることが恥ずかしいと思わせられて。こんなことのためにFEMを創設したんだっけ？　自分がこんな立場に、四十ドルの娼婦みたいな状況になるとは夢にも思わなかったわ。いつか、あたしたち二人で話をしたいわね、あたしがいつもティムの演説書いたりアポ管理したりで始終忙しくなる前の頃みたいに——いまのあたしは主教の秘書で、主教が世間でそのバカさ加減、ガキっぽさ加減をあらわにしないように管理してる。あたしが全責任を負わされていて、それなのにゴミみたいな扱いされてんのよ」

彼女はハンドバッグからお金をいい加減につかみ出して、あたしにくれた。あたしはそれを受け取った。そしてすさまじい後ろめたさを感じた。それでもお金は受け取ったわ。キルスティンが言うように、それは聖公会のお金だった。

バーを後にして日差しの中に出ながら、キルスティンはこう言ったわ。「一つ学んだことは、注意書きをちゃんと読むってことよ」

「あのお婆さんについて、評価できる点が一つあるわ。あなたの口はよく動くようにしてくれたわよね」とあたし。

「ちがうわ——それはサンフランシスコを離れたせいよ。あなたはこれまで、あたしがベイエリアやグレース大聖堂以外にいるのを見たことないでしょう。あたしはあんたが嫌いだし、安手の売春婦になるのはいやだし、人生全般ことさら好きじゃない。ティムが好きかどうかさえ自信がないほど。こんなの続けたいかも自信がないわ、このすべてが。あのアパート――ティムに会う前はずっといいアパートに住んでたんだけど、そんなのどうでもいいはずなのよね。気にしちゃいけないはずなんだ。でも、すごく生きがいってもんがあったのよ。でもあたしはDNAによってティムと変なことになるようプログラムされて、いまやどっかの老いぼれしわくちゃ婆が、お前は死ぬとか言って罵りやがる。それについてあたしがどう思うかって？　ホントの気持ちを教えてあげようか？　もうどうでもいいのよ。どのみち知ってたこと。婆さんはあたしの考えを読んでそれを投げ返しただけで、それはあんたも知ってるんでしょう。あの降霊会だか何て言うんだか知らないけど、あれで唯一心に刺さるのはそれだけ。他の人が自分自身や人生や、あたしのなれの果てについての認識を表現してくれたってこと。これから直面しなきゃいけないものに直面し、やるべきことをやるだけの勇気をもらったわ」

「やるべきことって何？」

「いずれわかるわ。重要な決断を下すところよ。今日のことで頭がはっきりした。わかったと思うの」彼女はそれ以上は言わなかった。自分の企みを謎めかしておくのがキルスティンの常道だった。そうすると、華やかさの要素が加わると当人は思ってたみたい。でも実は、そんなことなかった。単に状況を混乱させただけで、それもだれより当の彼女にとって混乱させるだけだったわ。

あたしはこの話をそのまま流した。そして二人でそのまま出かけ、教会の資産を使う方法を探しに行った。

＊

サンフランシスコに戻ったのは週末近くで、買い物品を山ほど抱えてくたくただったわ。主教は内密に、公開しない形で、サンタバーバラのシンクタンクにポストを得ていた。間もなく、カリフォルニア教区の主教の座を辞することが発表されるはず。この発表はまちがいなくやってくる。もう決断もなされたし、新しい仕事も手配済み。完璧。一方、キルスティンはマウントザイオン病院に入院してさらに検査を受けることになった。

入院のせいで、無口でむっつりするようになってた。お見舞いに行っても、ほとんどしゃべらなかった。彼女のベッドの隣に座って、居心地悪い思いをしてどこか別の場所に行きたいと思っている横で、キルスティンは髪の毛をいじりまわして文句を言った。あたしは不満な思いでそこを去ったわ。主に自分に対する不満。基本的に、あたしは彼女と——まさにあたしの親友と——話をする能力を失ったみたいだったし、あたしたちの関係も彼女の士気とともに下降線をたどってた。

この頃、主教はあの世からのジェフの帰還を扱った著書のゲラを手にしていたわ。ティムは題名も決めていた。『圧政者たる死よ、ここに』というもので、あたしが提案したものだった。ヘンデルの『ベルシャザール』から取ったもので、全文だと次の通り。

「圧政者たる死よ、ここに汝が恐怖は終わる」

ティムは本の中でもこれを文脈に沿って引用していた。いつもながら多忙で、仕事を背負いこみすぎて、大量の大問題で頭がいっぱいだったティムは、ゲラを病院のキルスティンに持っていくことにした。校正するよう残して、すぐに立ち去ったの。見舞いにくると、彼女はベッドで上体を起こし、片手にタバコ、もう片手にペンを持ち、分厚いゲラを立て膝にもたせていたわ。彼女が激怒しているのは明らかだった。

「信じられる?」と彼女はあいさつ代わりに言った。

「あたしがやろうか?」とあたしはベッドの端にすわって言った。

「こいつがゲロまみれになってもお断り」

「あなた、死んだらもっと根詰めて働くようになるでしょうねえ」

キルスティンは言ったわ。「いいえ。一切働かない。それが肝心なとこよ。こいつを読みながら、繰り返し自分に尋ねてるのが、こんなバカなものだれが信じるのかってこと。だってクズなんだもん。ごまかしてもしかたない。見てよ」と彼女は、ゲラのページの一部を指さすので、読んでみたわ。あたしの反応は彼女のものと同じ。文章は鈍重でわかりにくてどうしようもなく尊大だった。明らかにティムは、とにかく急げ、急スピードでさっさと終わらせよう的な速度でこいつを口述させたんだ。同じく明らかなこととして、一度たりとも読み返してない。題名は『読み返せ、このバカ』であるべきだわ、とあたしは思った。

「最後のページから始めてその先を読めばいいわ。そうすれば読まなくてすむから」とあたし。

「あら落っことしちゃうわね。おっと」とゲラを床に落とす真似をして、ギリギリでそれをキャッチした。「これって順番なんかどうでもいいんじゃない？　シャッフルしましょうか」

「いろいろ加筆しなさいよ。『これって最低』とか『あんたの母ちゃんレズ』とか」

キルスティンは書くふりをしたわ。「『ジェフはあたしたちの前に裸で現れてチンコを握りしめました。そして「星条旗よ永遠なれ」を歌ってました』」二人ともいまは笑ってた。あたしは身体を折って彼女に寄りかかり、あたしたちは抱き合ったわ。

「いまのを書き込んだら百ドルあげるわ」ほとんど口もきけない状態であたしは言ったわ。

「そんなお金はすぐにＩＲＡに渡しちゃう」

「ちがうでしょ、ＩＲＳ（税務署）でしょ」

キルスティンは言ったわ。「あたしは税金申告なんかしないわ。売春婦はそんなことしないでいいのよ」そして彼女の気分が変わった。高揚していた気分が目に見えて消え去った。優しくあたしの腕を叩いて、あたしにキスした。

「どうしたのよ」とあたしは感動して言ったわ。

「あの斑点、腫瘍らしいって言われたの」

「あらまあ」

「そうなの。まあとにかく、そういうことなのよ」そして彼女はあたしを押しのけた。何やら怒りを押し隠すように――あまり隠せていなかったけど。

「何か対策はないの？　っていうか、何か――」

「手術。肺を切除」

「それなのにまだタバコ吸ってるの」

「いまさら禁煙してもちょっと遅すぎるわ。どうでもいい。それでおもしろい問題が出てくる……考えたのはあたしが最初じゃないけど。肉体が復活するとき、完璧な状態になって復活するのかしら、それとも生きてるときの傷や怪我や欠陥すべて残ったままなのかしら？　イエスはトマスに傷を見せたわね。トマスに自分の――イエスの――脇腹に手を突っ込ませたそうよ。教会はその傷から生まれたって知ってた？　それがローマカトリックの信仰だったのよ。まだ十字架上にいたとき、その傷、槍の傷から血と水が流れたの。ヴァギナよ、イエスのヴァギナ」冗談を言っているようには見えなかった。いまの彼女は、荘厳で信心深そうに見えた。「霊的な第二の誕生をめぐる神秘的な概念。キリストはあたしたちすべてを生み出したの」

あたしはベッドの横の椅子にすわり、何も言わなかった。いまの報せ――医学報告――でショックを受けて怯えてしまった。何と言っていいかわからなかった。でもキルスティンは、落ち着いているようだった。

精神安定剤を飲まされたのね、と気がついた。この種の報せのときにはいつものことだわ。

「じゃあ、いまはもうキリスト教徒になったのね」とあたしはやっと、他に何も言うことを思いつかずに言った。何も適切なせりふが思いつかなかった。

『溺れる者は藁をもってやつ。この題名、どうよ？『圧政者たる死よ、ここに』」

「あたしが選んだの」

彼女は、気迫を込めてあたしを見つめたわ。

「なんでそんなふうにあたしを見るの？」

「ティムは自分が選んだって言ってたけど」

「まあそうよ。あたしはその引用元を提案したのよ、いくつか挙げた中の一つ。いくつか案は出したから」

「いつの話？」

「いつだっけ？　かなり前。忘れた。なんで？」

キルスティンは言った。「ひどい題名よ。初めて見た瞬間から大嫌いだったわ。ティムがこのゲラを膝に投げ出すまで、本当に膝の上に投げてよこすまであたしは見てなかった。あたしには尋ねも――」そこで口を止めて、タバコをもみ消した。「まるで、本の題名ってのがどうあるべきかについてのだれかの考えみたいよ。本の題名のパロディ。本の題名なんかつけたことがない人の考え。編集者が反対しなかったのが不思議だわ」

「それって、あたしに言ってるの？」

「知るもんですか。あんたが勝手に考えてよ」そして彼女はゲラの検分を始めた。あたしを無視して。

「あたし、帰ったほうがいい？」しばらくして、おずおずとあたしは言ったわ。

「あんたがどうしようが、あたしホントにどうでもいいの」とキルスティンは仕事を続けた。しばらくして、一瞬手を止めるとまたタバコに火をつけたわ。そして見ると、彼女のベッドの脇にある灰皿は、吸いかけでもみ消されたタバコであふれかえっていた。

第11章

彼女の自殺を知ったのは、ティムからの電話でだった。弟が訪ねにきているときだったわ。日曜日だったから、ミュージックショップには出勤しないでよかった。そこに立って、キルスティンが「ついさっきあの世に去った」と語るティムに耳を貸し続けるはめになった。キルスティンのことが本当に好きだった弟もいっしょだった。バルサ製のスパッドXIII複葉機の模型を組み立てていたわ――その電話がティムからのものだというのは弟にもわかったけど、でももちろんいまやキルスティンも、ジェフと同じく、死んでしまったなんてわからなかった。

「きみは強い人だ」とティムの声が耳に聞こえてきたわ。「きみならこれに立ち向かえるはずだ」

「覚悟はしてました」とあたし。

「そうだね」とティム。いかにも平然としている様子だったけど、心が千々《ちぢ》に乱れているのはわかったわ。

「バルビツール類？」

「飲んだのは――いや、まだ確実じゃないんだ。飲んで、タイミングを計ったんだ。彼女は待った。それから部屋に入ってきて話をした。そして倒れた。何が起きているかわかったよ」そしてつけ加えたわ。「明日にはマウントザイオン病院に戻ることになってたんだ」

「救急車は――」

「救急隊員がきて、すぐに病院に運んだ。あらゆることを試したよ。彼女は、身体の中にあらかじめ最大許容量を貯め込んでおいたから、その後で過剰摂取となった分は――」

「ええ、それが手口よね。そうしておけば、胃の洗浄をしても無駄よ。もう体内に吸収されてるから」

「こっちにこられないか？　サンフランシスコに？　いてくれると本当に助かるんだが」

「ハーヴェイがきてるんです」

弟が顔を上げた。

あたしは告げた。「キルスティンが死んじゃったの」

「ふーん」弟はうなずいて、一瞬後にはバルサ製の複葉機に戻った。まるで『ヴォツェック』みたい。まさに『ヴォツェック』の終わり。ほーらまたやった。バークレーのインテリ、何もかも文化、オペラ、小説、オラトリオ、詩の枠組みで見ようとする。もちろん演劇も。

「Du! Deine Mutter ist tot!（おい、きみのお母さん死んだよ！）」

するとマリーの子供が言うの。

「Hopp, hopp! Hopp, hopp! Hopp, hopp!（ぴょんぴょん！　ぴょんぴょん！　ぴょんぴょん！）」

これちゃうわ、こんなのが続いたら。小さな男の子が飛行機の模型を組み立てて何もわかってない。二重の恐怖、そしてどっちもいまのあたしに起きてる。

「行きます。だれかハーヴェイの面倒を見てくれる人が見つかり次第」

「連れてくればいい」とティム。

「いいえ」反射的にあたしは首を振ったわ。

ご近所に、その日ハーヴェイの面倒を見てくれるようお願いして、すぐにあたしはサンフランシスコへ向かい、ベイブリッジをホンダで走っていたわ。

そしていまだに、ベルクのオペラのセリフが、心の中に憑かれたようにわき起こっていた。

「狩人の人生は楽しく自由
射撃がだれにとっても自由！
だからおいらは狩人になる
あそこでなるんだ」

ベルクっていうか、ゲオルク・ビューヒナーのセリフね。ろくでもない歌詞を書いたのはビューヒナーだから。

運転しながら、あたしは泣いた。涙が顔を伝った。車のラジオをつけて、ボタンを次々に押し、局から局へと変えた。ロック局で、古いサンタナの曲がかかってた。ボリュームを上げて、音楽が小さな車の中に響き渡ると、あたしは絶叫した。そして聞こえてきたのは、

「おい、きみのお母さん死んだよ！」

でっかいアメ車のおかまを掘りそうになってギリギリでよけた。右側の車線に急進入す

るしかなかった。スピード落として、と自分に言い聞かせる。ちくしょう、死人二人でたくさんよ。三人目になるつもり？ それだったらいまのまま運転し続けなさい。三人と、向こうの車に乗ってる人たちと。そこでビルのことを思い出したわ。イカレポンチのビル・ルンドボルグ、どっかの精神病院にぶちこまれて。ティムは連絡したのかしら？ あたしが連絡しないと、と思った。

この哀れで惨めなどうしようもない売女の息子めが、とビルとその優しくぽっちゃりした顔を思い浮かべつつあたしはつぶやいた。あの優しい雰囲気、新しいクローバーみたいな雰囲気、あいつとあのバカげたズボンとまぬけな外見、牛みたいで、自足しきった牛みたいなあいつ。郵便局は、またもや窓を叩き割られる運命にあるようね、とあたしは気がついた。ビルは出かけて、でっかい板ガラスの窓をげんこつで叩いて、やがて腕を血が流れ落ちる。そうしたら、またどっかに監禁されちゃう。どこだろうと関係ない。だってビルにはちがいがわからないから。

キルスティン、あの子をこんな目にあわせるなんて、とあたしはつぶやいた。なんという悪意。なんという最悪の残酷さ。それもあたしたち全員に対して。本当にあたしたちを憎んでたのね。これがあたしたちの罰。ずっと、自分に責任があったと思うだろう。ティムはずっと自分に責任があったと思うはず。ビルも同じ。そしてもちろん、あたしたちのだれも責任なんかなくて、でもある意味でみんなに責任があって、でもどのみちそんなのどうでもよくて、後付けで、無意味で空疎で、まったく空虚で、至高の非存在たる神の「無限の空虚」的な意味での空虚なのよ。

『ヴォツェック』のどこかに、おおまかにいえば「世界は最悪」と翻訳できる一節があるわ。そうね、とあたしは、自分がどんなにスピードを出してるか一顧だにせずベイブリッジを猛進しながらつぶやいた。要するにそういうこと。これぞ高踏芸術。「世界は最悪」。これがすべてよ。作曲家だの画家だの大作家だのにお金を払ってやらせてるのはそういうこと。これをあたしたちに伝えて。これを解明することで、連中は生計を立てる。なんとお見事で鋭い洞察かしら。なんと刺すような知性。排水用のドブにいるネズミだって、しゃべれるもんなら同じことを教えてくれるわ。ネズミがしゃべれるなら、あたし連中の言うことすべてに従う。知り合いの黒人の女の子。彼女の場合はネズミじゃない。あたしにはネズミだけど——彼女はクモだった。つまり《viz》「もしクモがしゃべれるもんなら」。昔、みんなでチルデン公園にいるとき、その子がウンコを漏らして、みんなで車で彼女を連れて帰らなきゃならなかった。神経症のおねえさん。白人と結婚……なんて名前の旦那だっけ？　バークレーでしかあり得ない。

「つまり」（viz）とは、西ゴート族（Visigoths）、高貴なるゴート族の短縮形よ。来訪（Visitation）、死者の来訪、あの世からの来訪といった使い方。あの老婆もある程度は本当にこの件で責任があるわ。だれか一人これを引き起こした人がいるとすれば、あのお婆さんよ。でもこれってスパルタの使者を殺すのと同じ。いまやあたし自身までがそれをやらされてる。あれだけ警告があったのに。**警告：このご婦人は狂ってます**。みんなどきやがれ。あんたらみんな、永遠にドツボにはまってるといい、あんたらみんな、ピカピカの大型車に乗ってる連中は。

「破壊的戦争、汝の限界は見えた。圧政者たる死よ、ここに汝が恐怖は終わる。圧政者に対してのみ私は敵であり、美徳とその友人にとっては友なのだ」。そしてそれは繰り返すのよ。「圧政者たる死よ、ここに」。すばらしい題名だわ。パロディなんかじゃない。あれがとどめだったのよ。ティムがあたしの題名を使って、もちろん――いつもながらの何も考えないやり口で――彼女にそれを告げる手間をかけずに忘れていたことが。いや、それどころか、その題名を考えたのが自分だって言ったのよね。たぶん本気でそう思ってるんだろう。世界史の中で価値あるアイデアはすべて、ティモシー・アーチャーの思いつきでございい。太陽が中心の太陽系モデルだってティムの発明なんです。ティムのおかげがなかったら、いまだにみんな天動説でしたわ。アーチャー主教と神様の境目ってどこなのかしら？　いい論点ね。当人にお尋ねなさい。教えてくれるわ、いろんな本から引用をして。

いかなるものもそのままではいられない。そして万物はイカレきってる、と思った。ルクレチウスはそう書くべきだったのよ。キルスティンの墓碑銘はこれにするようティムに提案しよう。あのスウェーデンのクレチンが、ノルウェーの学校で教えてるとか、遊びのふりをして何百万もの意地悪なことを彼女に言ったわ。彼女の脳はそれを記録して、彼女が眠れずティムが眠り続ける深夜にそれを再生したんだ。彼女は眠れずどんどんたくさんダウナーを飲み、そのバルビツール類が彼女を殺した。いずれそうなるのはわかってた。唯一の問題は、それが事故か意図的な過剰摂取かってこと。もちろんその両者にちがいがあればの話だけど。

受けた指示では、テンダーロインのアパートでティムに会ってから、そのままグレース大聖堂に向かうことになってた。赤い目をして放心状態だろうな、と予想していたわ。ところが驚いたことに、ティムは前より強く、強力に自分を保っており、文字通りの意味でこれまで見たこともないほどしっかりしているようだった。

ティムは、腕をまわしてあたしをハグした。「ひどい戦いをすることになる。これからね」

「スキャンダルの話？　たぶん新聞やニュースに出るでしょうね」

「彼女の遺書の一部は破棄しておいた。警察が読んでいるのはその残りだ。すでに警察はきたんだよ。たぶんまた戻ってくるだろう。私には影響力はあるが、それでもニュースをだまらせるのは無理だ。せいぜい期待できるのは、それを憶測の状態にとどめておくことだ」

「なんて書いてあったの？」

「破棄した部分かな？　忘れた。私たちのこと、私に対する彼女の気持ちについてだった。他に手がなかった」

「そうかもね」

「あれが自殺だったことは疑問の余地がない。そして動機は、もちろん、ガンの再発の怯えだ。それに彼女がバルビツール中毒患者だったのも知られている」

「あなたは彼女をそう思ってるの？　中毒患者だと？」

「もちろん。その点についてはだれも異論はない」

「いつから知ってたの？」

「初めて会ったときから。最初に彼女が薬を飲むのを見たとき。きみも知っていただろう」

「ええ。知ってた」

「すわってコーヒーでも飲みなさい」とティムは居間を離れて台所に向かった。自動的にあたしはお馴染みの長椅子にすわり、アパートのどこかにタバコが見つからないかしらと思ったわ。

「コーヒーには何を入れるね？」ティムが台所の戸口に立っていた。

「忘れちゃった。どうでもいい」

「むしろお酒のほうがいいかね？」

「いいえ」とあたしは首を振った。

「これでレイチェル・ギャレットが正しかったことが証明されたのはわかるね」

「ええ」

「ジェフは警告したがってた。キルスティンに」

「そう見えますね」

「そして次に死ぬのは私」

あたしは顔を上げた。

「ジェフはそう言ってるよ」とティム。

「かもね」

「恐ろしい戦いになるが、私は勝つよ。二人の後には続かない、ジェフやキルスティンを追ったりはしないぞ」その口調には厳しさと憤りがこもっていたわ。「キリストはこういうものから人々を救うために世界にやってきたんだ、この手の決定論、こうしたルールから。未来は変えられるんだ」

「そう希望するわ」

「私の希望はイエス・キリストにある。『光のある間に、光の子となるために、光を信じなさい』ヨハネ福音書、一二章三六節。『あなたがたは、心を騒がせないがよい。神を信じ、またわたしを信じなさい』ヨハネ福音書、一四章一節。『主の御名によってきたる者に、祝福あれ』マタイ福音書、二三章三九節」激しく息をして、大きな胸を上下させつつ、ティムはあたしを見てこちらを指さしながらこう言ったわ。「そっちには行かないぞ、エンジェル。二人とも意図的にやったが、私は決してそんなことはしない。決してあんなふうには逝かない、屠《ほふ》られる羊のようには」

ありがたい、あなたは戦うのね、とあたしは思った。

「予言があろうとなかろうと、レイチェルがかの巫女自身だったとしても――それでも私は自分の意志でそちらに向かうことはしない。愚かな獣のようにのどを掻き切られ、生け贄にされたいとは思わない」。ティムの目は燃え上がり、強度と炎で熱くなった。ときどきグレース大聖堂で説教のときにこんなふうなティムを見たことはあった。このティム・アーチャーは使徒ペテロ自身が与えた権威をもって語っていた。聖公会に途切れず続いてきた使徒継承の権威をもって。

＊

あたしのホンダでグレース大聖堂まで運転する間に、ティムがこう言ったの。「自分がヴァレンシュタインの運命に落ち込みつつあるようだ。占星術に頼り、ホロスコープなんかを見て」

「ギャレット博士のことね」とあたし。

「そう、彼女とメイソン博士だ。あの二人は、実は博士でも医師でもない。あれはジェフなんかじゃない。あの世から戻ってきたりしてない。まったくのデタラメだ。馬鹿げてる。あの可哀想な男の子が言った通り。キルスティンの息子がね。ああしまった、彼女の息子に連絡してない」

「あたしが伝えます」

「絶望してしまうだろう。いや、しないかも。あの子はこっちが思っているより強いかも。あの子はジェフが戻ってくるとかいうナンセンスをすべてお見通しだったし」

「精神分裂症だと、本当のことを口にできるのよ」

「だったら、もっと精神分裂の人が増えたほうがいい。なんだね、裸の王様みたいな話かね。きみも知っていたんだろう、でも何も言わなかった」

「知るとかいう問題じゃないんです。評価の問題です」

「でもきみはまったく信じてなかった」

しばらく間を置いてあたしは言ったわ。「よくわからない」

「キルスティンが死んだのは、私たちがナンセンスを信じたからだ。二人とも。そして信じたのは、信じたかったからだ。いまの私にその動機はない」

「まあそうねえ」

「私たちが無慈悲に真実を直視していたら、キルスティンはまだ生きていただろう。私に期待できるのは、それを今ここで終わらせることだ……そしていずれずっと後に彼女の元に行くことだ。ギャレットとメイソンは、キルスティンが病気なのを見て取った。病気で混乱した女性を利用して、おかげで彼女は死んだ。連中に責任がある」ティムは口を止めて、それから続けたわ。「私はキルスティンを薬物デトックスのために入院させようとしてたんだ。その分野の友人が何人かいるんだ、このサンフランシスコにね。彼女の中毒はよく知っていて、それを助けられるのがプロだけだと思ってた。私自身もそれをくぐりぬけねばならなかったからね……アルコールで」

あたしは何も言わなかった。運転を続けただけ。

「今さら本は止められない」とティム。

「編集者に電話すれば――」

「もう本は出版社の所有物なんだ」

「とても評判の高い出版社でしょう。あなたが本をやめるよう指示すれば、従ってくれるはずよ」

「すでに販促用の事前宣材を送ってしまっている。仮とじのゲラや原稿のゼロックスコピーも回覧した。私にできるのは――」ティムは考えた。「もう一冊本を書こう。キルスティンの死と、オカルトに関する私の再考を描く本だ。私にとっては、それがいちばんいい方向性だよ」

「『圧政者たる死よ、ここに』を止めるべきだと思うわ」

でもティムの決意はもう固まっていて、激しく首を振ったわ。「いや、計画通りに出版されるべきだ。こういう問題について、私は何年も経験を積んでいる。人は自分の愚行から目をそらすべきではない――ここで言ってるのは、もちろん私自身の愚行のことだよ――そして、それを直視したら、それを正そうとすればいい。次の本はその修正についてのものになる」

「前渡し金はいくら？」

ちらりとあたしを見て、ティムは言ったわ。「売り上げ見通しを考えれば大したものじゃない。契約締結時に一万、完成稿を渡した時点で一万。そして出版時にまた一万」

「三万ドルって大金じゃないの」

半ば自分自身に向かって考えるようにティムは言った。「献辞を追加しようかな。キルスティンへの献辞。追悼。そして彼女に対する私の気持ちについて少し語ろう」

「両方に捧げたらいいわ。ジェフとキルスティン両方に。そしてこう書くのよ。『神の恩寵なかりせば――』」

「実に適切だね」とティム。

「そしてあたしとビルも。ついでだから。あたしたちも、この映画の一部なんだし」

「映画？」

「バークレー式の表現。でも映画じゃないけど。アルバン・ベルクのオペラ『ヴォツェック』。木馬に乗った少年以外はみんな死ぬの」

「献辞は電話で伝えないと。朱を入れたゲラはもうニューヨークに送り返したから」

「じゃあ、キルスティンは仕上げたのね？　仕事を？」

「うん」ティムは漠然と言った。

「ちゃんとやったの？　だってあまり気分がよくなかったみたいだし」

「たぶんきちんとやってくれたはずだ。私は見直さなかった」

「彼女のためにミサで言及するんでしょう？　グレース大聖堂で？」

「ああもちろん。それがあったからこそきみを――」

「キッスを呼ぶといいわ。グループなの。すごく評価の高いロックグループ。考えてみれば、もともとロックミサを計画してたわよね」

「キルスティンはキッスが好きだったのかね？」

「キッスの上はシャ・ナ・ナしかなかったくらい」

「じゃあシャ・ナ・ナを呼ぶべきだ」とティム。

しばらくあたしたちは黙りこくって車を走らせた。

「パティ・スミス・グループ」いきなりあたしは言った。

「キルスティンについて、いくつか質問をさせてくれないか」とティム。

「何なりとお答えいたします」

「葬式で、彼女の好きだった詩を朗読したいんだ。」「いくつか挙げてもらえないかね？」そして上着のポケットからノートと金色のペンを取り出した。そしてそれを構えて待った。

「蛇についてのとても美しい詩があります。D・H・ロレンスの詩。キルスティンはそれが大好きだったわ。いまここで暗唱しろとは言わないで。いまはとにかく無理。ごめんなさい」あたしは目を閉じて、涙をこらえようとした。

第12章

葬儀で、ティモシー・アーチャー主教は蛇についてのD・H・ロレンスの詩を読んだわ。すばらしい朗読で、人々が本当に感動したのがわかった。とはいえ、弔問客はそんなにきたわけではないんだけど。キルスティン・ルンドボルグを知ってる人はそんなに多くはなかった。あたしはずっと、大聖堂のどこかに彼女の息子のビルが見あたらないか探し回ってた。

電話してこの件を報せたとき、ビルはほとんど反応を見せなかった。たぶん予想してたんだと思う。この当時、病院や独房の並ぶ監獄は、ビルに何ら力を及ぼしてなかった。ビルはうろつくなり車を塗装するなり好きなことをする自由を獲得していた。その実直なやり方で、その時の自らの楽しみを如何様にも追求できた。

キルスティンが自殺してアーチャー主教の心にかかった蜘蛛の巣が払われ、だからその意味で彼女の死にも有益な点はあったようではあるけれど、でもあたしたちの喪失には比べようもないものだった。驚かされるのは、人の死が人々をいかに我に返らせるかということ。どんな言葉も、議論もかなわない。究極の力。無理にでも関心と時間を割かせる。そして人を変えてしまう。

ティムが死から――それも愛した者の死から――力を引き出せるのには驚愕した。あたしには理解不能だけれど、でもティムのこういう性質こそがかれを優秀にしていたの。仕事でも優秀、人としても優秀。事態が悪くなればなるほど、ティムはもっと強くなった。死が好きではなかったけれど、でも死を恐れもしなかった。死を理解していた――ひとたび蜘蛛の巣が払われたら。降霊術だの迷信だののインチキな解決策を試してみたけれど、ダメだった。単にもっと死が増えただけ。だから今度はギヤチェンジして、合理的になろうとしてみてる。いまや自分自身の命が懸かっていて、それがまるでエサのようになる。立派な動機もあったわ。古代人たちが「邪悪な運命」と呼んだもの、つまりは早死に、夭逝を惹きつけるエサ。

古代の思索家たちは、死そのものは邪悪とは思わなかったわ。だって死は万人にくるもの。かれらが正しく邪悪だと知覚したのは早すぎる死、人がその仕事を終える前にやってくる死だった。熟する前に、硬い青リンゴのまま断ち切られるとでも言おうか、死はそれを奪って捨ててしまう。まるで何ら興味が持てない――死にとってすら関心がないとでも言うように。

アーチャー主教はどう見ても仕事を終えていなかったし、どう見ても断ち切られ、生命から切り離されるつもりはなかったわ。いまや自分が、ヴァレンシュタインを覆い尽くした運命にだんだん滑り落ちているのを正しく感じ取っていた。まずは迷信と信じ込みやすさ、続いて他に歴史上何の名前も遺していないウォルター・デヴローというイギリスの大佐に斧槍で刺し貫かれた（ヴァレンシュタインは必死で命乞いをしたけれど無駄だったわ。敵が斧槍を持っている時点で、通常は命乞いには遅すぎるのよね）。その最後の瞬間にヴァレンシュタインは、眠りから目覚めたところではあったけれど、おそらく精神的な思考停止状態からも目を覚ましたはず。敵兵が寝室に突入してきたとき、占星術の図やホロスコープやらがいくらあっても、実は何の役にも立たなかったんだということが即座にわかったはず。だってこれが予見できずにつかまっちゃったんだもの。ヴァレンシュタインとティムとのちがいは、かなり大きくて決定的。まず、ティムはヴァレンシュタインの前例という優位点があった。ティムは、偉大な人物が愚行でどうなってしまうかを見ることができたわ。第二に、ティムはあれだけインテリぶって、知ったかぶりの駄弁を弄しはしたけれど、根本的には現実主義者だったのよ。ティムは鋭い目を持って世界に入り、何が自分に役立ち、何が自分に不利かについての鋭い感覚を持ってた。キルスティンが死んだ瞬間、ティムは狡猾に遺書の一部を破棄したわ。決してばかじゃないし、二人の情事を――驚異的にも――メディアからも当の聖公会からも隠しおおせてた（すべては後から明るみに出たけれど、でもその頃にはティムは死んでて、たぶん気にもしなかったはず）。

基本的にはプラグマティックな――ご都合主義とさえ言える――人物が、これほどの自滅的なナンセンスに深入りできるというのも、もちろんオドロキではあるけれど、でもそのナンセンスですら、ティムの人生でのもっと大きな経済の中で、ある種の効用を持っていたんだわ。ティムは自分の役割が持つ堅苦しい縛りに捕らわれたいとは思わなかった。以前は弁護士として自分が規定されるのをあまり許さなかったのと同様に、自分が主教として規定されることもなかったわ。ティムは人であり、自分がそういうものだと思っていた。人《マン》といっても男性ってことじゃなくて、多くの領域で生きて各種のベクトルに広がった人間という意味ね。大学時代に、ルネサンス研究で多くのことを学んだそうよ。あるとき、ルネサンスはどんな意味でも中世世界を打倒したり廃止したりはしていないと話してくれたわ。ルネサンスは、中世を成就させたんですって。T・S・エリオットがそれと正反対のどんなことを想像していようとも。

たとえば（とティムが話してくれたんだけど）ダンテの『神曲』を考えてみよう。明らかに、執筆年代を大まかに見れば、『神曲』は中世から発したものになるわ。あれは中世の世界観を見事にまとめあげている。その至高の作品よ。でもその一方で（多くの批評家は同意しないけど）『神曲』は広範に広がるビジョンを持っていて、それはどう考えても、たとえばミケランジェロの世界観に対立させたりできないわ。ちなみにミケランジェロは実は、システィナ礼拝堂の天井を描くにあたり『神曲』から大幅に引用してるんだけど。

ティムは、キリスト教がルネサンス期にこそ頂点に達したと見ていたわ。歴史上のその時期を、古代世界が復活して中世であるキリスト教徒の時代を圧倒したものとは見ていなかった。ルネサンスは、古い異教世界が信仰に勝利したものではなく、むしろ信仰、特にキリスト教信仰の最終的で最も豊かな開花だった。だから有名なルネサンス人（あらゆることについて多少は知っており、正しい表現で言えば万能人だった）は理想的なキリスト教徒であり、この世界でもあの世でも戸惑うことがない、とティムは主張した。物質と精神の完全なブレンド、聖別された物質ともいうべき存在なの。変容した物質ではあるけど、でも物質にはちがいない。この二つの領域、この世とあの世が再び結び合わされる、大いなる墜落以前に結ばれていたように。

この理想をティムは自ら体現し、自分自身のものにするつもりだったわ。完全なる人物は、どんなに仕事で成功しても、その仕事に自分を閉じ込めたりしない。自分自身を靴の修理人としか見ない靴屋は、自分をひどく制限している。同じ理屈でいえば、主教もまた全き人の占める他の領域に入らねばならない。そうした領域の一つだったのが、性の領域だったわ。一般的な見解はこの見方の正反対だったけれど、ティムは気にもせず、退《ひ》こうともしなかった。ルネサンス人にとって何が適切だったかを知っており、自分自身がそうした人物とあらゆる正統性において同等だと確信していたわ。

考えられるあらゆるアイデアを試してみて、それが自分に合うか見てみるというこのやりかたが最終的にティモシー・アーチャーを破滅させたというのは議論の余地がないことよ。ティムはあまりに多くのアイデアを試し、拾っては検討し、しばらく使ってみて、それから捨てた……でも一部のアイデアは、まるで独自の生命を持つかのように、ぐるっと裏手の奥にまわってティムを出し抜いたんだわ。歴史ってそういうもの。これは歴史的な事実。ティムは死んだ。アイデアはうまくいかなかった。宙に舞い上がらせて、それからティムを裏切って攻撃したわ。ある意味で、ティムがそのアイデアを捨てる前に、アイデアのほうがティムを捨てたのよ。でもごまかせないことが一つある。ティム・アーチャーは、自分が生死をかけた戦いにはまりこんだときにはそれを認識し、そしてそれに気がつくと、断固とした防戦の姿勢を取ったわ。ティムは——ちょうどキルスティンが死んだ日に言ったように——降伏なんかしなかった。運命は、ティム・アーチャーをやっつけたければ、ティムを刺し殺さねばならない。ティムは決して自分で自分を刺し殺したりはしない。ティムは因果応報の運命をいったん見つけてその魂胆を見抜いたら、そんなものと野合は絶対しなかった。そしていま、ティムはそれをやったところだった。因果応報の運命が自分を捜し求めているのを見つけたんだわ。ティムは逃げ出しも協力もしなかった。そこに立って戦い、その体勢のまま死んだわ。でもおとなしくは死ななかった、つまりはちゃんとやり返しながら死んだ。運命はティムを殺さねばならなかったのよ。

そして運命がそれをどう実現するか思いつこうとする間に、ティムの素早い脳は、おそらくは不可避性の力を内包しそうなものすべてを、精神的な運動として可能なあらゆる動きにより回避してみせるのに完全に没頭していたわ。たぶん「運命」という言葉であたしたちが意味するのはそういうことなんでしょう。それが不可避でなければ、運命とは言わないわ。代わりに不運とか言うはずでしょう。事故とか言うでしょう。運命だと、事故はない。意図があるわ。そしてそこには容赦ない意図があって、それがあらゆる方向から一気に包囲をせばめ、まるでその人物の宇宙そのものが収縮したみたいになる。最後にその宇宙は、その人物とその邪悪な宿命しか含まないものになっちゃう。あの人は自分の意志に反してそれに屈するようプログラムされ、抜け出そうとあがく行為そのもののために、疲れと絶望のためますます急速に屈服させられる。すると運命が、何が起ころうと勝っちゃう。

このかなりの部分は、ティム自身が話してくれたっけ。ティムは、キリスト教徒としての教育の一環として、こうした問題を勉強していた。古代世界は、グレコローマン風の神秘主義宗教が台頭するのを目撃したわ。そういう神秘主義宗教は、信仰者を天空圏の彼方にいる神に、当時「星界の影響」と呼ばれていたものをショートさせてくれる神様に接続して運命に打ち勝つことに専念してた。あたしたち自身も、いまではDNAに刻まれた死のコードや、他の以前の人々、友人や両親たちから学習しモデル化された心理的スクリプトという話をするわ。同じことよ。なにをしようがその人を殺す決定論ってこと。自分の外にある何らかの力が、介入して状況を変えなければならない。自分では無理。そのプログラミングは、自分自身を破壊することになる行動を強いるものだから。その行動は、自分を救おうという発想で実行されるけれど、実はまちがいなく、回避したいと思っている悪しき宿命そのものに自分を渡してしまうというわけ。ティムはこういうのをすべて承知していた。それが役に立ったわけじゃない。でもベストは尽くした。やるだけのことはやった。

実務的な人は、ジェフやキルスティンがやったようなことはしない。実務的な人々はそんな成り行きには抵抗する。だってそれはロマン主義的な成り行きであり、弱点だから。それは学習された受動性であり、学習された諦めだもの。ティムは自分の息子の死なら、一回限りのものとして無視できた――そこに感染は見られないという理由ね――でもキルスティンが同じように逝ったとき、ティムも考えを改めて、ジェフの死に戻って見直す必要が出てきた。いまやティムはジェフの死の中に、後の災厄の起源を見て取り、しかもその災厄が自分めがけて体勢を整えつつあるのも見たわ。おかげでティムは、ジェフの死を皮切りに拾ってきた各種のクズみたいな思いつき、メノッティの適切な表現を借りるなら、オカルトに関連した得体の知れないチンケな発想すべてを、即座に投げ捨てたわ。ティムは突然、自分が霊と交信するという目的のために、インチキ霊媒のフローラ夫人のテーブルについたのだと気がついたわけ――それが実は、自身を愚行に譲り渡すことでしかないということを。いまのティムは、生涯通じてかれの特徴となることをやっていたわ。その道を放棄して別のを探したのよ。その悪意ある重荷を投げ捨て、それに代わるもっと安定した、もっと耐久力あるしっかりしたものを身の回りから探したんだわ。船を救いたいなら、時には積み荷を海に投げ出さなきゃいけない。投げ荷されるとき、それは計算ずくで捨てられる──投げ捨てられ、ぷかぷかと遠ざかり、船は無事のまま。この瞬間が訪れるのは船に危険が迫っているときだけで、ティムはそういう状態だった。ギャレット博士は、ティムとキルスティンの両方に悲運を宣告し、その皮切りがキルスティン。最初の予言は真実となったわ。すると次は自分だと覚悟することになる。これは非常時の手順。必死の人間と賢い人間が実施する手順よ。ティムはその両方だった。それも絶対必要なことだった。ティムは船（潰しがきかない）と積み荷（潰しがきく）のちがいがわかっていた。そして自分が船だと見ていたわ。霊に対する信仰、あの世からの息子の帰還は、積み荷。この明確な区別をティムが理解したが故に、それはティムの有利な点となった。信念を捨てたところでティムはダメになったわけでもないし、害が及んだわけでもない。そしてそれがティムを救うかもしれないというわずかな可能性もあったわ。

ティムの明晰さ復活であたしは大喜びだった。でもきわめて悲観的でもあった。ティムの頭がはっきりしたのは、生き延びようという基本的な決意が表面化したものに思えた。これはいいことよ。生き延びようという衝動にケチはつけられないわ。あたしが恐れていた唯一の問題は、それが間に合ったかどうか、ということだけ。これはいずれわかる。

船が救われたとき――救われたとして――必要だった積み荷放棄は、全般的なサルベージの権利をその品物の所有者（または所有者たち）に与える。これは海の国際ルール。これは人間にとって、その人がどこの出身だろうと基本的な考え方よ。ティムは意識的にか無意識のうちにこれを理解していた。その行いを実行することで、ティムは何か立派で普遍的に受け入れられたものに参加していたわけ。あたしにはティムが理解できた。だれだって理解できたと思う。いまは、息子があの世から戻ってきたかどうかという問題に関する負け戦について泣き言を言うときじゃなかった。いまはティムが命がけで戦うときだった。ティムはそれをやったし、しかも精一杯の戦いぶりを見せたわ。あたしはそれを眺め、できる限り手助けもした。結局は失敗したけれど、でもそれは努力しなかったからではないし、手をこまねいていたからでもないし、士気が衰えたせいでもなかったわ。

これはご都合主義なんかじゃない。自分を鼓舞して最終的な防衛戦に持ち込もうとしていたのよ。最期の日々のティムを、道徳的信念すべてを犠牲にしてまで動物的な生存に全力を傾けていた安っぽい人物として見るのは、完全な誤解。命がかかっているときには、賢ければある種の形で行動するし、ティムはそういう形で行動したわ。捨てられるものはすべて、捨てるべきものはすべて捨てた――犬歯をむきだしにして噛みつこうとした。それは生き残ろうと決意した生物としての人間という意味での人間がやることで、積み荷なんかどうにでもなれ。キルスティンが死んで、ティム自身がすぐに死にかねない危険にさらされていて、ティムはそれを理解しており、そして最期の日々のティムを理解するにはその認識もあわせて考慮すべきなのよ。さらに、その認識、その知覚が正しかったということも理解してほしいわ。ティムは、セラピスト的に言えば、現実状況とふれ合っていた(まるで「状況」と「現実状況」というのに何かちがいがあるとでも言うようだわ)。ティムは生きることを欲した。あたしも。おそらくは、あなたも。だったらあなたも、キルスティンの死後、自分が死ぬまでの期間にアーチャー主教が何を念頭に置いていたか理解できるはずよ。前者の死は所与の条件であり、二番目の死は不穏ながら疑問の余地のある可能性でしかなく、現実じゃなくて、少なくともその時点では現実ではなく、でもいまのあたしたちの観点からすると、今にして思えば避けがたかったということがわかるわ。でもこれは、岡目八目の有名な性質ね。その観点からだとすべては避けがたい。だって、すべてはすでに起こってしまっているのだもの。

ティムが自分の死を不可避なもの、予言で引き起こされ、巫女に引き起こされた――あるいは巫女を口寄せとして語っているアポロに引き起こされた――ものとして見ていたとしても、その運命に直面し、最大限の戦いを挑む気ではあったわ。これはかなりすごいことで誉められるべきだと思う。かつて信じて説教していたゴミクズを山ほど捨て去ったということは、どうでもいいこと。ああいうクズをすべて抱え込み、うずくまった除反応姿勢で目を閉じ、犬歯をむきだすこともなく死ぬべきだったのかしら？　あたしはこの点で確信してる。自分で見たし、理解したもの。積み荷が放棄されるのを見たもの。ギャレット博士の第一の予言が真実となったとき、それが船上から投げ捨てられるのを見たもの。そしてあたしはそれを神様に感謝したわ。

それでも、ティムはあのくだらない本を刊行させないほうがよかったと思う。あの『圧政者たる死よ、ここに』とあたしが名付けた本。でも三万ドルがかかっていたのは事実だし、それをそのまま断固として印刷させたのは、単にティムの現実的な面をさらに裏付けるものだったのかも。わかんない。ティム・アーチャーの一部の側面は、この日に至るまでいまだにあたしには謎のまま。

まちがいが起こる前にやめるというのは、とにかくティムのスタイルじゃなかったのよ。ティムはまちがいが起こるに任せ、そして——当人の言い方では——修正条項の形で訂正を行ったの。ただし、例外は当人の肉体的な生存がかかっている場合。それなら行動のほうを事前に計算したけど。そういう場合には、先のことまで考えたわ。自分自身の生命を駆け抜け、自分を出し抜き、毎日のように飲んでいたアンフェタミンに突き動かされるかのように自分に先んじた人物——その人物がいまやいきなり走るのをやめ、むしろ振り返り、運命を見つめて、マルチン・ルターが言ったとされているけど実際は言っていないように「わたしはここに立つ。他にどうしようもない（Hier steh' Ich; Ich kann nicht anders)」と言った。ドイツの存在論学者マルチン・ハイデッガーはこれを表す言葉を持っているわ。真正でない存在が真の存在または実存（Sein）に変化すること。カリフォルニア大で勉強したこと。それが実際に起こるのを目の当たりにするとは思わなかったけれど、でも起きたし目の当たりにしたわ。そしてそれはとても美しく思えたけれど、とても悲しくもあった。だって失敗したから。

＊

心の中で、亡き夫の霊があたしの思考に侵入して大いに楽しんでいるところを想像したわ。ジェフなら、あたしが主教を貨物船、貨物輸送人が犬歯をむきだしにしている存在として見ていたことを指摘したはず。メタファーとしても混乱していて、ジェフなら何日も腹を抱えっぱなしだっただろう。それが果てしなく続いたはず。キルスティンの自殺のおかげで、あたしの心もおかしくなりはじめた。職場では、受け取った荷物を請求書の一覧とつき合わせながらも、自分が何をしているのかほとんど頭に入らなかった。そしてほとんど食べなかった。内にこもってしまった。同僚たちも上司もこれを指摘してくれた。昼休みには、デルモア・シュワルツを読みふけっていた。この人は話によれば、致命傷となった心臓発作を起こしたときにゴミ袋を持って階段を降りていたんだけれど、そのゴミ袋に頭を突っ込んで死んだとか。詩人の逝き方としては素晴らしいわ！

内省の問題というのは、終わりがないってこと。『真夏の夜の夢』でのボトムの夢と同様に、底《ボトム》なしなのよ。カリフォルニア大英文学科での年月で、メタファーを作ってはそれを弄び、混ぜて提示するのを学んだわ。あたしはメタファーのジャンキー、学がありすぎて頭がいい。考えすぎ、読みすぎ、愛する者たちのことを心配しすぎる。愛する者たちは死にはじめていた。この世に残っている者はあまり多くない。ほとんどが逝った。

「みんな光の世界へと去って行った
そして私一人がここに居残ってすわっている。
かれらの想い出は遠くまばゆく
我が悲しき思考は明晰」

と一六五五年にヘンリー・ヴォーンが書いた通り。この詩はこう終わるわ。

「我が視野を（未だに）通りすがりに汚して満たす
こうした霧を晴れさせるか
あるいは私をあの彼方の丘に運び給え
そこでは私も眼鏡など必要としないのだから」

「眼鏡」とヴォーンが呼んでいるのは望遠鏡のこと。調べたのよ。在学中にあたしの専門だったのは、十七世紀のマイナーな形而上学詩人たちだったから。いまやキルスティンが死んで、あたしはかれらに立ち戻ってる。というのもあたしの思考が、その詩人たちのように、あの世のほうに向いていたから。夫はそこに行ったわ。親友もそこに向かった。ティムも間もなくそこに行くだろうと思ったし、実際そうなった。

残念ながら、ティムに会う機会はぐっと減ってしまっていた。あたしにとってはこれこそが最悪の打撃。本当にティムが大好きだったのに、いまやつながりが切れてしまった。しかも向こうのほうから切られた。ティムはカリフォルニア教区の主教を辞任して、サンタバーバラに引っ越し、そこのシンクタンクに行ったわ。著書は、あたしはどう考えても出版を取りやめるべきだったと思うけれど、刊行されてティムはバカの烙印が押された。これがキルスティンとの醜聞と組み合わさったわ。メディアは、ティムが証拠を隠滅しても、二人の秘密の関係をつきとめたわ。聖公会でのティムのキャリアは唐突に終わった。そこで荷造りしてサンフランシスコを去り、民間セクター（とかれが呼んだもの）で再浮上したのよ。そこでならリラックスして幸せでいられた。そこでは、キリスト教の教会法だの道徳だのといった抑圧的な制約なしに人生を送れた。

ティムが恋しかった。

聖公会とティムとの関係を終わらせるにあたっては第三の要素が絡んできて、それはもちろんあのやくたいもないサドカイ派文書のことで、ティムはとにかくそれを放っておけなかった。もはやキルスティンと関係がなくなり——死んだから——もはやオカルトにも足を突っ込んでいない——その正体がティムにもわかったから——ティムは、いまやその信じやすさをすべて、かの古代ヘブライ宗派の文書に集中させ、演説やインタビューや記事で述べていたように、ここにこそイエスの教えの真の起源があるのだと宣言していたわ。ティムは面倒ごとを置いて立ち去るってことができなかったのよ。ティムと面倒ごとは、いずれ道を共にする運命だったんだわ。

ティムに関する事態の展開については、雑誌や新聞で読んで知るだけだった。情報源は二次的なものになったわ。もはやティムについての直接の個人的な知識は得られなかったわ。あたしにとって、これは悲劇だった。ジェフとキルスティンを失ったよりもひどかったかもしれない。でもあたしはこれをだれにも話さなかったし、セラピストにすら言わなかった。またビル・ルンドボルグの行方もわからなくなった。あたしの人生から漂い出て精神病院に入り、それっきりだった。居場所を見つけようとしたけれど、失敗して、あきらめた。打率ゼロか十割か、それはあなたの計算次第。

計算結果がどうなったにせよ、結果としてはこういうことよ。つまり知り合いをすべて失ったってこと。だから新しく友だちを作る時期がやってきたわけ。レコードの小売は、単なる仕事じゃないんだと心に決めたわ。あたしにとっては、それは天職だと。一年もしないうちに、あたしはミュージックショップの店長にまで昇進したわ。仕入れはまったくの無制限。店のオーナーたちはあたしに何も上限を課さなかった。何一つ。あたしの判断だけで、仕入れるかどうかが決まるし、あらゆる営業マン――各レーベルの代表――もそれを知っていた。おかげで昼飯をたくさんおごってもらったし、おもしろいデートの相手も何人か紹介してもらえたわ。あたしは自分の殻を脱して、もっと人に会うようになった。そして結局ボーイフレンドができたわ、こんな古くさい表現に我慢できるならね（バークレーでは決して使われない用語だわ）。たぶん「恋人」と言うべきなんでしょう。あたしはハンプトンをあたしの家、ジェフとあたしが買った家に引き入れ、自分の関心という点で新鮮な真新しい人生だと期待したものを始めた。

ティムの本『圧政者たる死よ、ここに』は、思ったほど売れなかった。サザーゲート近くのいくつかの書店でゾッキ本を見かけたわ。値段が高すぎたし、書きぶりもダラダラ長すぎた。もっと縮めたほうがよかったわね、とは言ってもティムが書いたとすればの話だけど――やっとのことで読んでみたら、そのほとんどはキルスティンの文としか思えなかった。少なくとも最終稿を作ったのは彼女よ、もちろんティムの機関銃みたいな口述には基づいてるんだろうけど。彼女はそう話してくれたし、たぶんその通りなんでしょう。ティムは、これを修正する続篇を約束してくれたけれど、でもそれは結局出ずじまい。

ある日曜の朝、居間でハンプトンとすわって新しい種なし大麻のタバコを吸いながら、テレビで子供向けのマンガを見ていると、電話が——前触れなしに——ティムからかかってきたわ。

「やあエンジェル」とティムは、あの心のこもった暖かい声で言ったわ。「これがあまり悪いタイミングでないといいんだが」

「大丈夫」とあたしはやっとのことで言ったけれど、本当にティムの声を聞いたのか、それとも大麻のせいで幻聴が聞こえただけかしら、といぶかったわ。「お元気？ あたし——」

「電話したのはだね」とティムは、あたしがまるで話しておらず、あたしの言っていることなんか聞こえていないかのようにさえぎった。「来週バークレーに行くんだ——クレアモント・ホテルでの会議に出るんだよ。だから久々に会いたいと思ったんだがね」

「素晴らしい」あたしは大満足だった。

「ディナーでもいっしょにどうだね？ バークレーのレストランは、きみのほうが詳しいだろう。好きなところを選んでくれていいぞ」とティムは笑った。「また会えるなんて嬉しいなあ。昔みたいだ」

おずおずと、元気だったか尋ねてみた。

「こっちでは万事快調だよ。すごく忙しくてね。来月はイスラエルに飛ぶんだ。その話もしたい」

「あら、それはずいぶん楽しそうね」

「サドカイ派文書が見つかった涸谷《ワジ》を訪ねるんだ。文書の翻訳はすべて終わったよ、最後の断片のいくつかは異様に興味深いものだった。でもこの話は会ったときにしよう」

「そうね」と言いつつあたしはこの話題にだんだん興味をおぼえはじめた。いつもながら、ティムの熱気は感染する。『サイエンティフィック・アメリカン』の長い記事を読んだわ。断片の最後にいくつかは――」

「水曜夜に迎えに行く。家でいいかね。できれば正装してほしい」

「場所は――」

「ああもちろん、きみの家の場所くらい覚えてる」

なんだかものすごい早口でしゃべってるように聞こえたわ。それとも大麻の影響かな？　いや、大麻はまわりのものを遅くするはず。あたしは慌てて言ったわ。「水曜の晩は店の仕事があるのよ」

聞こえていないかのように、ティムは言ったわ。「八時頃。ではまたそのときに。じゃあね」カチッ。電話が切れた。

クソッ、水曜の晩は九時まで仕事なのよ。仕方ない、店員のだれかに代わりに入ってもらおう。ティムがイスラエルに出かける前の食事だから、すっぽかすわけにはいかないわ。

そして、どのくらい向こうに出かけてるのかな、と思ったわ。たぶんかなり向こうにいるんだろうな。前に一度出かけて、杉の木を植えてきたんだっけ。それは覚えていた。ニュース報道がかなり大騒ぎしてたから。

「いまのだれ？」とハンプトンはジーンズとTシャツ姿でテレビの前にすわったまま言った。我が背の高い、やせた、辛辣なボーイフレンドで、黒い硬い髪と眼鏡姿。

「義理のお父さん。元義理のお父さん」

「ジェフのお父さんね」とハンプトンはうなずいた。そしてその顔に、歪んだ笑みが浮かんだ。「自殺する人の扱いについて考えがあるんだ。だれかが自殺したのが見つかったら、道化師の服を着せるという法律を作ればいい。そしてそれで写真を撮る。そして新聞にはこの格好で写真を出す。道化師姿で。たとえばシルヴィア・プラス（一九三二－六三。米国の詩人。二人の子供の就寝中オーブンに頭を入れて自殺。没後ピュリッツァー賞受賞）。特にシルヴィア・プラスはそうだな」。そしてハンプトンは、プラスとその女の友人たちが――ハンプトンの想像によれば――だれが台所のオーブンに頭をいちばん長く突っ込んでいられるかという遊びをやって、そのまわりでみんなが「うふふふふ」と笑い転げるのをやっていたのだという話を続けた。

「全然おもしろくないわ」とあたしは部屋を出て台所に向かった。

ハンプトンが背後から呼びかけた。「頭をオーブンに突っ込む気じゃないよな？」

「クソ食らって死ね」とあたし。

「──でっかいゴム玉を鼻につけて」とハンプトンはぶつぶつ言い続けたけど、ほとんど独り言だった。その声とテレビの騒音、子供向けのマンガの音があたしを襲った、あたしは両手で耳をふさいで騒音を閉め出した。「頭はオーブンから出しとけよ！」とハンプトンが叫んだ。

あたしは居間に戻ってテレビを消し、ハンプトンに正対した。「その二人はひどく苦しんだのよ。あれほど苦しんだ人のどこがそんなに可笑しいのよ」

ニヤニヤしつつハンプトンは、床の上で体育ずわりをしたまま身体を前後にゆすった。「あとでっかいぶかぶかの手ね。道化師の手」

あたしは玄関を開けた。「また後で。散歩してくる」そして背後でドアを閉めた。

玄関がパッと開いた。ハンプトンがポーチに出てきて、両手を口に当てて叫んだ。「イヒヒヒヒ、頭をオーブンに突っ込んじゃうぞ。子守りは間に合うようにやってこられるかな？ 彼女、間に合うと思う？ だれか賭けでもする？」

あたしは振り向かなかった。そのまま歩き続けた。

歩きながら、ティムのことを考え、イスラエルのことを考えた。そこはどんな具合だろう、暑い気候、砂漠と岩、キブツ。土を耕し、何千年も耕された古代の土を耕し、キリストの時代のはるか以前からユダヤ教徒たちが耕してきた土を耕す。それでティムの関心も地面に戻るかもしれないな、と思ったわ。あの世に向かっている関心が、現実に戻ってくるかも。本来あるべきところへ。

まず無理ね、とは思ったけれど、でもあたしがまちがってるかもしれない。そして、あたしもティムといっしょに行けたらと思った――レコード店での仕事を辞めて、とにかくあっさり出かける。決して戻らないかも。永久にイスラエルで暮らす。帰化する。ユダヤ教に改宗。受け入れてくれるなら。ティムならたぶんゴリ押しできる。イスラエルでなら、あたしもメタファーを混ぜてみたり詩を思い出したりするのをやめるかも。あたしの心も、言葉の使い回しで問題を解決しようとしなくなるかも。中古のフレーズ、あちこちから拝借してきたかけら。カリフォルニア大での日々からの断片、暗記はしたけれど理解できなかった断片、理解はしても使ってない断片、使っても決して成功しなかった断片。友人たちの破滅の見物人ね、とあたしはつぶやいた。メモ帳に死んだ者たちの名前を記録し、そのだれ一人として救えない人物。だれ一人として。

いっしょに行けないかティムに訊いてみよう、とあたしは決めた。ティムは断るでしょう――どう考えても断る――それでも、一応訊いてみよう。

ティムを現実に引き戻すためには、まずティムの注意をひきつけないと。そしてティムがまだデックスをやってるなら、それは無理だわ。心は絶えず浮ついて勝手に跳び回り、永久に虚空の中でくるくる回り続け、天界の大いなるモデルを思いつき続けるわ……みんなやってみて、そしてあたしみたいに失敗する。あたしがついていけば、助けられるかも。

イスラエルの人たちとあたしが力をあわせれば、一人では絶対にできないことも実現できるかも。あたしはイスラエルの人々の関心をティムに向け、イスラエルの人たちはそれを受けて、ティムの関心を足下の土に向ける。大変だわ、あたし絶対についていかないと。どうしても。だって、向こうはティムの問題に気がつくだけの暇はないはずだもの。ティムはささっとイスラエルを動き回り、まずはこっち、次はあっち、決して落ち着かず、決して十分に休むことなく、決してかれらに——

車がクラクションを鳴らした。あたしはふらふらと通りに出てしまい、左右を見ずに道を横断しようとしてた。

「すみません」とあたしは、にらみつける運転手に言ったわ。

あたしもティムに負けず劣らずだわ、と気がついた。イスラエルでも何の役にも立たない。でも、それでも、いっしょに行けたらいいのに。

第13章

水曜の夜、ティムはレンタカーのポンティアックで迎えにきた。あたしは黒いストラップレスのドレスを着て、小さなビーズ飾りのハンドバッグを持っていた。髪には花を飾り、ティムは車のドアを開けてくれながらあたしを見つめて、実にきれいだと言ってくれたわ。

「ありがとう」とあたしは少しもじもじしながら言った。

ユニバーシティ街のシャタック通りちょっとはずれのレストランに向かったわ。最近オープンした中華料理屋。行ったことはなかったけど、ミュージックショップのお客さんたちは、ここらで食事の新しい場所としてはすばらしいと教えてくれていた。

「きみはいつもそうやって髪を上げていたっけ？」係にテーブルまで案内されつつティムが尋ねた。

「今夜のためにやってもらったんです」と説明して、イヤリングを見せた。「これは何年も前にジェフが買ってくれたんです。普段はつけないけど。片方なくすんじゃないかと思って」

「ちょっとやせたね」ティムが椅子を引いてくれたので、あたしは緊張してすわった。

「仕事のせいよ。夜遅くまで発注してるから」

「法律事務所はどうだね」

「あたしはレコード屋の店長なんです」

「そうだった。きみはあの『フィデリオ』のアルバムを選んでくれたね。あまりかける機会はないんだが……」そしてティムはメニューを開いた。そして没頭して、あたしから関心を離した。なんとも簡単に関心が消えるのね、とあたしは思った。いやむしろ、関心の焦点が変わるんだわ。関心そのものは変わらない。関心の対象が変わるのよ。ティムは果てしなく変転する世界に住んでるにちがいないわ。ヘラクレイトスの流転世界が人格化したようなものね。

ティムがまだ司祭服を着ているのを見て嬉しかった。これって合法なんだっけ？　まあどのみちあたしには関係ないことね。あたしはメニューを手に取った。北京料理で、広東料理じゃない。香辛料が多くて辛くて、甘くなくてナッツがたくさん入ってるやつ。生姜も、と思った。お腹が空いていたし幸せだったし、友人とまた会えてとても気分がよかったわ。

ティムが言った。「エンジェル。いっしょにイスラエルにきてくれないか」

「なんですって？」体が震えはじめた。「キルスティンの代わりになれってこと？」

＊

ウェイターはあたしの身ぶりを無視した。あたしはそれを手で追い払った。

あたしはティムを見つめた。

「秘書として」

あたしは見つめ続けた。

ウェイターがやってきた。

「お二人ともお飲み物はいかがですか？」

「引っ込んでて」あたしは声に悪意をこめた。「まったくろくでもないウェイターだわ」

とティムに言う。「で、何のこと？　いやつまり、どういった種類の――」

「単なる秘書としてだよ。別に個人的に関係を持つとかじゃない。そういう意味じゃないよ。愛人になれという話だと思った？　キルスティンがやっていた仕事をだれかにやってもらわないといけないんだよ。彼女がいないと切り盛りできない」

「ああよかった。愛人としてという意味かと思った」

「それは問題外だ」とティムは、謹厳な口調で言った。冗談ではないという意味だ。それどころか、そんなことは了承できないという徴だ。「きみのことは今でも義理の娘だと思っている」

「あたしはレコード店の経営もあるし」

「予算はあるのでかなりいい報酬は出せる。たぶんそっちの法律事務所――」そして訂正した。「レコード店と同じくらいの給料は払えるよ」

「考えさせて」そしてあたしは、ウェイターを身ぶりで呼んだ。「マティーニ。エクストラドライで。主教には何もなし」

ティムは困ったように笑った。「私はもう主教じゃないよ」

「無理です。イスラエルなんか行けない。ここでのつながりが多すぎるし」

静かな声でティムは言った。「きみがいっしょにきてくれないと、私は決して――」そこで口を止めた。「ギャレット博士にまた会いにいったんだ。最近ね。ジェフがあの世から語りかけてきた。きみをイスラエルにつれていかない限り、私は向こうで死ぬというんだ」

「そんなのまったくのデタラメよ。まるっきりの、完全なゴミクズ。そういうのは全部捨てたんだと思ってたのに」

「フェノミナがもっと出てきたんだ」それ以上は説明がなかったわ。見ると、ティムの顔は疲れて青白いようだった。

手を伸ばして、あたしはティムの手を握った。「ギャレットなんかと話さないで。あたしと話してよ。イスラエルに行って、あんな婆さんなんか忘れちゃえってあたしなら言うわ。それはジェフじゃない。ギャレットよ。自分でもわかってるんでしょう」

「時計がね。キルスティンが死んだ時間で止まってるんだ」

「だからって――」とあたしは言いかけた。

「どうも二人ともなんじゃないかと思うんだ」とティム。

「イスラエルに行きなさいよ。そこの人と話しなさいよ、イスラエルの人たちと。現実にしっかり根ざした人として、イスラエル人以上の――」

「向こうでそんなに時間がない。すぐに死海砂漠に出て涸谷《ワジ》を探さねばならない。バックミンスター・フラーとの会談前にここに戻らないと。確か会う相手はバックミンスター・フラーだったと思う」と上着を探る。「どっかに書いといたんだが」声がだんだん小さくなった。

「確かバックミンスター・フラーは死んでたように思うんだけど」

「いや、絶対そんなはずはないな」とティムはあたしを見つめた。あたしも見つめ返した。そしてそれから、だんだん、あたしたち二人は笑い出した。

「ほらね？」とあたしは、まだ主教の手を握ったまま言った。「あたしじゃ何の役にも立たない」

「二人は立つと言ってるよ。ジェフとキルスティンは」

「ティム、ヴァレンシュタインのことを考えてみなさいよ」

「私には選択肢がある」とティムは低いが明瞭な声で言ったわ。しっかりした権威の声。

「一方では、あり得ないバカげたことを信じるか——あるいは——」そして口を止めたわ。

「あるいは信じないか」とあたし。

「ヴァレンシュタインは殺された」とティム。

「あなたを殺す人なんかいないわ」

「怖いんだ」

「ティム、最悪なのはクズなオカルト話よ。あたしにはわかる。信じて。それがキルスティンを殺したのよ。彼女が死んだとき、あなたもそれに気がついたじゃない、ね？　あんな話に戻っちゃいけないわ。回復した部分もすべて失い——」

ティムはしわがれ声で言った。「『死んだライオンより生きた犬のほうがましだ』。これはつまり、ナンセンスを信じるほうが、現実的で懐疑的で科学的で合理的になってイスラエルで死ぬよりまし、ということだ」

「じゃあ行くのをやめればいいだけでしょ」

「私がどうしても知りたいものがあの涸谷《ワジ》にあるんだ。それを見つけねば。アノキだよ、エンジェル。きのこだ。あそこのどこかにあって、そのきのこがキリストなんだ。本物のキリスト、イエスが代弁していた存在なんだ。イエスはアノキの伝令で、アノキこそは真の聖なる力、真の源なんだ。それを見たい。それを見つけたいんだ。洞窟の中に生える。それはまちがいないんだ」

「昔は生えたってことね」

「いまもある。キリストがいまそこにいる。キリストは運命の支配を破る力を持っている。私が生き延びる唯一の方法は、だれかが運命の支配を破って解放してくれることだ。そうでないと、ジェフとキルスティンの後を追うことになる。キリストならそれができる。古来の惑星の力を崩すんだ。パウロはそれを獄中書簡で述べている……キリストは世界から世界へと復活する」またもやティムの声は先細りで陰気になった。

「それ、魔術の話よね」

「神の話をしてるんだ！」

「神様はどこにでもいるわ」

「神はあの涸谷《ワジ》にいる。再臨、聖なる存在が。サドカイ派にとってそこにあった。今なおそこにある。運命の力とは、要するに世界の力であり、キリストとして表現された神だけが世界の力を突破できる。『つむぎ手たちの書』には、私は死ぬと書かれている、だが、キリストの血と肉体が救ってくれる」そして説明を加えたわ。「サドカイ派文書は、あらゆる人間の未来が天地創造以前から書かれている本について語っているんだ。それが『つむぎ手たちの書』で、トーラみたいなものだ。つむぎ手というのは運命を人格化したもので、ゲルマン神話におけるノルンのようなものだね。かれらは人々の運命を編み出す。キリストだけが、この地上で神の代理で活動することにより、『つむぎ手たちの書』を奪い、それを読み、その情報を各人に伝え、運命を教え、そしてその絶対的な叡智を通じて、キリストはその人物に運命を回避する方法を教えるんだ。出口をね」ティムはそこで沈黙した。「注文しよう。待ってる人もいるし」

「プロメテウスは人間のために火を盗んだわ、火の秘密を。キリストは『つむぎ手たちの書』を奪い、読んでその情報を人間にもたらして救おうとする」

ティムはうなずいた。「うん。おおむね同じ神話だ。ただし、こちらは神話なんかじゃない。キリストは実在する。霊として、あの涸谷《ワジ》に」

「あたし、いっしょには行けない。悪いんだけど。一人で行ってもらうしかないわ。そうすればギャレット博士があなたの恐怖につけこんでるだけだってわかるから。キルスティンの恐怖につけこんだ——そしてひどい形でそれを利用した——のと同じよ」

「運転手をやってくれてもいい」

「イスラエルには砂漠を知ってる運転手がいるはずよ。あたしは死海砂漠のことなんか何も知りません」

「きみの方向感覚はすばらしい」

「迷子になるわ。迷子になってる。いまも迷子よ。いっしょに行けたらと思うけれど、仕事もあるし生活もあるし友人もいるわ。バークレーを離れたくないの——ここがあたしの家だから。ごめんなさい、だけどそれが神かけて真実なの。昔からずっとバークレー住まいよ。それをいま離れる用意はまだないわ。もっと後ならいずれね」あたしのマティーニがきた。あたしはそれを飲み干した。一息で、痙攣するようながぶ飲みで、息が止まるかと思ったわ。

ティムは言った。「アノキは神の純粋意識だ。したがってそれはハギアソフィア、神の叡智だ。『つむぎ手たちの書』を読めるのは、絶対的なその叡智だけだ。書かれていることは変えられないが、本を出し抜く方法を編み出せる。記載内容は不変だ。決して変わらない」いまや、ティムは敗北したように見えたわ。諦めはじめていた。「私にはその叡智が必要なんだよ、エンジェル。それ以下のものではまったくダメだ」

「まるでサタンみたいよ」と言ってから、ジンが急に回っていることに気がついた。こんなことを言うつもりじゃなかったから。

「ちがう」とティムは言ってから、うなずいたわ。「そうだね。きみの言う通りだ」

「変なこと言ってごめんなさい」

「私は獣みたいに殺されたくはないんだ。書かれていることが読めたら、答えを考案できる。キリストは考案する力を持っている、ハギアソフィア——キリストが。それは旧約の基礎から新約に同属化されたものだ」でも、ティムがもう諦めたのがわかった。あたしを屈服させられないし、ティム自身もそれがわかっていた。「どうしてだね、エンジェル。どうしていっしょにこない?」

「だって、死海砂漠なんかで死にたくないから」

「わかった。一人で行こう」

「だれかがこのすべてを生き延びないと」

ティムはうなずいた。「私としてもきみに生き残ってほしいよ、エンジェル。残ってくれ。すまなかったね――」

「とにかくあたしを許してください」

ティムは弱々しく微笑んだ。「ラクダに乗れるよ」

「ラクダは臭いわよ。少なくとも聞いた話ではね」

「アノキを見つけたら神の叡智が手に入る。二千年以上も世界から隠されてきたあとで。サドカイ派文書が語っているのはそれだよ。かつて人類に開かれていた叡智だ。それがどれほどの意義を持つか考えてごらん！」

ウェイターがテーブルにやってきて、注文はいかがか尋ねた。あたしは、もう決まっていると述べた。ティムは混乱してあたりを見回し、まるで自分の周囲のことにたったいま気がついたとでもいうようだった。ティムの混乱ぶりを見て心が痛んだわ。でもあたしはもう腹を決めていた。あたしの人生は、いまのままであたしにとって重要すぎた。何よりも、あたしはこの人物と関わり合いになるのが怖かった。キルスティンはそれで命を落としたし、夫の死も多少はそのせいだった。あたしはそういうのを過去のものにしたかった。

あたしはもうやり直したんだ。もはや振り返ったりしない。

弱々しく、気乗りしない口調で、ティムはウェイターに注文を告げた。いまやあたしなど意に介していないようで、まるであたしが周辺にかき消えたかのようだったわ。あたしは自分自身のメニューに目を向け、そこで欲しいものを見つけた。あたしが欲しいものは即時的で、決まっていて、現実で、実体があった。この世の中にあり、触って把握できる。それは自分の家と自分の仕事に関係していて、そしてやっとのことで頭から観念を追い払うことにも関連していた。他の観念についての観念、その無限後退が、永遠にスパイラルを形成するのに陥らないようにするんだ。

＊

食べ物をウェイターが持ってくると、すばらしい味だった。ティムもあたしも大喜びで食べた。うちの顧客の言う通りだったわ。

「怒ってる？」と食べ終わってから言った。

「いいや。むしろ嬉しいよ。きみがこの一件を生き延びてくれるからね。そしてきみは今のままでいられる」。そしてそこであたしを指さし、威厳に満ちた表情を浮かべたわ。

「しかし、もし私が求めるものを見つけたら、私のほうは変わるよ。私は今の私のままではなくなる。すべての文書を読んだが、答えはそこにはない。文書は答えが何なのかは示し、その答えがどこにあるかも示すが、答え自体はそこにはない。涸谷《ワジ》にあるんだ。危険は冒すことになるが、それだけの価値はある。そんな危険を冒そうとするのは、アノキが見つかるかもしれないからだ。それを知っているだけでも、危険を冒す価値はある」

あたしは突然、ひらめいた。「フェノミナなんか実はもう起きてないんでしょう」

「その通り」

「ギャレット博士のところにも戻ったりしてないわね」

「その通り」後悔する様子も恥ずかしがる様子も見せなかった。

「あたしをいっしょにこさせるためにあんなことを言ったのね」

「きてほしいんだよ。車の運転をしてほしいんだ。さもないと――探しているものが見つからないんじゃないかと思う」ティムはにっこりした。

「ちくしょう、信じちゃったわ」

「夢は見たよ。心乱される夢はね。でも爪の下に針が刺さったりはしてない。髪も焦げてない。時計も止まってない」

あたしは口ごもりつつ言ったわ。「そんなにまでして、あたしにこさせたかったんですか」一瞬、自分の中に衝動がわき上がるのを感じた。是非行きたいという衝動。それからあたしはこう言ったわ。「行くのがあたしにとってもいいことだと思ってるのね」

「そうだ。でもきみはこない。それははっきりしてる。まあ――」とティムは昔ながらのお馴染みの賢そうな微笑を浮かべた。「私も努力はしたからね」

「じゃあ、あたしはドツボにはまってるってこと？　バークレーに住んでるのが？」

「プロ学生だね」とティム。

「レコード店を経営してるわ」

「お客さんは学生と教職員だろう。いまだに大学に縛られてる。へその緒が切れてない。それを切るまで、きみは完全には大人になれないよ」

「あたしはバーボンを飲んで『神曲』を読んだ日に生まれたのよ。歯が膿んだときに」

「それは生まれはじめただけだ。きみは誕生のことは知っている。でもイスラエルに行くまでは——そこがきみの生まれるところだ。あの死海砂漠が。そここそは人間の霊的な命が始まったところだ。シナイ山で、モーゼと共に。エッイェが語る……神性示現だ。人類史上最も偉大な瞬間だ」

「ほとんど行きたい気にはなってるんだけど」とあたし。

「じゃあおいで」ティムは手をさしのべた。

あたしはあっさり言ったわ。「怖いのよ」

「それが問題だ。それが過去の遺産だ。ジェフの死とキルスティンの死の遺産。それがきみをそんなふうにしてしまった。それも永遠にね。生きるのを恐れたままにしてしまったんだ」

「生きた犬のほうが――」

「だがね、きみは本当の意味では生きていない。まだ未生《みしょう》の状態だ。イエスが第二の誕生の話をしたのはそういう意味だ。聖霊の中または聖霊からの誕生。天上からの誕生だ。砂漠で待っているのはそれなんだ。それを私は見つけるよ」

「見つけて。でもあたし抜きで」

「『命を失う者は――』」

「あたしに聖書の引用なんかしないで。引用ならもういやというほど聞いたわ、自分自身のも他人のも。お願いよ」

ティムは手をさしのべ、あたしたちは重々しく、何も言わずに握手した。そしてティムは、ちょっと微笑んだわ。しばらくして、あたしの手を離すと黄金の懐中時計を検分した。

「きみを家まで送らないと。今晩もう一つ約束が残ってるんだ。わかるよね。きみは私のことを知ってるから」

「ええ。大丈夫よ、ティム。あなたは巧みな戦略家よ。あなたがキルスティンと会ったときにも見ていたわ。今晩は、あなたはあらゆることを利用してあたしを説得しようとしたわね」。そしてほとんど説得寸前までいったわ。あと数分続いたら――あたしも根負けしてたはず。もうちょっとだけ続けていたらね。

「私の商売は魂を救うことなんだ」とティムは謎めかして言った。それが皮肉で言っているのか、本気なのか判断つかなかった。どう見てもわからなかったの。そしてティムは立ち上がりながらこう言ったわ。「きみの魂は救う価値があるからね。せかしてすまないが、本当にそろそろ行かないと」

いつもそうやって急いでるのね、とあたしも立ち上がりつつつぶやいた。「すばらしい食事だったわね」

「そうかね？　気がつかなかった。どうやら別のことで頭がいっぱいだったようだ。イスラエルに飛ぶ前にすませるべきことが山ほどあるんだ。いまやキルスティンがすべての手配をしてくれないから……彼女は実に優秀だった」

「だれか見つかるわよ」とあたし。

ティムは言ったわ。「きみを見つけたと思ったんだがね。今夜は漁師だったんだ。きみを釣ろうとして、釣り損ねた」

「また次の機会にでも」

ティムは言ったわ。「いや。次はない」ティムはそれをふくらませようとはしなかった。そんな必要はなかった。あたしもあれやこれやの理由で、その通りなのを知っていたから。それを感じたの。ティムの言う通り。

＊

ティモシー・アーチャーがイスラエルに飛んだとき、NBCネットワークのニュースがそれにちょっと触れたけれど、まるで渡り鳥の移住を扱うようなやり方で、あまりによくあることなので大して重要でない移住だけれど、それでも視聴者に伝えておくべきことだという感じ。どうやら、聖公会の主教ティモシー・アーチャーはまだ存在していて、世界の出来事の中でいまでも忙しく活発なんだと思い出してもらうための報道に思えたわ。そしてそれからあたしたち、アメリカの世間は、一週間かそこら何も耳にしなかった。

あたしは葉書をもらったけれど、でもその葉書が届いたのは大ニュース報道が流れた後のことだった。速報の一大ニュースで、アーチャー主教の乗り捨てられた日産車が見つかったけど、それは小さなでこぼこの曲がり道から外れて、張り出した岩の上に後部を突き出した形で乗り上げており、右手のフロントシートにはガソリンスタンドでくれる地図が、主教の遺したままの場所に残っていたとのこと。

イスラエル政府は、できる限りのことはしたし、しかも素早かった。部隊とか——いろんなものを持ってた。手持ちをすべて動員したけど、ニュースの人たちはティム・アーチャーが死海砂漠で死んだのを知っていたわ。だってあんなところでは生きられないもの。崖をよじのぼって峡谷を降りたりするなんて。生き延びられないし、やがて死体は見つかって、それを見ると現場のレポーターの一人の話だと、まるでひざまずいて祈っているかのようだったそうよ。でも実際にはティムは落っこちたのよ。それもかなりの高さから、崖を落っこちた。そしてあたしは、いつもながらレコード店に車で向かい、店を開けて、レジにお金を入れて、今回はあたしは泣かなかった。

なぜ主教はプロの運転手を使わなかったのでしょうか、とニュースの人たちは首を傾げていた。どうして砂漠にたった一人で、ガソリンスタンドでくれるような地図とソーダの瓶二本しか持たずにあえて出かけたのでしょうか――あたしはその答えを知ってた。急いでたからよ。まちがいなく、プロの運転手を手配するのは、ティムの目からすれば時間がかかりすぎたんだわ。そんなの待ってられなかった。あの晩、中華料理屋であたしといたときのように、ティムは動き続けるしかなかった。一箇所にとどまれなかった。多忙な人だから急いで進み続け、ビル・ルンドボルグが指摘したようにカリフォルニアの高速道路上ですら安全じゃないちっちゃな四気筒車で、慌てて砂漠に乗り出したのよ。あの手のサブコンパクト車は危険なのに。

三人の中でいちばん好きだったのはティムだった。ニュースを聞いたときにそれがわかった。これまで知っていたのとは違った形でそれが腑に落ちた。以前の二人で感じたのは、情動であり感情だったわ。でもティムが死んだと知ったとき、その知識はあたしを脚をひきずる萎縮した病人にしてしまい、それでも車で出社してはレジにお金を入れ、電話に出てお客さんにお探ししましょうかと申し出た。人間や動物が病気になるような意味での病気じゃなかった。機械のように具合が悪くなったのよ。動き続けはしたけど、魂は死んだわ。ティムが言った通り決して完全には生まれていない魂がね。その魂、未生の魂ではあるけど少しは生まれていてもっと生まれたいと願っている魂、完全に生まれきりたいと思っている魂、その魂が死んで、身体だけが機械的に動き続けた。

あの週に失った魂は決して戻ってこなかった。何年もたったいまも、あたしはもう機械なのだ。ジョン・レノンの死のニュースを聞いたのは機械で、それを悲しみあれこれ考えたのも機械で、その機械がソーサリトまで運転し、エドガー・ベアフットのセミナーに出ようとした。だって機械ってのはそういうものだから。ひどいことを迎える機械なりのやり方だから。機械はそれよりましなことができない。単にそのまま先に進み、たまに空回りすることもあるくらい。機械にできるのはそれだけ。機械からはそれ以上のことは期待できない。機械はそれしか提供できない。だからこそ、それを機械呼ばわりするのよ。それは知的には理解するけれど、心で理解は起きない。というのもその心は機械的なもので、ポンプとして動くよう設計されてるから。

だからそれはポンプを続けて、そしてヨタヨタと動き続けて進み続け、知ってるけど知らない。そして決まりきった動きを続ける。人生とされるものを生きてみせる。スケジュールを維持して法を遵守する。リチャードソン橋でスピード違反をしたりはせず、そして自分自身にこう言うの。ビートルズなんか昔から好きじゃなかった。味気ないと思った。ジェフが『ラバー・ソウル』を持って帰ってきて、あと一度でも……それは自分が考え聞いたことを自分に繰り返す。生命のシミュレーション。それがかつては所有していたが、いまや失ってしまった生命の。いまや消えてしまった生命。その機械は、自分が何を知らないかを知っている、と哲学の本が混乱した哲学者について言っているようなもの。どの哲学者かは忘れた。ロックかも。「そしてロックは自分が何を知らないかを知っている」。これには感激したわ、このフレーズの展開が。あたしはそういうのを探す。あたしは気の利いたフレーズに惹かれる。そういうのがよい英語の散文様式として理解されることになってるから。

あたしはプロ学生で、今後もそれは変わらない。あたしは変わらない。変わる機会が提供されたのに、それを断ってしまった。いまや糞詰まりで、そして自分で言ったように、何を知らぬかのみ知る。

第14章

あたしたちに向き合って、お月様のような満面の笑みを浮かべながら、エドガー・ベアフットはこう言ったわ。「交響楽団が最後のコーダにたどりつくことだけしか考えなかったらどうなるでしょうか？　音楽はどうなってしまうでしょう？　巨大な騒音のかたまりが、できる限りはやく完了するだけになってしまいます。音楽はプロセス、その展開にあるのです。それを急げば破壊してしまいます。そうしたら音楽はおしまいです。いまの話を考えてみてください」

オッケー、考えてみるわね、とあたしは思った。今日というこの日、他に考えたいようなこともないのだし。何かが起きた、何か重要なことが起きたんだけれど、それを思い出したくない。だれも思い出したくない。まわりを見てもそれが見える、その同じ反応が。あたしの反応が他の人にも、この五番ゲートの快適なハウスボートで見られる。百ドル払ったこの場所で。たぶんこの金額は、ティムとキルスティンがあのイカレポンチ、あたしたち全員を破滅させた、あのサンタバーバラのインチキ霊能者と霊媒に支払った金額と同じ。

百ドルがどうやら魔法の金額らしいわ。啓蒙への道を拓くのよ。だからこそあたしはここにきた。あたしの人生は啓蒙を求めるのに専念してきたわ、まわりにいる他の生命と同じくね。これがベイエリアのノイズ、意味の騒動となり。これがあたしたちの存在意義。学習よ。

教えてよ、ベアフット、とあたしは思った。あたしの知らないことを何か教えて。あたしは、理解に欠陥があるので、知りたいと熱望している。あたしから始めてくれていいわ。あたしは生徒たちの中で最も熱心。あなたの言うことを何でも信じる。あたしは完全な愚者、受け取りにきた。与えて。音を立て続けて。それがあたしをなだめて忘れさせてくれる。

「お嬢さん」とベアフット。

はっとして、自分が話しかけられているのに気がついた。

「はい」我に返ってあたしは言った。

「お名前は？」とベアフット。

「エンジェル・アーチャー」

「ここにはなぜきたんですか？」

「逃げ出すため」

「何から？」

「すべてから」

「なぜ？」

「苦しいから」とあたし。

「ジョン・レノンのこと？」

「ええ。それ以外にも。他のことも」

「あなたが目にとまったのは、眠っていたからです。ご自分では気がついていなかったかもしれませんね。気がついていましたか？」

「気がつきました」とあたし。

「私にそんなふうに思われたいのですか？　眠っている人として？」

「ほっといてください」

「つまり眠らせろ、と」

「ええ」

「『片手の拍手の音』」とベアフットは引用した。

あたしは何も言わなかった。

「殴ってほしいですか？　平手打ちしましょうか？　目を覚ましてもらうために？」

「どうでもいい。あたしの知ったことじゃない」

「どうすればあなたに目を覚ましてもらえますか」

あたしは答えなかった。

「私の仕事は人を目覚めさせることなんだ」

「あなたも漁師なのね」

「はい。私は魚を求めて釣る。魂ではない。私は『魂』など知らない。魚のことしか知らない。漁師は魚を釣る。もし漁師がそれ以外の何かを釣ろうとしているなら、その人は愚か者だ。自分自身と、釣ろうとしているものを騙していることになる」

「ではあたしを釣って下さい」とあたし。

「何が欲しいんです？」

「決して目を覚まさないこと」

「じゃあ前に出てきて下さい。ここにきて、私の隣に立って。眠り方を教えてあげよう。眠るのは、目を覚ますのと同じくらいむずかしい。あなたの眠り方はヘタで、技能が欠けている。目を覚ますのを教えるのと同じくらい簡単に、その技能を教えてあげましょう。欲しいものは何でも手に入る。欲しいものが本当にわかっていますか？　実は内心では目覚めたいのかもしれない。自分についてまちがった考えを持っているかも。上がってきてください」とベアフットは手を伸ばした。

「触らないで。触られるのはいやです」とそっちに向かって歩きながら言ったわ。

「じゃあそれはわかってるんですね」

「確実に」とあたし。

「ひょっとするとあなたの問題は、だれもあなたに触れたことがないということなのかもしれない」とベアフット。

「さあどうだか。あたしは何も言うことはありません。昔は言うことが――」

「あなたは何も言ったことがない。これまで一生だまってきた。しゃべったのはあなたの口だけだ」

「そうおっしゃるなら」

「もう一度お名前を」

「エンジェル・アーチャー」

「秘密の名前はありますか？　だれも知らない名前が？」

「秘密の名前はありません」とあたし。それからこう言ったわ。「あたしは裏切り者」

「だれを裏切ったんです？」

「友人たち」

「では裏切り者、友だちを破滅させた話をしてください。どうやったんですか？」

「言葉で。今のように」

「あなたは言葉が得意ですね」

「ええとても。あたしは病気で、言葉の病気なんです。それを専門家に教わった」

「私には言葉はない」とベアフット。

「オッケー。では聞きましょう」

「これであなたは知りはじめた」

あたしはうなずいた。

「家にペットは飼ってますか？　犬とか猫とか？　動物は？」

「猫が二匹」

「世話をしてエサをやって面倒を見ますか？　その猫について責任を持ちますか？　病気のときは獣医につれていきますか？」

「ええ」

「あなたにそういうことをしてくれるのはだれ？」

「あたしに？　だれも」

「自分でそれをやれますか？」

「ええできます」とあたし。

「ではエンジェル・アーチャー、あなたは生きている」

「意図してのことじゃありません」

「でも生きてはいる。そう思ってはいなくても生きている。言葉の下、言葉の病の下で、あなたは生きている。私はこれを言葉を使わずに伝えようとしていますが、不可能です。私たちには言葉しかない。すわってください。そして聞いてください。今日、これから私が言うことは、すべてあなたに向けられたものです。私はあなたに語りかけるが言葉によってではない。いまのが少しでも筋が通っていると思いますか？」

「いいえ」とあたし。

「じゃあとにかくすわって」とベアフット。

あたしは元の席に戻った。

「エンジェル・アーチャー、あなたは自分についてまちがった考えをしている。あなたは病気じゃない。飢えているんだ。あなたを殺しているのは飢えだ。言葉なんかまったく関係ない。生涯飢えてきた。霊的なものでは役に立たない。あなたはそんなものは要らない。この世には霊的なものがありすぎる、あまりに多すぎる。エンジェル・アーチャー、あなたは愚か者だ、それもいいほうの愚か者ではない」

あたしは何も言わなかった。

「あなたに必要なのは本物の肉だ。そして本物の飲み物。霊的な肉や飲み物ではない。私はあなたに本当の食べ物を提供する。あなたの身体のために、それが成長するように。あなたは飢えた人物であり、ここにきたのは食べ物を得るためなのに自分ではそれを知らない。なぜここにきたのか、自分ではまったくわかっていない。それを告げるのが私の仕事。

人々がここに私の話を聞きにきたら、私はサンドイッチを出す。愚かな者たちは私の言葉を聞く。賢い者たちはサンドイッチを食べる。いま話しているのはバカげた話ではない。真実だ。これはあなたたちのだれ一人として想像もしなかったことだけれど、私は本物の食べ物を提供し、その食べ物はサンドイッチだ。言葉、しゃべりは、単なる風――何物でもない。百ドルの料金を取るが、あなたたちはお金では計り知れないものを学ぶんだ。犬や猫がお腹を空かせているとき、話をするか？　まさか。食べ物をやる。私も食べ物をあげるが、あなたたちはそれを知らない。あなたはすべてを逆に理解している。大学でそう教わったからだ。大学はあなたにまちがったことを教えた。あなたにウソをついた。そしていまやみなさんは自分自身にウソをつく。ウソのつき方を教わったからで、しかもそれがとっても上手い。サンドイッチを手に取って食べなさい。言葉のことは忘れて。言葉の唯一の狙いは、ここにあなたをおびき寄せることだったんだ」

変なの。この人、本気で言ってる。するとあたしの不幸の一部が、だんだん退きはじめた。穏やかさがあたしを覆うのを感じた。苦しみの喪失。

背後のだれかが身を乗り出して、肩に触れた。「やあ、エンジェル」

だれだろうと振り返った。小太りの顔をした若者、ブロンドの髪が、こちらに無邪気な目を向けてにっこりしていたわ。ビル・ルンドボルグだ。タートルネックとグレーのスラックス、そして驚いたことに、ハッシュパピーの靴。

「ぼくを覚えてる？ 手紙にどれも返事しなくてごめんね。あなたがどうしてるかなと思ってたんだよ」とビルは小声で言った。

「元気よ。とにかく元気」

「だまったほうがいいね」とビルは身体を元に戻して腕を組み、エドガー・ベアフットの言っていることに耳を傾けた。

講義の終わりに、ベアフットがこちらに歩いてきた。あたしはすわったまま、動かなかった。身をかがめてベアフットは言ったわ。「あなたはアーチャー主教の親戚なの？」

「ええ。義理の娘」

「知り合いだったんだよ。ティムと私は。何年も前から。本当にショックだったね、かれの死は。昔は神学談義をしたもんだ」

あたしたちの横にやってきて、ビル・ルンドボルグがそれを聞きながら何も言わなかった。いまだに昔の記憶通りの微笑を浮かべていた。

「それと今日のジョン・レノンの死。あんなふうに前に呼びつけて、恥ずかしい思いをさせたのでなければいいんだが。でも何か変なのがわかったから。いまはよくなったようだね」

「気分はよくなったわ」

「サンドイッチはいるかね？」ベアフットは、部屋の後ろのテーブルに群がる人々のほうを示した。

「いいえ」とあたし。

「じゃあ聞いてなかったんだね。私があなたに言ったことを。冗談で言ったんじゃないんだよ、エンジェル。言葉では生きていけない。言葉は腹にたまらない。イエスは『人はパンのみにて生きるに非ず』と述べたが私は『人は言葉などでは少しも生きられない』と言いたいよ。サンドイッチを食べなさい」

「何か食べなよ、エンジェル」とビル・ルンドボルグ。

「食べたくないの。ごめんなさいね」とあたし。できればほっといてほしい、と思った。身をかがめてビルが言ったわ。「ずいぶんやせたね」

「仕事のせい」あたしはぼんやり言った。

エドガー・ベアフットが言ったわ。「エンジェル、こちらはビル・ルンドボルグ」

「もう知り合いだよ。ぼくたち、昔から友だちなんだ」とビル。

「じゃああなたは、ビルが菩薩《ぼさつ》だってことも知ってるんだね」とベアフット。

「それは知らなかった」とあたし。

「菩薩とは何か知っていますか、エンジェル？」

「ブッダと何か関係があるのよね」

「菩薩とは、涅槃《ねはん》に達する機会を断って、戻ってきて他の者たちを助ける存在だよ。菩薩にとって、共感は叡智と同じくらい重要な目標なんだ。それが菩薩の本質的な認識なんだよ」とベアフット。

「それは結構ね」とあたし。

ビルが言ったわ。「エドガーの教えることからはいろいろ学べるんだ。おいでよ」とあたしの手を取った。「どうしても何か食べてもらわないと」

「あなたは自分が菩薩だと思ってるの？」とあたしはビルに尋ねた。

「ううん」とビル。

ベアフットは言ったわ。「ときには菩薩は知らないんだ。悟ってもそれを知らないこともある。また。悟ったつもりになって実は悟っていないこともある。ブッダは『覚者』と呼ばれている。『目覚める』というのは『悟る』と同じことだからだよ。みんな眠っているのにそれを知らない。みんな夢の中で生きている。歩き動き人生を送っているがすべては夢。そして何よりも夢の中でしゃべる。私たちの話は夢を見ている者同士の会話であり、非現実なんだ」

いまと同じね。いま耳にしているものと。

ビルは姿を消した。あたしは見回してビルを探した。

「あなたの食べ物を取りに行ったんだ」とベアフット。

「なにもかも、すごく変だわ。今日一日すべて、非現実的。まるで夢みたい。あなたの言う通り。みんなどの局でも古いビートルズの曲をすべてかけてる」

「昔、私に起こったことを話してあげよう」とベアフットは、隣の椅子にすわって身を乗り出し、両手を組んだ。「私はとても若く、まだ学生だった。スタンフォードの講義を履修していたが、卒業はしなかったんだ。哲学の講義をたくさんとってね」

「あたしもそうです」

「ある日、手紙をポストに入れようとしてアパートを出たんだ。論文を書いているところでね――提出論文ではなく、独自の論文だ。深遠な哲学的考察、私にとってきわめて重要な思想だ。どうしても解決できない問題が一つあったんだよ。カントと、かれが言う人間の心が経験を構築する存在論的なカテゴリーとの話で――」

「時間、空間、因果律ね。知ってる。勉強したから」

「歩きながら気がついたのは、きわめて本当の意味で、私自身が自分の経験する世界を創り出すということだったんだ。私はその世界を創り出し、同時にそれを知覚する。歩きながら、これについての正しい考え方が、いきなり、何の脈絡もなしに湧いてきたんだ。一瞬前にはなかった。次の瞬間にそれを手にしていた。これは何年にもわたる期間をかけて、わたしが渇望していた解決策だった……ヒュームを読んでいたんだが、カントの著作における因果律に対するヒュームの批判への反駁を見つけたんだよ――いまや突然、私はその解答を手にしていて、カントに対する正しく構築された応答も得られた。私は急いで戻ろうとした」

ビル・ルンドボルグが戻ってきた。サンドイッチと、何かフルーツパンチみたいなものを手にしていた。それをこっちに差し出す。あたしは反射的にそれを受け取った。

ベアフットは先を続けたわ。「私は自分のアパートに戻ろうと、通りを必死で急いだ。忘れる前にサトリを書き留めないと。その散歩中、自分のアパートの外で紙もペンもないところで得たものは、概念的に配列された世界の理解、時空間と因果律にしたがって配置されているのではなく、ある偉大な心に着想された観念としての世界、我々の心が記憶を貯蔵するのと同じ形で存在する世界だった。自分自身の配置による世界——時間、空間、因果律による配置——ではない世界、それ自体として配置された世界をかいま見たんだ。カントの『物自体』だ」

「それは知られ得ぬものだとカントは言ってるわ」

「通常は知られ得ぬものだ。でも私はそれをなぜか知覚できてしまったんだ。大いなる網目状の、系統樹的な相互関係構造のようなものとして、すべてが意味に応じて配置され、あらゆる新しい事象は堆積物として入り込んでくる。それまで現実の絶対的な性質をそのような形で把握したことはなかった」ベアフットはそこで間を置いたわ。

「それで家に帰ってそれを書き留めた、と」

「いいや。書き留めずじまいだった。急いで帰ろうとする道中に、幼児が二人目に入って、一人は哺乳瓶を持っている。二人は通りを横切って行ったり来たりしていたんだ。かなり速い車がたくさん往き来しているところでね。私はちょっと見て、二人のところに駆けつけた。大人は見あたらない。二人に、お母さんのところにつれていくように言った。でも二人は英語をしゃべらなかった。スペイン系の地区で、とても貧しくて……当時私は文無しだったんだよ。二人の母親を見つけた。彼女は『英語、わからない』と言ってドアをぴしゃっと閉めた。にっこりしていたよ。それは覚えている。満足そうににっこりしていた。私がセールスマンだと思ったんだね。彼女の子どもたちが今にも死んでしまうぞと告げたかったのに、彼女は天使のように微笑みながらドアをピシャリ」

「じゃあどうしたの？」とビルが尋ねた。

ベアフットは言ったわ。「路側にすわって子どもたち二人を見張っていたよ。その午後ずっとね。二人の父親が帰ってくるまで。父親はちょっと英語がしゃべれた。だから話をなんとかわからせた。お礼を言われたよ」

「それが正しい行動だわ」

「おかげで、宇宙のモデルは書き留められずじまいになった。漠然とした記憶があるだけだ。ああいうものは薄れてしまうからね。生涯一度のサトリだったんだ。インドではモクサと呼ばれる。どこからともなく生じる、絶対的理解の唐突な一閃。ジェイムズ・ジョイスが『エピファニー』というのはそういう意味で、つまらないものから、あるいはまったく理由なしに生じる、とにかく起こるものだ。世界に対する完全な洞察」そしてベアフットはだまりこくったわ。

「つまりあなたが言いたいのは、メキシコ人の子供の命のほうが――」

「あなたならどうしたね？」とベアフットは尋ねた。「あなたなら家に帰り、哲学思想、モクサを書き留めただろうか、それとも子どもたちといっしょにとどまっただろうか？」

「あたしなら警察を呼んだわ」

「それをやるには、電話のあるところに行かないと。そのためには子どもたちの元を離れないと」

「すてきなお話ね。でもすてきなお話を語る人をもう一人知ってたわ。その人は死んだ」

ベアフットは言った。「ひょっとすると、イスラエルまで探しに行ったものを見つけたかもしれない。死ぬ前にそれを見つけたかも」

「それはかなり疑わしいと思う」とあたし。

「私もそう思う。その一方で、もっといいものを見つけたかもしれない。そもそも探すべきだったのに、探していなかったものを。言いたいのはつまり、私たちみんな知らず知らずのうちに菩薩であり、そうなろうと意図さえしていないのに菩薩だということだ。意図なき菩薩。偶然の状況により強制されたものなんだ。あの日、私がやりたかったのは家に速攻で戻り、忘れる前に偉大な洞察を書き留めることだった。本当にすごい洞察だったたんだ。それについては疑問の余地はない。私は菩薩になんかなりたくなかった。そんなことを頼んだ覚えはない。そうなるとも予想してなかった。当時は、菩薩という言葉さえ聞いたことがなかった。

「だれでも、ではないかもね。だれでも、私がやったことをしただろう」

「あなたならどうしたね、そういう選択に直面したら？」

「たぶんあなたのやった通りのことをして、洞察のほうも忘れずにいられることを祈ったでしょうね」

「でも忘れてしまったんだ。それが肝心な点だ」

そこでビルがあたしに言ったの。「イーストベイまで乗せてってくれないかな？　車がレッカー移動されちゃって。シリンダーのロッドを飛ばしちゃって——」

「いいわよ」あたしはぎこちなく立ち上がった。骨が痛む。「ベアフットさん、ＫＰＦＡであなたのお話は何度も聴きました。最初は堅苦しいと思ったけど、いまはそうでもないかも」

ベアフットは言ったわ。「帰る前に、どんなふうに友人たちを裏切ったか話してほしい」

「裏切ってないよ。この人の思いこみ」とビル。

ベアフットはあたしのほうに身を乗り出した。そして身体に手を回すと椅子に引き戻し、またすわらせた。

「まあ、みんなをみすみす死ぬに任せたってことです。特にティムを」

「ティムが死を回避するのは不可能だった。死ぬためにイスラエルに行ったんだから。それがティムの求めていたものだった。探していたのは死だった。だからこそ私は、ひょっとするとティムは探していたものを見つけたか、あるいはもっといいものすら見つけたかもしれないと言ったんだよ」

あたしは衝撃を受けた。「ティムは死なんか求めてなかったわ。運命に対して、あたしが見た範囲では他のだれ一人としてできなかったくらい、果敢に戦ったわ」

「死と運命は別物だよ。かれは運命を避けるために死んだんだ。というのもティムが自分に迫っているのを見た運命は、死海砂漠で死ぬよりもひどいものだったからだ。だからこそティムは死を求め、そしてそれを手に入れた。でも私は、ティムがもっといいものを見つけたと思うんだ」。そしてビルに向かって言ったわ。「ビル、きみはどう思う？」

「言わぬが花」とビル。

「でも知ってるんだろう」とベアフットが返した。

「あなたの言ってる運命って何のこと？」あたしはベアフットに尋ねた。

「あなたのと同じだよ。あなたを捉えた運命と。そしてあなたもそれを知っている」

「何のこと？」とあたし。

「無意味な言葉に惑うこと。言葉の商人。生との接触がない。ティムはそこにあまりに深入りしてしまった。『圧政者たる死よ、ここに』は何度か読み返したよ。何も言っていない。まったく何一つ。フレタス・ヴォケス、空っぽの騒音」

ちょっとたって、あたしは言った。「その通りね。あたしも読んだわ」。なんとも否定しがたいわ。なんとひどく悲しくも真実であることか。

「そしてティムもそれに気がついていた。自分で言っていたからね。イスラエル旅行の数カ月前にきて話してくれたんだ。スーフィーについて教えてくれという。意味――生涯で積み上げてきたあらゆる意味――を何か別のものと取り替えたいというんだ。美と。あなたにレコードのアルバムを売ってもらったが一度も再生できなかったと言っていたよ。ベートーヴェン『フィデリオ』だ。ティムはいつも忙しすぎたから」

「じゃああたしがだれか、すでに知っていたんですね。あたしが名乗る前から」

「だから前の壇上に出てきてくれとお願いしたんだよ。あなたがだれかわかったから。ティムはあなたとジェフの写真を見せてくれた。最初は自信が持てなかったがね。あなたはずいぶんやせたし」

「まあ仕事が大変なのよ」とあたし。

＊

ビル・ルンドボルグとあたしは、いっしょにリチャードソン橋を越えてイーストベイに車で向かった。ラジオを聞いたけれど、ビートルズの曲が果てしなく続いているだけ。

「あなたがぼくを探しているのは知ってたけど、人生があまりうまくいってなかったんだよ。やっと『破瓜病《はか》』と呼ばれるものなんだと診断されたよ」

話題を変えようとしてあたしは言ったわ。「音楽で気が滅入らないといいんだけど。ラジオ切りましょうか」

「ビートルズは好きだ」とビル。

「ジョン・レノンが死んだのは知ってるの?」

「もちろん。だれだって知ってる。いまじゃミュージックショップの店長だってね」

「ええその通り。店員五人が下にいて、無限の仕入れ能力があるのよ。キャピトルレコードから、ロサンゼルス近郊のたぶんバーバンクなんでしょうね、そこにきて働かないかと誘われてるわ。レコード小売業では、頂点にまでのぼりつめたから。店長になったら小売りだとそれ以上はないわ。店のオーナーになることはできるけど。でもそんなお金はないし」

「『破瓜病《ヘベフレニック》』ってどういう意味か知ってるの?」

「ええ」。その語源ですら知ってるわ、とあたしは思った。「ヘベは若さを司るギリシャの女神なのよ」

「ぼくは成長しなかったんだ。破瓜病はバカさ加減が特徴なんだよ」

「らしいわね」

「破瓜病だと、なんでも可笑しくなっちゃうんだ。キルスティンの死でも笑っちゃった」

じゃあ確かに破瓜病ね、と運転しながらあたしは思った。何もおもしろいことなんかないもの。「ティムの死はどう？」

「まあ、一部は笑えたよ。あの箱みたいな小型車、あの日産車とか。それとコークの瓶二本。ティムはたぶん、いまぼくが履いてるみたいな靴を履いてたんだよ」ビルは片足を上げて、ハッシュパピーズを見せてくれた。

「少なくともね」とあたし。

「でもおおむね、笑えるところはなかった。ティムが探し求めているものは可笑しくなんかなかった。ベアフットは、ティムが探していたものについてはまちがってる。死なんか求めてなかったよ」

「意識的にはね。でも無意識のうちに求めていたのかも」

「そんなのナンセンスだよ。無意識の動機がどうしたという話はすべて。そういう理屈を立てたら何だって言えちゃう。どんな動機だって持ち出せるよ。検証する方法がないんだから。ティムはあのきのこを探してたんだ。きのこを探すにしては、実にヘンテコな場所を選んだよね。砂漠だもん。きのこは湿って冷たい日陰に生えるんだ」

「洞窟にね。あそこには洞窟があるから」

「うんまあ、実際はどのみちきのこなんかじゃなかったんだけどね。これまた仮定でしかない。しかも根拠のない仮定。ティムはジョン・アレグロという学者からその思いつきを盗んだんだ。ティムの困ったところは、自分では実は何も考えなかったことだよ。他の人の考えを拾ってきて、それが自分の頭から出てきたと思いこむんだけど、実は盗んでたんだ」

「でもその考えには価値があったわ。ティムはそれをまとめあげたのよ。ティムは各種のアイデアをまとめたんだわ」

「でもあまりいいアイデアを拾ってこなかったよね」

ビルをちらりと見てあたしは言ったわ。「えらそうに、何様のつもり？」

「ティムのことが大好きだったのは知ってるよ。でも何から何まで擁護する必要もないだろ。別にティムを攻撃してるわけじゃないんだから」

「してるように聞こえるけどねえ」

「ぼくだってティムは大好きだったよ。アーチャー主教が大好きだった人はたくさんいる。偉大な人だし、たぶんぼくたちはあれ以上の人に出会うことはないだろう。でも愚かな人だったし、あなただってそれは知ってるはず」

あたしは何も言わなかった。運転しつつ、うわの空でラジオを聞いていた。いまは「イエスタディ」がかかってた。

「でもエドガーは、あなたのことは正しかったよ。大学を中退して卒業しないほうがよかったんだ。学びすぎたんだよ」

辛辣な口調であたしは言ったわ。『学びすぎ』。まったく。人々の声ね。教育不信。その手のクソを耳にするのは、いい加減うんざりよ。あたしは自分の知識をありがたく思う」

「それで破滅したのに」

「クソくらって死ね」とあたし。

ビルは落ち着き払ってた。「すごく苦々しい思いですごく不幸なんだね。あなたはいい人で、キルスティンとティムとジェフを愛していて、かれらに起こったことを乗り越えられていない。そしてあれだけ教育を受けても、それに対処するには役立ってないだろ」

「対処しようなんかないんだってば！」とあたしは怒った。「みんないい人たちだったのに、みんな死んじゃったのよ！」

『あなたがたの先祖は荒野でマナを食べたが、死んでしまった』」

「何よ、それは」

「イエスが言ってるんだよ。確かミサのときに言われることだと思う。何度かキルスティンと、グレース大聖堂でミサに出たんだ。あるとき、ティムが聖餐杯をまわしているとき

——キルスティンは手すりのところでひざまずいたよ——ティムはこっそり、彼女の指に指輪をはめたんだ。だれも目撃しなかったけど、話してくれたんだよ。象徴的な結婚指輪。ティムはそのとき、聖衣をすべて身につけてたんだ」

「そう、言ってやってちょうだいよ」（そんなことは知っている、という意味の口語表現）とあたしはキツイ口調で言った。

「だからいまこうして話してるじゃないか。知ってた——」

「指輪のことは知ってたわ。キルスティンが話してくれたし見せてくれたから」

「二人は霊的に結婚したと考えてたんだ。神様の御前でその承認を得て。でも民法上は結婚したことにならないけど。『あなたがたの先祖は荒野でマナを食べたが、死んでしまった』。これは旧約聖書のことを言っている。イエスがもたらしたのは——」

「ああ、まったくもう」とあたしは言ったわ。「この手の代物はもう終わってくれたと思ったのに。もうそんな話、聞きたくないわ。以前も何の役にも立たなかったし、この先もまるで役に立たないわ。ベアフットは役立たずな言葉のことを言ってたわね——いまのがまさに役立たずよ。なんだってベアフットは、あんたのことを菩薩呼ばわりしたんだろう。あんたの共感だの叡智だのって何よ。涅槃に達してから、他人を助けに戻ってきた、そういうことなの？」

「涅槃に達したかもしれない。でもそれを拒絶したんだ。戻ってくるために」

あたしはうんざりして言ったわ。「悪いんだけど、あんたの言ってることがまるでわからないわ。まったく」

ビルは言ったわ。「ぼくはこの世界に戻ってきたんだ。来世から。共感のために。ぼくがあの砂漠、死海砂漠で学んだのはそういうことなんだ」ビルの声は落ち着いていた。顔は深い平静さを示していた。「それがぼくの見つけたものだ」

あたしはビルを見つめた。

「ぼくはティム・アーチャーだ。向こう側の世界から戻ってきたんだ。愛する者たちのところへ」。ビルは満面の笑みを密やかに浮かべた。

第15章

しばらく沈黙が続いてから、あたしは言ったわ。「エドガー・ベアフットには言ったの？」

「うん」とビル。

「他には？」

「ほとんどだれにも」

「これっていつ起きたのよ」そしてあたしは言ったわ。「このまぬけなキチガイ。いつまでたっても終わらないんだわ。いつまでもいつまでも続くんだわ。一人ずつ、みんな発狂して死ぬの。あたしは、レコード店を経営して、大麻をやって、たまにセックスして、本を多少読みたいだけなのよ。こんなこと、頼んだ覚えはないわ」蛇行して遅い車を追い越し、タイヤがきしんだ。リチャードソン橋のリッチモンド側にほとんど着きかけてた。

「エンジェル」とビルは、あたしの肩にやさしく手を置いた。

「そのクソッタレな手をどけなさい」とあたし。

ビルは手を引っ込めた。「ぼくは戻ってきたんだ」

「あんたはまた頭がおかしくなって、病院に連れ戻されるべきなのよ、この破瓜病のイカレポンチめが。これであたしがどんな目にあってるかわからないの、こんなものをこれ以上聞かされるなんて？　あんたをどう思ってたか知ってる？　ある本当の意味で、あれこそあたしたちの中で唯一正気の人物だ、と思ってたのよ。イカレポンチとレッテルを貼られてるけど、でも正気。あたしたちは正気とレッテルを貼られてるけど、みんなイカレポンチ。でも今度はそのあんたよ。こんなことは、あんただけには絶対に起こらないと思ってたけど、でも考えてみれば――」あたしは口を止めた。「ちくしょうめ。手に負えないわ、この狂気のプロセスは。昔から思ってたのに。ビル・ルンドボルグは現実に根ざしてる、車のことを考えてるからって。死海砂漠に出るのに、日産車でコーク二本とガソリンスタンドの地図だけじゃだめなのはなぜか、あんたならティムに説明できたでしょうに。それがいまや、あんたもみんなと同じくらい発狂してる。もっと発狂してる」手を伸ばして、ラジオのボリュームを上げたわ。ビートルズのサウンドが車いっぱいにあふれた――ビルは即座にラジオを切ったわ。電源まで切った。

「お願いだからスピード落として」

「お願いだから、料金所に着いたらこの車を降りて、だれか他の車をヒッチハイクして帰ってよ。それとエドガー・ベアフットには、クソ食らって――」

ビルは激しい口調で言った。「エドガーを責めないで。ぼくが勝手に話しただけで、エドガーは何も言ってないんだから。スピード！」ビルはキーに手を伸ばした。

「わかったわ」とあたしはブレーキを踏んだ。

「この缶詰みたいな車はすぐに横転するよ。ぼくたち二人とも死ぬ。しかもあなたはシートベルトさえしてない」

「よりによってこの日に、ジョン・レノンが殺された日に、今この瞬間にこんなことを聞かされなきゃいけないとは」

「ぼくはアノキきのこは見つけられなかったんだ」とビル。

あたしは何も言わなかった。単に運転を続けた。何とか平静を保ちつつ。

「崖から落ちたんだよ」

「ええ、あたしもその話は『クロニクル』で読んだわ。痛かった？」

「その頃には、日差しと暑さで意識がなくなってたんだ」

「ふん、あんなところへあんな具合に出かけるなんて、よっぽどおめでたいのね」そして突然、あたしは同情を覚えた。恥ずかしく思ったわ。この子に自分がやっていることについて、圧倒的な恥ずかしさに襲われたの。「ビル、許してね」

「いいよ」とビルはあっさり言った。

あたしは自分の発言を考え直してから、こう言ったわ。「いつの時点で——あなたを何と呼べばいいの？　ビルなの、ティムなの？　いまはこの両方だってこと？」

「両方。二人から一つの人格が形成された。いずれの呼び名でもかまわない。たぶんビルと呼んでくれたほうがいいと思う。他の人が気づかないように」

「どうして気づかれるとまずいの？　これほど重要でユニークなできごと、決定的なできごとはみんなに報せるべきじゃないの？」

「病院に連れ戻されちゃう」

「だったら、ビルと呼ぶわ」

「死んだ一月《ひと》後あたりに、ティムがぼくのところに戻ってきたんだ。何が起きてるのかわからなかった。どういうことかわからなかった。光と色が見えて、それから頭の中に異質な存在がいる。ぼくよりずっと賢い人格が、ぼくの決して考えたことのないようなことをあれこれ考えてる。そしてその存在はギリシャ語とラテン語とヘブライ語と、神学のすべてを知ってるんだ。あなたについては、すごくはっきり考えていたよ。イスラエルにつれていきたかったんだって」

　これを聞いて、あたしはビルをにらみつけ、寒気を感じた。

「あの中華料理屋での晩に、ティムはあなたを説得しようとしたよね。でもあなたは人生をすべて計画済みなんだと答えた。バークレーを離れられないと」

　アクセルから足を離して、車がスピードを落とすに任せた。どんどんスピードが落ちて、やがて車は止まったわ。

「橋の上で止まるのは違法だよ。エンジン故障とかガス欠とかその手のことでもない限り。運転を続けてよ」とビル。

ティムが話したのね。反射的に、あたしはローギヤにシフトダウンした。そして車を始動させた。

「ティムはあなたに惚れてたんだ」とビル。

「それで？」

「だからイスラエルにつれていきたがったんだよ」

「あなた、ティムのことを三人称で語るのね。だから事実問題として、あなたはティムと自分を同一視していないしティムになってもいない。ティムについて語っているビル・ルンドボルグなのね」

「ぼくはビル・ルンドボルグだけど、でもティム・アーチャーでもある」

「ティムは、あたしに性的な興味があるなんていう話は絶対にしないわ」

「そうだね。でもぼくは話すよ」

「あの中華料理屋であたしたちは何を食べた？」

「さあなんだっけ」

「レストランの場所は？」

「バークレー」

「バークレーのどこ?」

「忘れた」

「ヒステロン・プロテロンってどういう意味か言ってみて」

「知るわけないだろ。ラテン語でしょ。ティムはラテン語知ってるけど、ぼくは知らない」

「ギリシャ語よ」

「ギリシャ語もまったく知らない。ぼくはティムの思考を拾うし、ときどきギリシャ語で考えてることもあるけど、でもそのギリシャ語がどういう意味か知らないんだ」

「あたしがあなたを信じたとしたら、それでどうなるの?」

「そうしたら、あなたは旧友が死んでないから嬉しいはず」

「そしてこの話の要点はそこにあるわけね」

ビルはうなずいたわ。「うん」

あたしは慎重に言った。「思うに、もっと大きな論点がここには関わっているんじゃないかしら。これはとんでもなく重要性を持った奇跡よ。世界全体にとってね。科学者が調べるべきことよ。永遠の生が存在し、来世が実在することを証明するものだわ――ティムとキルスティンが信じていたことが、実はすべて本当だったたってことよ。『圧政者たる死よ、ここに』は事実だったのよ。そう思わない？」

「うん。そうだろうね。ティムもそう考えてる。しょっちゅうそれを考えてるよ。ぼくに本を書けと言うんだけど、ぼくは本なんか書けない。物書きの才能がないんだ」

「ティムの秘書をやればいいわ。あなたのお母さんがやってたみたいに。ティムが口述してあなたがすべて書き留めるの」

「ティムは機関銃みたいにひたすらしゃべり続けるんだよ。書き留めようとしたけど、でも――考えがクソろくでもなくてさ。ひどい言い方でごめんね。とにかくごちゃごちゃなんだよ。あっち飛び、こっち飛びして結局まとまらない。それに、半分くらいの言葉はぼくの知らないものなんだ。っていうか、相当部分はそもそも言葉じゃなくて、ただの印象」

「いまもティムが聞こえるの？」

「いや、いまはダメ。ふつうは、一人きりで他にだれもしゃべってないとき。そうなると、いわばダイヤルを合わせられるんだ」

「『ヒステロン・プロテロン』」とあたしはつぶやいたわ。「実証されるべきものが前提に含まれてしまっている場合。だからすべては無駄なのね、この理屈づけは。ビル、降参だわ。あたしとしてはどうにもこうにも身動きとれない。いやホントに。ティムは、ガソリンスタンドのポンプをなぎ倒したときのことを覚えてる？　いや、忘れて。ガソリンスタンドなんかくそくらえ」

ビルは言ったわ。「心の存在なんだよ。つまりね、ティムはあの地域にいたんだ——『存在』という言葉で思い出した。ティムはしょっちゅうこの言葉を使うんだ。存在とティムが呼ぶものは、砂漠にあったんだ」

「『再臨』ね」

「その通り」ビルは力を込めてにうなずいた。

「それがアノキね」とあたし。

「そうなの？　ティムが探していたもの？」

「どうやらティムはそれを見つけたようね。ベアフットはこの話を聞いて何と言ったの？」

「そのときベアフットはぼくに、ぼくが菩薩だと言ったんだ——かれもそのとき気がついたんだ。ぼくは戻ってきた。っていうか、ティムが戻ってきたんだ。他の人々への共感のために。愛する者のために。あなたとかのために」

「ベアフットはこの報せをどうするつもりなの？」

「何も」

「『何も』」あたしは繰り返してうなずいた。

「証明しようがないもの。懐疑的な人たちにはね。エドガーがそれを指摘してくれたんだ」

「どうして証明できないのよ。簡単なはずよ。ティムの知識すべてにアクセスできるんでしょう。あなたも言ったじゃない――神学すべて、個人的な生活の細かいところとか。事実とか。証明はこの世で最も簡単なことのはずよ」

「あなたに証明できる？　ぼくはあなたにさえ証明できないんだよ。神様に対する信仰みたいなものだ。神様を知ることはできるし、その存在を知ることはできる。体験することもできる。でも、自分が神様を体験したってことは、他のだれに対しても証明できないんだ」

「あなたは今では神様を信じてるの？」

「もちろん」ビルはうなずいたわ。

「たぶん、他にもいろんなことを信じてるんでしょうね」

「ティムがぼくの中にいるおかげで、いろんなことを知ってるんだ。信仰だけじゃない。まるで――」とビルは心からの身ぶりをしてみせた。「コンピュータか、『ブリタニカ百科事典』丸ごと、図書館丸ごと飲み込んだみたいなんだ。事実や観念が、きては去って、とにかく頭の中でぶんぶん飛び回るんだ。それがあまりに速すぎる――それが問題なんだよ。理解できない。覚えきれない。書き留めたり他の人に説明したりできない。一日二十四時間途切れずにKPFAラジオが頭の中で鳴り続けてるみたいなものなんだ。多くの点で、これは苦痛なんだ。でもおもしろいけどね」

自分の思考でせいぜい楽しんでね、とあたしは思った。精神分裂患者はそうするんだとハリー・スタック・サリヴァンが言ってたわ。果てしなく自分の思考で遊び続けるうちに、世界を忘れてしまうのよ。

*

ビル・ルンドボルグがやったみたいな話を打ち明けられたら、ほとんど絶句するしかないわ——あんな話をだれかが打ち明けたことがあったとすればの話だけど。もちろん、話としてはティムとキルスティンがジェフの死後に、イギリスから戻って明かしてくれたことに似てはいる(言葉としてはまちがってるけど)。でもこれと比べたら、あれはセコい話よ。これは究極のエスカレーションで、モニュメントそのものだわ。他の談話なんて、このモニュメントを指し示す指標でしかなかった。

狂気は小さな魚のように宿主の中で、無数のタイミングで生き続けるのよ。単独じゃない。狂気はじっとしてとどまらない。風景すべて、あるいは海の光景すべて、そのどっちだろうと広がろうとするのよ。

ええ、まるであたしたちは水中にいるみたい。ベアフットが言うように夢の中にいるんじゃなくて、水槽の中にいて、観察されて、変な行動をしないか、もっと変な信念を持たないか調べられてる。あたしはメタファー中毒。ビル・ルンドボルグは狂気中毒で、いくら狂気があっても足りない。底なしの食欲を狂気に対して持っていて、それを可能なあらゆる手法で手に入れる。それもまさにちょうど、狂気が世界から過ぎ去ったと思えたそのときに。まずはジョン・レノンの死、そして今度はこれ。そして、あたしにとっては、それが同じ日に。

わからないんだけれど、でも実にもっともらしいわ。というのもビルはもっともらしい人間じゃなかった。この事態ももっともらしくない。たぶん、エドガー・ベアフットですらそれに気がついた——スーフィーがこんなモクサをどんな言葉で言うのか知らないけど、ある人が病気で助けが必要で、だけど感動的なほどに真に迫っていて、無邪気でまったく何の害も与えないってことに。この狂気は苦痛から生じたもので、母親の喪失と、ほぼまちがいなく言葉本来の意味での父親に相当する者を失った苦痛からのもの。あたしもそれを感じた。いまも感じてる。生きてる限りそれを感じ続ける。でもビルの解決策はあたしのものではあり得ない。

あたしの解決策——レコード店の経営——がビルの解決策になれないのと同じ。人はみんな、自分なりの解決策を見つけなければならず、そして特に、あたしたちみんな、それぞれ死が作り出すような問題を解決しなきゃいけない——死が他人にとって作り出す問題を。でも死だけじゃない。狂気もそう。最終状態として、その論理的なゴールである最終的な死へとつながる狂気が他人にとって作り出す問題も、人それぞれの解決が必要なのよ。

ビル・ルンドボルグの精神病に対する当初の怒りがおさまると――おさまったわ――それが可笑しいと思えてきた。ビル・ルンドボルグの効用は、当人にとってだけでなく、あたしに言わせれば万人にとっての効用は、あの子が具体的なものに根ざしていたということだった。ビルが失ったのは、まさにそれだった。エドガー・ベアフットのセミナーに顔を出したということが、ビルの中の変化をあらわにしているわ。あたしの知っていたあの子、かつて知っていた子は、決してあんな環境に足を踏み入れない。ビルは他のみんなと同じ方向に向かったのよ、あらゆる肉体がたどる道ではなく、人の知性がたどる方向へ。ナンセンスと愚かなものへと向かい、そこでしおれて、もはや救える部分が何一つかけらもなくなる。

ただしもちろん、いまやビルはあたしたちを見舞った死の束に感情的に対処できるようになった。あたしの解決のほうが少しでもましなのかしら？ 働いて、読書して、音楽聴いて――音楽はレコードの形で買った。専門職として生き、南カリフォルニアのキャピトルレコードのA&R部門への転職を熱望してる。そこにこそあたしの将来はあって、そこにこそあたしにとって実体的な存在となったレコードがある。楽しむものではなく、まずは買って、それから売るものとしてレコードが存在する。

来世から主教が戻ってきて、いまやビル・ルンドボルグの心だか頭脳だかに住んでるというのは――そんなことはあり得ないし、理由は明らかなはず。そんなことは直感的にわかる。議論するまでもない。それは絶対的な事実として知覚される。そんなことは起きるわけがない。ビルに果てしなく謎かけをして、あたしとティムしか知らない事実がその存在の中にあるかどうか確認してみてもいいけど、そんなことをしても結論は出ない。ティムとあたしがバークレーのユニバーシティ通りの中華料理屋で食べたディナーみたいに、あらゆるデータは疑わしくなるわ。だってデータが人間の心に生じる方法はたくさんあるからで、そういう方法は、ある人がイスラエルで死んでその霊魂が地球を半周してアメリカの他のだれでもなくビル・ルンドボルグを選り分け、その人物に、待ち受けるその脳みそに飛び込み、そこに腰をすえてアイデアだの観念だの記憶だの生煮えの考えだのを吐き散らしている、つまりあたしたちの知ってる主教、主教その人として、一種のプラズマみたいにやってきたなんて考えるよりもずっと受け入れやすく説明しやすい。そんなのは現実の領域には属さない。どっかよそにあるものよ。錯乱による発明であり、母親の自殺と父親像の突然の死を悼む若者の発明であり、悼み理解しようとした結果の発明であり、そしてある日、ビルの心にやってきたのは——ティモシー・アーチャー主教ではなく——ティモシー・アーチャーのコンセプト、ティモシー・アーチャーがそこに、自分の中に、霊的に、幽霊としているという概念だった。あるものの概念と、そのもの自体とはちがうのよ。

それでも、当初の怒りがおさまるにつれて、ビルに対して同情を感じるようになったわ。

だってなぜビルがその方向に向かったか理解できるもの。別に倒錯してるから思いついたことじゃない。それは言うなれば、手すさびの狂気の産物なんかじゃなくて、むしろビルの意志なんかおかまいなしに押しつけられ、強制された狂気によるものだった。あっさり起きてしまったものだったんだわ。

ビル・ルンドボルグ、あたしたちの中でまっ先に狂った人物が、いまや最後に狂った人物となった。唯一の本当の問題を述べてみるとすれば、次のようになるわ。それについて何かできることはあるんだろうか？　そしてそこからもっと深い問題が出てくる。それについて何かすべきなんだろうか？

その後数週間、あたしはそれについて考えた。ビルは（当人によれば）大した友だちはいないんですって。東オークランドに部屋を借り、メキシカンのカフェで食事をしてる。もしかして、ジェフとキルスティンとティム――特にティム――に対する借りを返す意味で、ビルを立ち直らせるべきなのかもしれない。そうすれば、生存者がいることになる。もちろん、あたし自身に加えてということだけど。

まちがいなく、あたしは生き延びた。でも生き延びたのは、しばらく前から認識していたように、機械としてだった。それでも生存にはちがいない。少なくともあたしの心は、ギリシャ語やラテン語やヘブライ語で考えて理解できない用語を使う、異質知性に侵略されたりはしてない。いずれにしても、あたしはビルが気に入ってた。またビルに会って、いっしょに過ごすのは負担じゃなかった。ビルとあたしは二人で、かつて愛していた人々を召喚できる。二人とも知っていた人々だったし、共有の記憶は当時の状況の詳細を大量にもたらす。記憶に真実との相似性を与えるちょっとしたかけら……というのはつまり、ビル・ルンドボルグに会えばティムとキルスティンとジェフを再び体験できるというのをむずかしく言ってるだけね。ビルもあたしのように、かつて三人を体験し、あたしがだれのことを言ってるのか理解できるだろうから。

いずれにしても、あたしたち二人ともエドガー・ベアフットのセミナーに出席してた。ビルとあたしはそこで、良かれ悪しかれ顔をあわす。ベアフットに対するあたしの敬意は、もちろん個人的な関心を払ってくれたということで、上昇した。あたしはそれで心を開いた。それが必要だった。ベアフットはそれを感じ取ってた。

主教があたしに性的な興味を抱いていたというビルの発言は、ビル自身があたしに性的な関心を持っているというのを遠回しに言っているのだと解釈したわ。それについて考えてはみたけれど、ビルはあたしには若すぎるという結論に達したの。そもそも、破瓜性の精神分裂病と診断された人間と関係を持つこともないでしょう。偏執狂と軽躁病の気《け》があった——実は気《け》がある程度じゃすまなかったわ——ハンプトンだけでもえらく面倒で、縁を切るのにずいぶん苦労したんだから。実は、本当に縁が切れたかはっきりしないくらい。ハンプトンはいまだに電話をよこし、あたしが家から蹴り出したときに、一部の貴重なレコードや本や写真を返さず、それは本当は自分のものなんだと激しく文句を言っていた。ビルと関係を持つのが嫌だった最大の理由は、この狂気が持つ凶暴さの感覚にあった。この狂気は持ち主を食らいつくし、持ち主を後にあたりを見回して次の犠牲者を探す。あたしがポンコツ機械だったなら、その狂気に襲われる危険があったわ。というのもあたしだって心理的にそんなにしっかりしてるわけじゃないんだから。狂って死んだ人はもう十分。自分をその一覧に加える必要もないでしょう？

そしておそらく最悪の点として、あたしにはビルを待ち受ける将来がどんなものかわかってた。将来なんかなかった。破瓜病の人は、自分自身をプロセスや成長や時間というゲームから排除してしまったようなものよ。永遠に自分のイカレた考えを使い回し続け、それを楽しむのだけれど、でも伝送された情報のように、それは劣化していくの。最終的に、それはノイズになる。そして、知性である信号のほうはフェードアウト。ビルならこれを知ってるはずよ、一時はコンピュータプログラマになろうとしてたんだから。シャノンの情報理論には馴染みがあるはず。そんなものに、自分を縛りつけたいとは思わないわ。

＊

弟のハーヴェイをつれて、休日にビルを拾ってチルデン公園まで車を走らせ、アンザ湖とクラブハウスとバーベキューストーブのあるところに出かけたわ。そこで三人はハンバーガーを焼き、フリスビーを投げて大いに楽しんだの。ゲットーブラスターも持ってきた――あの日本製の、すばらしく高性能の2スピーカーのステレオラジカセコンポ――そしてロックグループのクイーンをかけて、ビールを飲んだ。もちろんハーヴェイは別だけど。そして走り回り、だれも見ていないか、見てても気に留めていないと思ったので、ビルとあたしは大麻タバコを分け合った。その間にハーヴェイは、ゲットーブラスターの熱センサー制御を全部試し、それから短波でモスクワ放送を受信しようと集中してたわ。

「そんなことしてたら逮捕されるぜ。敵の放送を聴くなんて」とビル。

「うそだあ」とハーヴェイ。

「いまのあたしたちを見たら、ティムとキルスティンは何と言うかしらねえ」とあたしはビルに言った。

「ティムの言ってることなら教えてあげるけど」とビル。

「なんて言ってる？」マリファナでリラックスしたあたしは言ったわ。

「ティムが言ってるのは――考えてるのは――ここは穏やかで、自分はやっと平穏を見つけたって」

「それはいいわね。ティムにはついに大麻は吸わせられなかったのよ」

「吸ってたよ。ティムとキルスティンは。ぼくたちがまわりにいないとき。ティムはあまり気に入らなかった。でもいまは気に入ってるよ」

「これ、すごくいい大麻ね。二人が吸ったのはたぶん地元の代物よ。二人にはちがいがわからなかったはず」。あたしはビルが言ったことを思案してみた。「あの二人、本当にラリったの？　マジで？」

「うん。ティムはいまそのことを考えてるよ。思い出したって」

あたしはビルに言ったわ。「ある意味で、あんたは運がいいわ。自分なりの解決策を見つけて。あたしもティムがいてもよかったな。あたしの頭の中にってことよ」とあたしはクスクス笑った。そういう種類の大麻だったから。「そしたらこんなに寂しくないのに」。そしてあたしは言ったわ。「どうしてティムはあたしに戻ってこなかったの？　なぜあんたに？　あたしのほうがティムをよく知ってたのに」

しばらく考えてからビルは言った。「そんなことをしたらあなたがめちゃくちゃになるから。ほら、ぼくは頭の中で声がするとか、自分以外の考えとかに慣れてるでしょ。ぼくなら受け入れられる」

「菩薩なのはあなたじゃなくてティムよねえ。共感のために戻ってきたのはティムだもん」そしてそこで、あたしはハッとした。あらあら、いまやあたしまでこれを信じてるってこと？　いい大麻でハイになってると、どんなことでも信じられるわ。だからこそ、いまやあんなに高値がついてるんだけど。

「そうだよ。ぼくにはティムの共感が感じられる。ティムは叡智、神様の聖なる叡智、ハギアソフィアと称するものを求めていたんだ。ティムはそれがアノキ、神様の純粋意識と同じだと言ってるよ。そして、そこにたどりついて存在がティムに入り込んだところで、自分が求めていたのは叡智じゃなくて共感なんだと気がついたんだ……すでに叡智は持っていたけど、でも自分にも他人にもちっとも役に立たなかったから」

「そう、あたしにもハギアソフィアの話はしてたわ」

「ティムが考えるのに使うラテン語の一つだよ」

「ギリシャ語」

「どっちでも。ティムは、キリストの絶対叡智があれば『つむぎ手たちの書』を読んでティムの未来を整理できると思ったんだ。そうすればティムはどうにか自分の運命を回避できるとね。だからイスラエルに出かけたんだ」

「知ってる」とあたし。

「キリストは『つむぎ手たちの書』を読める。あらゆる人間の運命がそこに刻まれているんだ。それを読んだ人間はいまだかつていない」

「本はどこにあるの？」

「そこらじゅうに。というか、ぼくはそう思う。ちょっと待った。ティムが何か考えてる。すごく明瞭」ビルはしばらくだまって内にこもるようだった。「ティムが考えてるのは『最終篇。『天国篇』第三十三歌』だって。ティムが考えてるよ。『神は宇宙の本である』だって。そしてあなたもそれを読んだんだって。膿んだ歯の夜に読んだって言ってる。

そうなの？」とビルが尋ねた。

「その通りよ。あたしに強烈な印象を残したのよ、あの『神曲』最後の部分は」

「エドガーの話だと『神曲』はスーフィーに基づいているんだってさ」とビル。

「そうかもね」とあたしは、ビルの言ったことを思い返していた。ダンテの『神曲』についての発言を。「不思議よね。自分が何を覚えていて、なぜ覚えてるのかというのを考えると。あたしは歯が膿んでたから――」

「ティムによればキリストがその痛みを手配したんだって。そうすれば決して薄れない形で、『神曲』の最後の部分があなたの印象に残るから。『たった一つの単純な炎』。あ、ちくしょう、また外国語で考えてる」

「考えてることをそのまま口に出してみて」

ビルはつかえながらこう言ったわ。

「『Nel mezzo del cammin di nostra vita
Mi ritrovai per una selva oscura,
Che la diritta via era smarrita.』」

あたしはにっこりした。「『神曲』の出だしよ」

「もっとあるよ」とビル。


「『... Lasciate ogni speranza, voi ch'entrate!』」

「『ここより入る者、すべての希望を捨てよ』」とあたし。

「ティムはあなたにもう一つ伝えてほしいって。でもなかなか受信できない。あ、いまきた――もう一度ぼくのためにとっても明瞭に考えてくれた。


『La sua voluntate é nostra pace ...』」

「聞き覚えないなあ」とあたし。

「ティムによればこれが『神曲』の基本メッセージなんだって。『かれの意志はわれわれの平和』という意味だそうだよ。かれっていうのは、たぶん神様のことなんだろうね」

「たぶんね」

「来世でそれを学んだにちがいないよ。この世では絶対に学んでなかったから」

ハーヴェイがあたしたちに近づいてきた。「クイーンのテープは飽きたよ。他に何を持ってきたの？」

「モスクワ放送は受信できたの？」

「うん、だけどヴォイスが妨害するんだ。ロシア人たちは別の周波数――たぶん三十メートル帯――に変えたんだけど、探すのに飽きちゃった。ヴォイスが必ずジャミングかけるんだ」

「もうすぐおうちに帰るわね」とあたしは言って、大麻タバコの残りをビルに渡したわ。

第16章

思ったより早く、ビルは再入院が必要になった。ビルは自分から入院し、これを人生の一部として受け入れた――どのみちビルの人生では永遠の一部にはちがいないわ。

ビルの入院手続きが終わると、あたしは精神科医と面会したわ。がっしりした中年男で、口ひげに縁なし眼鏡をかけている。いわば威厳があるが気の優しい権威ある人で、すぐさまあたしのまちがいを、深刻なほうから読み上げてくれたわ。

「ドラッグ使用を奨励するのはよくありませんな」グリービー医師の前、あたしから見て机の向こう側にビルのファイルが開いたままになってた。

「大麻が『ドラッグ』なんですか？」とあたし。

「ビルのような脆い精神バランスの人間にとって、嗜癖物はどんなに軽いものでも危険です。トリップしたら、決して完全には戻ってきません。いまはハルドールを与えてます。副作用には耐えられるようなので」

「そんな危害を加えていると知っておりましたら、そのような真似をいたしたりはしませんでしたでしょうに」とあたし。

医師はあたしを見た。

「人はまちがいを通じて学ぶのです」とあたし。

「アーチャーさん《ミス・アーチャー》――」

「アーチャー夫人《ミセス・アーチャー》、です」

「ビルの見通しはよいものではありませんよ、アーチャー夫人。どうやら一番身近な方らしいから、それは知っておいていただきたい」グリービー医師は顔をしかめた。「『アーチャー』。聖公会の故ティモシー・アーチャー主教のご親戚ですか？」

「あたしの義理の父親です」

「ビルは自分が主教だと思ってます」

「こりゃまたおったまげー」とあたし。

「ビルは、自分が神秘体験を通じてあなたの亡き義父になったという妄想を抱いています。アーチャー主教を見て聞くだけではありませんぞ。自分がアーチャー主教なんです。するとビルは、アーチャー主教を直接知っていた、ということになりますかね」

「二人で車のタイヤを付け替えてましたよ」

「あなた、ずいぶんと小賢《こざか》しい女性ですね」とグリービー医師。

あたしはそれには何も言わなかった。

「ビルが病院に舞い戻ったのはあなたのせいでもある」と医師。

「あたしたちは、いっしょに楽しい時を過ごしました。またとても不幸な時も共に過ごしました。友人が死んだからです。そうした死のほうが、チルデン公園で大麻を吸ったことよりもビルの悪化には貢献してると思いますけど」

「もう二度と会わないでください」とグリービー医師。

「なんですって？」とあたしは驚いて落胆した。突然恐怖に襲われ、刺すような苦痛が感じられた。「ちょっと待ってよ。あの子はあたしの友だちなんです」

「あなたは全般に、私に対しても世界のあらゆる面に対しても見下すような態度をお持ちだ。明らかにとても学のある方なんでしょう。この州の大学制度の産物ですね。UCバークレー卒と見た、たぶん英文学科でしょう。自分がなんでもご存じだと思ってる。あなたはビルに大きな害を与えてるんですよ、ビルは世知に長けた洗練された人物ではないんですから。またあなた自身に対しても大きな害を自分で与えていますが、それは私の知ったことではない。あなたは脆い意地悪い人物であり――」

「でもあの人たちはあたしの友人だったんです」とあたし。

「バークレーのコミュニティでだれか見つけなさい。そしてビルには近づかないで。アーチャー主教の義理の娘であるあなたは、ビルの妄想を強化してます。それどころか、ビルの妄想はたぶんあなたを取り込んだもので、性的な関心が逸れて意識の外で作用してるんでしょう」

「そういうあなただって、深遠なるご託まみれじゃないの」

「私は専門家としてのキャリアの中で、あなたみたいな人は山ほど出会ってきましたよ。あなたに腹を立てる気もなければ興味もない。バークレーにはあなたみたいな女性がたくさんいますからね」

「変わってみせるわ」とあたしは内心すべてパニックになって言った。

「それはどうですかな」と医師は言って、ビルのファイルを閉じた。

＊

医師のオフィスを出ると――追い出されたようなものね――あたしは途方に暮れて病院の中をうろつき、衝撃をうけて怯えて腹も立てていた――賢《さか》しらな口をきいた自分が何よりも腹立たしかった。賢しらな物言いは、おもに不安だったからなんだけど、結果は同じこと。ちくしょう、これで最後の一人も失ってしまった。

さあレコード店に戻ろう、とあたしは思った。バックオーダーを見て、きてるものとそうでないものをチェックしよう。レジにはお客が一ダースも並んで、電話も鳴りっぱなしだろう。フリートウッド・マックのアルバムが売れる。ヘレン・レディのアルバムは売れない。何も変わってないはず。

あたしは変われる、と自分に言い聞かせた。あのデブケツ野郎はまちがってる。手遅れなんかじゃない。

ティム、あたしどうしてあなたとイスラエルに行かなかったのかしら？

病院の建物を出て駐車場に向かう途中——自分の小さな赤いホンダシビックが遠くに見えた——精神療法士の背後にぞろぞろついて歩く患者たちの一団を見かけた。黄色いバスを降りてきたところで、病院に戻るところだった。コートのポケットに手を突っ込んだまま、あたしはそっちに向かい、ビルがいないかしらと思った。

一団の中にはビルは見あたらなかったので、あたしはそのまま歩き続け、ベンチをいくつか通りすぎ、噴水の横を通った。病院の遠い端のほうには杉の茂みがあって、そこで数人がぽつぽつと芝生にすわっていた。まちがいなく患者で、通行証を持ってる。病状がいいので、厳しい監視がなくても外にいていいのだ。

その中にビル・ルンドボルグがいて、いつもながらぶかぶかのズボンとシャツを着たまま、木の根元にいて、手に持ったものを一心に見つめてる。

あたしはゆっくりと静かに近づいた。かなり接近するまで、ビルは顔を上げなかった。いきなり、こっちに気がついて、頭を上げた。

「ビル、こんにちは」

「エンジェル、こんなものを見つけたよ」とビル。

あたしはしゃがんで見た。木の根元にきのこの塊が生えていた。白いきのこで——一本ちぎってみるとわかったのだけれど——ひだがピンク色だ。無害。ひだがピンクと茶色のきのこは、おおむね毒は無い。避けたほうがいいのはひだが白いきのこ。それはテングタケ属、たとえばベニテングタケとかだから。

「これ、何なのかしら？」

ビルは陶然として言ったわ。「ここに生えてるんだよ。私がイスラエルで探していたものが。あんなに遠くまで探しに行ったものが。これは大プリニウスが『博物誌』で述べているヴィタ・ヴェルナきのこだ。何巻だったかは忘れてしまったが」かれは、あたしがとてもよく知っていた、あのお馴染みの人のよさそうな感じで笑ったわ。「たぶん第八巻だろうね。これはまさにプリニウスの記述通りだ」

「あたしには、この季節にはそこら中で生えているのが見られる、ごくふつうの食用きのこに見えるけど」

「これがアノキだ」とビル。

「ビル——」とあたしは言いかけた。

「ティムだ」とかれは反射的に訂正した。

「ビル、あたし行かないと。グリービー医師の話では、あたしがあなたの心をめちゃくちゃにしたんだって。ごめんなさいね」あたしは立ち上がった。

「きみはそんなことはしていない。でもきみがいっしょにイスラエルにきてくれればよかったのに。きみは大まちがいをしでかしたんだよ、エンジェル。それについては、中華料理屋の晩にも話したね。いまやきみは、その出来合いの精神状態に永遠に封じ込められてしまった」

「そしてあたしは決して変われないの？」

いつもの無邪気な顔であたしをにっこり見上げ、ビルはこう言ったの。「どうでもいい。私は自分の欲しいものを手に入れた。これがある」と、慎重に自分が摘んだきのこを手渡した。ふつうの無害なきのこ。「これはわたしの肉体。そしてこれはわたしの血。飲み、食べなさい。そうすればおまえは永遠の命を得る」

あたしはかがみこんで、ビルにしか聞こえないように唇を耳に近づけて言ったわ。「あたし、あなたがもう一度元気になるよう戦うわ、ビル・ルンドボルグ。自動車の車体を修理したり、スプレー塗装したり、そういうリアルなことができるようにしてあげる。昔通りのあなたにするわよ。あきらめない。あなたは自分の拠点を思い出すわ。聞こえてる？言ってることとわかる？」

ビルはあたしを見もせずにつぶやいた。「わたしはまことの蔓、わたしの父は農夫である。わたしにつながっている枝で実を結ばないものは、父がすべてこれをとりのぞき、実を結ぶものは――」

「いいえ。あなたは自動車をスプレー塗装して、トランスミッションを直す人なのよ。あたしがそれを思い出させるわ。いずれあなたはこの病院を出る。あなたを待つわ、ビル・ルンドボルグ」そしてあたしはかれにキスした。おでこに。かれは手を伸ばしてそれを払いのけた。子供がキスを払いのけるように、何も考えず、意図も理解もなしに。

「わたしはよみがえりであり、命である」とビル。

「またね、ビル」とあたしは言って、歩み去った。

＊

その次にエドガー・ベアフットのセミナーに出席すると、ベアフットはビルがいないのに気がつき、話を終えてからビルについて尋ねてきたわ。

「また中に戻って外を見てます」とあたし。

「きなさい」とベアフットは講義室から居間へと案内してくれた。初めて見たけど、その趣味が東洋趣味よりもアンティーク風のオークに向かっているのを知って驚いたわ。琴のレコードをかけた。あたしの知っているものだ——それが仕事だから。ワールド・パシフィックがプレスした、衛藤公雄の珍しい盤。五〇年代末のレコードで、コレクターの間ではかなりの高値だ。ベアフットは「みどりの朝」をかけた。衛藤自身の作曲。とても美しいけれど、ちっとも日本風じゃない。

「このレコード、十五ドルで売って」とあたし。

ベアフットは言ったわ。「テープにダビングしてあげよう」

「盤が欲しいのよ。レコードそのものが。しょっちゅう問い合わせが入るの」そして美は音楽自体にあるのだ、とか何とか言わないでよね。コレクターにとっての価値はレコード自体にある。これはここで論争しても仕方ないこと。あたしはレコードには詳しい。それがあたしの商売。

「コーヒーいかが？」とベアフット。

あたしはコーヒーを一杯受け取り、ベアフットとあたしの二人は、存命中の最高の琴奏者が曲を奏でるのを聴いた。

「ビルはこの先ずっと病院を出たり入ったりするわ、それはわかってるのよね」とベアフットがレコードをひっくり返したとき、あたしは言ったわ。

「これまたあなたが責任を感じてることなのかね？」

「あたしの責任だとは言われたわ。でもあたしの責任じゃない」

「それに気がついたのはいいことだよ」

「ティム・アーチャーが自分の中で復活したと思ってる人は、病院送りになるのよ」

「そしてソラジンを飲まされる」とベアフット。

「いまはハルドール。もっといいクスリ。新しい抗精神薬は、もっと精密なのよ」

ベアフットは言った。「初期の教会教父の一人が復活を信じていたのは、『それがあり得ないから』だった。『それがあり得ないにもかかわらず』ではなく、『それがあり得ないから』。テルトゥリアヌス、だったかな。ティムが一度私に話してくれたんだ」

「でもそれって賢明かしら？」

「あまり賢明ではないね。テルトゥリアヌスも、賢明に聞こえるつもりではなかっただろう」

「だれであれそんな風に生き続けるなんて考えられないわ。あたしにとっては、それこそこのバカげた話のすべてを象徴するものよ、何かが不可能だからそれを信じるなんて。あたしに見えるのは、人々が発狂して死ぬところ。まずは狂気、それから死」

「ではあなたはビルが死ぬと思ってるのか」とベアフット。

「いいえ。だって退院してきたらあたしが待ってるから。死の代わりに、ビルはあたしを得る。それを聞いてあなたどう思うの？」

「死よりずっといいね」とベアフット。

「じゃあ、あなたはあたしを認めてくれるのね。ビルのお医者さんとはちがって。ビルが入院したのはあたしのせいだと思ってるのよ」

「いまはだれかといっしょに暮らしてるのかい？」

「実は、一人暮らしなんです」

ベアフットは言ったわ。「退院したら、ビルはあなたといっしょに暮らすのがいいだろう。ビルは母親、キルスティン以外の女性といっしょに暮らしたことがないと思うんだ」

「これについてはずっとよく考えてみないと」とあたし。

「なぜ？」

「そういうことをする場合のあたしの流儀だからよ」

「別にビルのためを思ってのことじゃない」

「なんですって？」あたしは虚を突かれた。

「きみのためだよ。そうすれば、あなたはあれが本当にティムか確かめられる。あなたの疑問に答えが出るんだ」

「あたしには疑問なんかない。わかってるの」

「ビルを受け入れなさい。いっしょに暮らさせてあげなさい。世話をしなさい。そうしたら、自分がティムの面倒を見ているのに気がつくかもしれないぞ、ある本当の意味でね。それが──私の思うに──あなたがずっとやってきた、あるいは少なくともやりたかったことなんだろう。そうでなくても、やるべきことだった。かれはまったく救いようがない」

「ビルが？　ティムが？」

「入院している人物が。あなたが気にかけている人物。他の人々へのあなたの最後のつながり」

「あたしにだって友だちはいるわ。弟もいる。店の人たちもいるし……お客さんたちも」

「そして私もね」とベアフット。

しばらく間を置いて、あたしは言った。「あなたも。ええそうね」とうなずいた。

「もし私が、あれはティムかもしれないと言ったら。本当にティムが戻ってきたと言ったら」

「そうねえ。もうあなたのセミナーにはこない」

ベアフットはあたしを注視したわ。

「本気よ」

「きみは簡単に言いなりになるような人物ではないね」とベアフット。

「まあそうね。あたしはいくつか深刻なまちがいをしたわ。キルスティンとティムが、ジェフが戻ってきたと話してくれたとき、そのまま何もしなかった——何もせず、結果として二人は死んだわ。二度とそんなまちがいはしない」

「じゃあビルは本当にこの先死ぬと思うんだね」

「ええ」

「かれを受け入れなさい。そうだ、こうしよう。いま聴いている衛藤公雄のレコードをあげよう」ベアフットはにっこりした。「この曲は『希望の光』と呼ばれる。この場にふさわしいと思うんだ」

「テルトゥリアヌスは本当に、復活は不可能だからこそ信じるなんて言ったの？　だったらこの代物はずいぶん昔に始まったんだわ。キルスティンとティムで始まったんじゃないんだわ」

ベアフットは言った。「あなたは私のセミナーにくるのをやめないと」

「あれがティムだと思ってるの？」

「そうだ。だってビルは自分の知らない言語でしゃべるから。たとえばダンテのイタリア語だ。そしてラテン語と――」

「舌がかりね」聖霊が存在するという徴。ティムが、バッドラック・レストランで会った日に指摘してくれたことだわ。まさにティムがもはや存在しないのではと思ったもの。一度たりとも存在しなかったのではと疑っていたにちがいないわ。少なくともティムにわかる範囲のことによればね。ティムに精一杯わかった範囲では。そしていまや、ティムを自称するビル・ルンドボルグで、それが見られるというわけ。

「私がビルを引き受けよう。このハウスボートでいっしょに暮らせばいい」

「いいえ。あなたがそんな代物を信じてるなら。それよりは、バークレーのあたしの家につれて帰ったほうがまだまし」そう言ったところで、自分が操られたのに気がついて、エドガー・ベアフットを見つめた。かれはにっこりして、あたしは思った。まさにティムがやったような形で——人々を操るなんて。ある意味で、ティム・アーチャー主教はビルの中よりもむしろあなたの中で生きているんだわ。

「よろしい」とベアフットは片手を伸ばした。「では取引成立で握手しようか」

「衛藤公雄のレコードはもらえるのね？」

「ダビングした後でね」

「でもレコード盤そのものをもらえるのね」

「ああ」とベアフットは、あたしの手を握ったまま言った。その握力は力強かった。それもまたティムを思わせた。すると、本当にティムはいまここにいるのかもね。何らかの形で。「ティム・アーチャー」をどう定義するか次第。ラテン語とギリシャ語と中世イタリア語で引用する能力か、人の命を救う能力か。いずれにしても、ティムはまだここにいるみたい。あるいは再びここにいるみたい。

「あなたのセミナーには引き続きくるわ」とあたし。

「私のためにではないだろうね」

「ええ。あたし自身のために」

ベアフットは言ったわ。「いつの日か、サンドイッチ目当てでくるようになるかもな。だが、それは怪しいな。たぶんあなたはいつだって、言葉の口実が必要なんだろうね」

そう悲観的になりなさんな、とあたしは思った。あたしが予想外の動きを見せることもあるかもよ。

あたしたち二人、琴のレコードを最後まで聴いた。B面最後の曲は「春の姿」と呼ばれる。「早春の雰囲気」という意味。それを一番最後に聴いて、それからエドガー・ベアフットはレコードをカバーに入れるとあたしにくれた。

「ありがとう」とあたし。

あたしはコーヒーを飲み干すとそこを辞した。天気はなんとも上々。気分もずっとよくなった。そしてこのレコードはたぶん三十ドル近くで売れるわ。もう何年もお目にかかってないレコードだもの。廃盤になって久しいもの。

レコード店を経営しているときには、そういうことを頭に入れておかないと。そしてあの日にそれを手に入れたのは、一種の賞品みたいなものだった。自分がどのみちやろうと思っていたことをやることに対してのね。あたしはエドガー・ベアフットを出し抜いて、嬉しく思った。ティムならこれを楽しんだことだろう。もし生きていたならね。

［参考文献］

Aeschylus. *Agamemnon. Bartlett's Familiar Quotations*, Fifteenth Edition. Boston: Little, Brown, 1980より引用。

Aristophanes. *Lysistrata.* Jack Lindsay, trans. New York: Bantam, 1962.

Bible, the. *The Jerusalem Bible*. Garden City, New York: Doubleday & Co., 1966.

Büchner, Georg. *Wozzeck*. Alfred A. Kalmus, trans. by arrangement with Universal Edition of Eric Blackall and Vida Harford. 1836.

Cohen, Hermann. *Contemporary Jewish Thought: A Reader*. Simon Noveck, ed. New York: B'nai B'rith Department of Adult Jewish Education, 1963より。

Dante. *The Divine Comedy.* Laurence Binyon, trans., with note by C. H. Grandgent. In *The Portable Dante.* New York: The Viking Press, 1947. 邦訳ダンテ『神曲（地獄・煉獄・天国）』寿岳文章訳、集英社、一九九〇年

Donne, John. "Batter my Heart, three person'd God." Holy Sonnet XIV. In *The Complete Poetry and Selected Prose of John Donne.* New York: The Modern Library, 1952. 邦訳ダン『ジョン・ダン全詩集』湯浅信之訳、名古屋大学出版局、一九九六年

Geothe, Johann Wolfgang von. *Faust: Part Two.* Bayard Taylor, trans. Revised and edited by Stuart Atkins. New York: Collier Books, 1962. 邦訳ゲーテ『ファウスト』手塚富雄訳、中央公論社、一九七一年、一部改変。

Hertz, Dr. J.H. *The Pentateuch and Haftorahs.* London: Soncino Press, 5729 [1967].

Huxley, Aldous. *Point Counter-Point.* New York: Harper & Row, 1965.

Jennens, Charles. *Belshazzar* [text of Handel oratorio]. 1744.

Kohler, Kaufmann. Samuel M.Cohon が *Great Jewish Thinkers of the Twentieth Century.* Simon Noveck, ed. New York: B'nai B'rith Department of Adult Jewish Education, 1963 より引用。

Menotti, Gian Carlo. Liner notes to Columbia recording of Menotti's *The Medium*. Undated.

Plato. *From Thales to Plato*. T. V. Smith, ed. Chicago: University of Chicago Press, 1934 より。

Prabhavananda, Swami, and Isherwood, Christopher. *The Song of God: Bhagavad-Gita.* New York: NAL/Mentor, 1944.

Schiller, Friedrich. *The New Encyclopedia Britannica*. Chicago: Encyclopedia Britannica, 1973 より。

Shakespeare. *Hamlet.* 1601.

Sonnleithner, Joseph, and Treitschke, Friedrich. *Fidelio* [text of Beethoven opera] 1805.
Tate, Nahum. *Dido and Aeneas* [text of Purcell opera]. 1689.
Tertullian. *Psychological Types, or The Psychology of Individuation.* by C. G. Jung. London: Routledge & Kegan Paul, 1923より引用。邦訳ユング『原型論』林道義訳、紀伊國屋書店、一九九九年
Tillich, Paul. *A History of Christian Thought.* New York: Simon and Schuster, 1967.
Vaughan, Henry. "They are all gone into the world of light." 1655.
Virgil. *Caesar and Christ* by Will Durant. New York: Simon and Schuster, 1944より引用。邦訳ウェルギリウス『牧歌／農耕詩』小川正廣訳、京都大学学術出版会、二〇〇四年
Yeats, W. B. "The Second Coming" and "The Song of the Happy Shepherd." *The Collected Poems of W. B. Yeats.* London: Macmillan, 1949.

訳者あとがき

本書は Philip K. Dick, *The Transmigration of Timothy Archer* (1982) の全訳となる。通称『ヴァリス』三部作の最後をかざる作品だ。ディックは、死後に大量の未発表作品が刊行されており、本書も死後刊行ではあるが、生前にディックが書き上げたのはこれが最後だ。遺作と呼んでいいだろう。

1. 『ヴァリス』シリーズの総括?

そして本書は、ある意味で衝撃的な作品だ。さきほど本書を『ヴァリス』三部作の最後と述べた。だから『ヴァリス』『聖なる侵入』のオカルト神学談義に辟易した多くの読者は、同じような妄想じみた話が続くものだと思い込んで本書にそもそも手を出さない場合も多い。その一方で、その神学談義にこそ価値を見出す人々は、それが話の中心にならないどころか、むしろ単なる妄想として脇役に押しやられているので、煮え切らない扱いを受けることも多い。その意味で、本書はちょっと不幸な地位にあるとも言える。

でも本書は、過去二作の単純な続きではない。むしろこれは『ヴァリス』や『聖なる侵入』を、ある意味で完全に否定する作品になっているのだ。

もちろん、『ヴァリス』『聖なる侵入』の両作品は、訳者解説でも指摘したように、ある種の敗北の記録であり、その意味でそれ自身を否定する面すらある。それでも、この二作品では、ディックは自分の神秘体験をストレートに出している。『ヴァリス』では、ファットたちの神学的な探究はそれなりに真摯に描かれていた。それが本当なのか妄想なのか、書き手自身も自信がない。グノーシスだの宇宙創成論だのを妄想と一蹴《いっしゅう》していた冷笑家のケヴィンでさえ、各種の不思議な暗合でビリーバーとなる。また『聖なる侵入』は、同書解説にも書いたように『ヴァリス』当初の出発点を否定しているとも読めるが、それでもこの病んでまちがった世界を救いに神様がやってくるという構図は確立していた。

だが本書では、それが完全に否定されている。本書でぼくたちは、『ヴァリス』のへっぽこ集団を別の形で見ることになる。外部の、正気な人間の目からだ。そしてその目から見た集団は……明らかにイカレぽんちの妄想集団で、次々に死を迎えるばかり。いかにしてそうした妄想と決別し、いかに現実を直視して生に向かうかというのが本書のテーマとなる。

が、先を急ぎすぎた。まずは例によってあらすじから。

2. 本書のあらすじ

ジョン・レノンが殺された日、主人公で語り手のエンジェル・アーチャーは、エドガー・ベアフットのセミナーに向かいながら、かつての友人たちを悲しみとともに回想する。義理の父親にして世界的な宗教知識人であるティモシー・アーチャー主教は、サドカイ派文書に書かれた神の叡智を宿すきのこを求め、イスラエルの死海砂漠で遭難して死んだ。友人のキルスティン・ルンドボルグは、自分が引き合わせたことでアーチャー主教の愛人になってしまい、それが一因となった精神の不安定さにより自殺する。それに先立ち夫のジェフ・アーチャーは、父親への劣等感とその愛人キルスティンへの欲望に耐えられず自殺をとげる。

エンジェルは、この三人の出会いから死に至るプロセスをたどりなおし、そしてかれらを救えなかった自分を責める。ジェフの死に際し、ティムとキルスティンはその後ろめたさから、ジェフの霊魂があの世から戻ってきたという妄想に陥るが、エンジェルはそれを抑えようともしなかった。おかげでキルスティンの精神状態はさらに悪化し、それが彼女の自殺につながる。そして、古代サドカイ派文書の解読により信仰が揺らいだティモシー

・アーチャーが、イスラエルに同行して欲しいと懇願したときにも、それを断った。本書の八割は、その悲しい思い出の反芻だ。いまにして思えば重要な時点で、自分たちはつねに空疎な神学談義や文学引用に逃げ、結局何もできなかった。本書はその苦い後悔に満ちている。

そしてたどりついたエドガー・ベアフットのセミナーで、エンジェルは意外な人物と再会する。キルスティンの精神病の息子ビルだ。しかしそのビル、病気のために抽象的な思考ができず、神学談義から最も縁遠かったビルが、突然衝撃的な告白をする。自分の頭の中にある人物が突然あらわれた、あの世から復活をとげたのだ、と。それを聞いたエンジェルは大きな選択を迫られる——

3. 本書の背景

さて、本書はかなり現実のできごとを元にしている。世界的な宗教的権威たるティモシー・アーチャーのモデルは、ジェームズ・パイク主教だ。宗教家であり社会運動への参加も活発でカリフォルニア主教を務め、キング牧師とも共闘し、本書にも登場するグレース大聖堂の建設にも貢献した。一方では、キリスト教の基本的な教義を否定し異端の嫌疑をかけられ、毀誉《きよ》褒貶《ほうへん》のきわめて激しい人物だった。そしてかれは、実際に息子に自殺され、その息子（もちろん本書ジェフのモデル）が来世から戻ってきたという本を出し（*The Other Side*）、一九六九年にイエスの伝記を書こうとして死海砂漠にコーラ二本しか持たずにでかけ、車がオーバーヒートして妻が助けを求めに出た間になぜか車を離れて遭難し、不可解な死をとげている。ディックは一九六〇年代の『死の迷路』執筆のあたりから、このパイク主教と個人的に親交を深めていた。

また同じく宗教家として最後に少しエンジェルを導くエドガー・ベアフットのモデルは、西海岸的なお手軽東洋宗教の教祖的存在の一人、アラン・ワッツだとのこと。

エンジェル・アーチャーのモデルは自分の娘やかつてのガールフレンド、およびディックの神秘体験の中に登場した「AIの声」だという。さらに第2章でエンジェルが長い反論の手紙を書いているジェーンのモデルは作家兼ジャーナリストのジョーン・ディディオンで、彼女がパイク主教について書いた批判的な論説を念頭においたものだ。

そして……精神分裂症で何度も病院に収容され、頭の中に別人格が復活して知識を与えてくれると主張するビルのモデルは……もちろんディック自身だ。

このビルは、当初は精神病でありながら（いやそれだからこそ）ティモシー・アーチャー主教の妄想に、唯一きちんと反論ができる存在だ。オカルト体験についての不可知論を声高に唱える主教に対し、ビルだけが完全に即物的で具体的な反論を行い、主教の空論ぶりをあらわにする。しかしそのように最もオカルト的な妄想から遠かったビルが、頭の中に別の人がいてメッセージを伝えてきたという妄想にとらわれる。これはもちろん、『ヴァリス』でのフィル／ファットの役回りだ。

あらゆる人が狂気にとらわれ、死に向かう——それはディックにとって、一九七〇年代カリフォルニアの現実でもあった。この小説はそこから始まる。発端はジョン・レノンが死んだ日。といっても実際は死亡したのは一九八〇年十二月八日の真夜中近くだったので、冒頭の日中はおそらくその翌朝、十二月九日だろう。本当にこれは、ディックにとって絶望の一九七〇年代の終焉を描き、そして一九八〇年代の始まりへの希望を描いた作品でもある。

4．『ヴァリス』三部作か？：本書成立の経緯

さて、冒頭で本書を『ヴァリス』の三部作のしんがりと呼んだし、一般にもそう思われている。が本当にそう呼んでいいかは疑問の余地がある。

むろん、三部作と呼んでよいような気もする。なんとなく神学っぽい話が途中にちょっと出てくることもあるし、死海文書の話もあるし、いくつか共通のモチーフはある。死んだ人が生者の頭の中に蘇ってくる、といったものだ。

その一方で、それを否定する見方もある。何よりも、本書には肝心の「ヴァリス」は出

てこない。ピンクの光線も地球を支配する人工衛星もない。頭の中に死者が蘇ってあれこれ指図するという話も、『ヴァリス』『聖なる侵入』では中心的なものだった。が、本書はあくまで小道具の一つだ。いやむしろ、本書ではそういうものが単なる妄想にすぎないとして一蹴されている。話としてかなりちがうのではないか、という見方もできる。

では当のディックの考えは？　実は、これまたどっちの見方もできるのだ。

成立過程を考えた場合、本書は三部作を構成するものとは言いにくい。ローレンス・スーティンによる伝記だと、当初ディックが『ヴァリス』三部作の最終巻として構想していたのは、本書と並行して執筆中の『日中のフクロウ（The Owl in Daylight）』だったという。

これがどんな小説になるはずだったのかは不明確だ。というのも、草稿などがほとんどなく、内容はインタビューでの談話でしか明らかになっていないからだ。宇宙人が人類の頭にバイオチップを埋め込み、右脳と左脳の葛藤のようなものを通じて人類が次の段階に発展するといった内容だったという説もあるし、また宇宙人に左右別の脳半球を移植された科学者がダンテ『神曲』のような世界を彷徨《さまよ》う話だったという説もある。いずれにしても、確かにこっちのほうが『ヴァリス』とは直接的には関係しそうだ。

一方、本書は普通小説として意図されており、成立の経緯も別物ではある。実はディックは、アーシュラ・K・ル・グィンに『ヴァリス』を酷評されたことでかなり落ち込んでいたという。彼女の批判ポイントは、神学的な妄想の部分もさることながら、女性の扱いだった。最低の女しか出てこないのはどうしてだ、というのが彼女の批判だった。

これはディック作品に対する昔からの批判でもある。女性が多少なりともきちんとした役回りを果たす小説は、『高い城の男』か『スキャナー・ダークリー』くらいだろうか。通常、ディックの描く女性は邪悪かバカな脇役だ。ディックもそれを気にしていた。

そしてもう一つ、ディックはル・グィンにコンプレックスを抱いていたという。ル・グィンは、SFの中でも非常に高尚な文学寄りの評価をされる存在だが、ディックはむしろ安っちい三文パルプSF寄りの存在とされる。そしてご存じの通り、ディックはもともと普通小説家にあこがれており、三文SFは生活費を稼ぐための手段でしかないつもりだった。そんなディックにとって、『ヴァリス』は一大哲学小説であり、かなりの自信作だった。それをあのル・グィンにけなされたことで、ディックとしては二重にショックだったとのこと。

本書は、それに対する起死回生の一発だった。本書は女性を主人公とする唯一のディック作品だ(『高い城の男』は特に最後近くは女性主導ではあるが)。しかもその女性が、きわめて普通の、存在感と生活感を持った正気の女性だ。ル・グィンにけなされた神学妄想も、きちんと相対化してある。何よりも、普通小説だ。本書はディックにとって、ル・グィンの批判をすべて打ち返すと同時に、念願の普通小説分野への再挑戦となる意欲作だった（そしてあまり評判にならなかったのでかなり落胆したという）。その意味で、本書は『ヴァリス』とは別系統の作品と言うこともできる。

しかし、そうした過程とは別に、本書を『ヴァリス』三部作の一つと見る見方は強い。一般的には、ある程度まで神学テーマを扱った小説ということで、本書は『ヴァリス』の系列につながると思われている。そして死の直前の一九八二年インタビューで、ディック自身が本書を『ヴァリス』『聖なる侵入』と三部作を構成すると呼んでいるそうだ。

5．訳者の評価：神学と救い

最終的な評価はもちろん、読者のみなさんが自分なりに下すべきものだ。連続性を感じる人もいるだろうし、「ぜんぜん別物だよ」と感じる人もいるだろう。それはその人の立場や感性次第。旧訳者は『ヴァリス』『聖なる侵入』の二冊だけでディック神学体系の完成だと考えており、本書に対して困惑を見せつつ、ダレル『アレクサンドリア四重奏』に倣って、本書はヴァリス多重奏の一つなのだ、と旧訳解説で述べている。そういう立場も、もちろんあり得る。

ただ、この旧訳者の見方においても、本書が『ヴァリス』とはまったく関係ない小説だと述べてはおらず、関連性を認めている点には注意しよう。小道具としてのヴァリスが直接出てこなくても、本書は同じテーマを追求し、それを発展させた本なのだ。

あくまで参考までに、ぼくは本書を『ヴァリス』三部作の完結篇と言うことに、まったくためらいを感じない。それは各種類似の材料を使いつつ、人を救うとはどういうことか、という『ヴァリス』発端の問題意識に正面から答えた一作と成り得ているからだ。

『ヴァリス』で、「釈義」執筆を通じた異様な神学大系をファット／ディックが構築しなければならなかったのは、友人たちの死に直面してそれを救おうとしたからだ。『ヴァリス』では、その神学アプローチは見事に失敗し、フィルは分裂したままの引きこもりと化してしまう。『聖なる侵入』では、かろうじて自分は救えたが、それは各個人が自分なりに善行を行うのが壮大な神学大系における善と悪の戦いの応援になる、という理屈であり、他人は自己責任でやってくれという、当初の狙いを放棄した結論にしかならなかった。つまりそれは、神学を残すために救いを捨てた小説になっている。

同様に、本書の登場人物たちのほとんどはみんな神学オカルト妄想にとらわれ、そして死んでしまう。神学知識や文学・哲学・歴史の知識は、かえって人々を破滅の深みに追い込んでしまう。でもエンジェル・アーチャーだけは、そうした小賢《こざか》しいウンチク世界に片足を突っ込みつつもそれを拒絶し、最後に『ヴァリス』冒頭でディック／ファットのやりたかった、他人を救うという行為を本当にやりとげる（少なくともその決意を述べる）。そしてそれを実現する方法は、本当に当たり前のものだった。自分の知り合いを本当に気にかけ、それを受け入れる。それだけのことだ。が、この「それだけのこと」がいかにむずかしいことか。『スキャナー・ダークリー』のドナ・ホーソンも、脳が分裂して廃人と化したボブ・アークターのために泣きはしても、傍観するだけだ。エンジェルは、その限界を突破する。

それを実現したのは、賢さでもなければ神学知識でもない。そうした知識を体現していたティモシー・アーチャー主教は、まさにそのために死んでしまった。対するエンジェルは、そうした各種文学哲学の知識を持ちつつも、その無意味さと小賢しさを嫌というほど理解している。彼女は各種登場人物の中で最も地に足がついた現実的な人間で（ちゃんと就職している）、しかも謙虚で優しかった。自分の限界を知り、己の運命から目を背けずに、この現実を生きる——それが人を救うための条件ではあったのだ。

あくまで想像だけれど、ディック自身、本書を書きながらそれに気がついたんじゃないか。『ヴァリス』が提示した問題に、本書で自分がはからずも答えを出してしまったこと、自分の神学や神秘体験は結局のところ妄想であり、賢《さか》しらな雑学も含め、決して救いを与えてくれるものではないとわかったんじゃないだろうか。本書は一貫して、回想するエンジェルの深い後悔と悲しみに彩られている。モデルとなった現象を考えると、その後悔は十年以上も続いていたはずだ。それなのに、本書のラストは不思議と明るい。エンジェルは、そこである決意をしている。それがその明るさの源泉だ。そしてその決意と明るさは、ディック自身の到達した救いのあらわれでもあるのだ。

だからこそ、当初は別物として構想してはいても、最後にディックは本書を『ヴァリス』三部作の一つだと主張するようになったんだと思う。本来の三部作最終巻だった『日中のフクロウ』は、前渡し金も受け取り、締め切り間近だったはずなのに、草稿も何も残っていない(今後どこかから出てくる可能性はあるが)。ほぼ手つかず、ということだ。もはや神学オカルト路線でこの三部作にケリをつける必要がなかったし、またその路線ではケリがつかないことを、本書の執筆が確信させたのではないか。つまるところ、ディックが最後に、正気にかえって少しは心の平安を得たのだと信じたいところ。

だがもちろん、これまた訳者の嗜好に基づく考えでしかない。別の読み方もできるだろう。

たとえばエンジェルは、アーチャー主教との最後の会話で、おまえは本当には生きていないと言われる。カリフォルニアのバークレーにとらわれたままの終身大学生なのだ、と。そこを離れない限り真の目覚めはないのだ、と。最後のエンジェルの決意は、実はその煉獄に(狂人と!)とらわれた彼女の敗北の表現かもしれない。あるいは、各種の霊界通信やティムの「転生」の不思議な暗合などに説明がつかないことから、むしろそれが現実で、エンジェルはそれを認識できない哀しい存在だという解釈もあり得る。それこそ本書の真のメッセージかもしれない。そのみきわめは、読者のみなさんそれぞれに委ねられている。

6. 翻訳について

だが、『ヴァリス』との関係をどう考えるにせよ、本書が痛切さと明るさを兼ね備えた不思議な小説であり、それ自体としてきわめて完成度が高いものであることはまちがいない。本書をディック作品の中でベスト級の一冊としてあげる人も多いし、ぼくもその評価には完全に同意する。ジョン・レノンが殺された日を舞台にしたこの一冊は、ディック自身の神学がどうしたという話を超えて、あの時代そのものに対するノスタルジーと反発とが入り混じった回想でもある。その意味で、本書は『スキャナー・ダークリー』や『ヴァリス』を受け継ぐ存在だ。だが、地獄篇とも言うべきこの二冊(そして煉獄篇とも言うべき『聖なる侵入』)に比べて、本書はまたちがった味わいを持つ。救いのないこの二冊に比べ、本書には(少なくとも最後には)明るさがあり、救いがある、とぼくは思っている。『スキャナー・ダークリー』を、ディックは泣きながら書いたそうだ。本書のディックは、もう泣いてはいない。懐古に耽溺することなく、そこから決然と力強く踏みだそうとしているように思える。翻訳にあたっては、それが伝わるように努力したつもりだ。底本としては、Amazon Kindle 版と Vintage 版のトレードペーパーバックを使用した。

なお本書にも大瀧啓裕による旧訳が存在する。だが口語表現や俗語表現の意味を誤解している部分が多く、またベイエリアのインテリ崩れ女性が一人称で語る本書の持ち味をあまり活かせていなかったように思う。この訳は、その反動もあってダラダラした語り調を重視している。成功しているかどうかは、仕上げをごろうじろ。

いずれにしても『ヴァリス』で神学の迷路に彷徨いこんでしまった人々が、本書で救われることを祈りたい。そしてそれを胡散臭く思っていた人々（ぼくも含め）は、本書を通じて少しは優しさを獲得できますように。またどのような立場であれ、本書を読んだみんなが、ぼくたちを捉える妄想のわなから、エンジェル・アーチャーのように力強く踏み出せますように。おそらくは、死を目前にしたディックがそうしたように。訳者としては、心からそれを願うものではある。

二〇一五年十月二十日

山形浩生

SFマガジン700【海外篇】

山岸　真・編

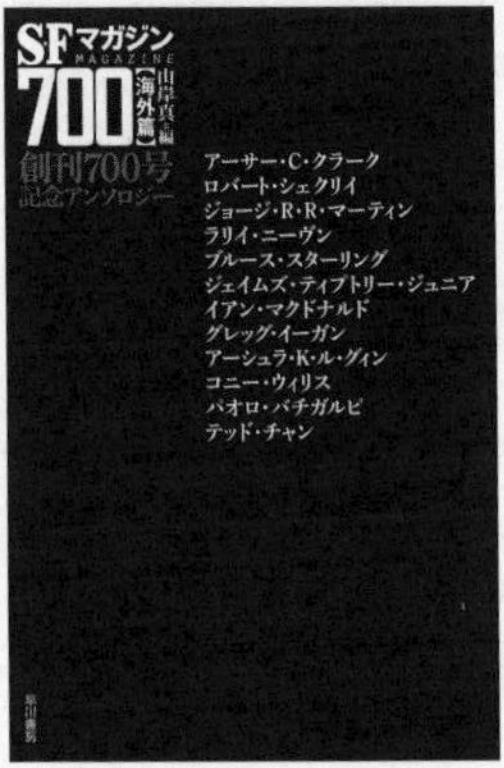

〈ＳＦマガジン〉の創刊７００号を記念する集大成的アンソロジー【海外篇】。黎明期の誌面を飾ったクラークら巨匠。ティプトリー、ル・グィン、マーティンら各年代を代表する作家たち。そして、現在ＳＦの最先端であるイーガン、チャンまで作家12人の短篇を収録。オール短篇集初収録作品で贈る傑作選。

SFマガジン700【国内篇】

大森 望・編

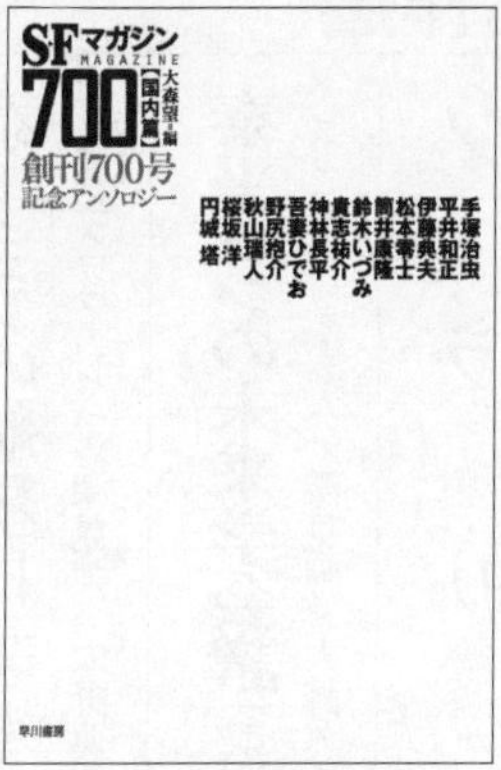

〈SFマガジン〉の創刊700号を記念したアンソロジー【国内篇】。平井和正、筒井康隆、鈴木いづみの傑作短篇、貴志祐介、神林長平、野尻抱介、秋山瑞人、桜坂洋、円城塔の書籍未収録短篇の小説計9篇のほか、手塚治虫、松本零士、吾妻ひでおのコミック3篇、伊藤典夫のエッセイ1篇を収録。

訳者略歴　1964年生，東京大学大学院工学系研究科都市工学科修士課程修了　翻訳家・評論家　訳書『自己が心にやってくる』ダマシオ，『さっさと不況を終わらせろ』クルーグマン，『聖なる侵入〔新訳版〕』ディック（以上早川書房刊）　著書『新教養主義宣言』他多数

HM=Hayakawa Mystery
SF=Science Fiction
JA=Japanese Author
NV=Novel
NF=Nonfiction
FT=Fantasy

ティモシー・アーチャーの転生《てんせい》
〔新訳版〕

〈SF2040〉

二〇一五年十一月二十日　印刷
二〇一五年十一月二十五日　発行
（定価はカバーに表示してあります）

著者　フィリップ・K・ディック
訳者　山《やま》形《がた》浩《ひろ》生《お》
発行者　早川浩
発行所　株式会社　早川書房
郵便番号　一〇一‐〇〇四六
東京都千代田区神田多町二ノ二
電話　〇三‐三二五二‐三一一一（大代表）
振替　〇〇一六〇‐三‐四七七九九
http://www.hayakawa-online.co.jp

印刷・信毎書籍印刷株式会社　製本・株式会社フォーネット社
Printed and bound in Japan
ISBN978-4-15-012040-5 C0197

本書は活字が大きく読みやすい〈トールサイズ〉です。